놈보다
강한

girl

놈보다 강한 girl 1
지선영 N세대 연애 소설

초판 1쇄 찍은 날 § 2004년 4월 16일
초판 1쇄 펴낸 날 § 2004년 4월 26일

지은이 § 지선영
펴낸이 § 서경석

편집장 § 문혜영
편집 § 이종민 · 신혜미
마케팅 § 정필 · 강양원 · 이선구 · 김규진 · 홍현경

펴낸곳 § 도서출판 청어람
등록번호 § 제1081-1-89호
등록일자 § 1999. 5. 31
어람번호 § 제4-0040호

주소 § 경기도 부천시 원미구 심곡1동 350-1 남성B/D 3F (우) 420-011
전화 § 032-656-4452 팩스 § 032-656-4453
http://www.chungeoram.com
E-mail § eoram99@chollian.net

© 지선영, 2004

ISBN 89-5831-087-1 (SET)
ISBN 89-5831-088-X 04810

지선영 N세대 연애 소설

놈보다 강한 여성

1

도서 출판
청어람

놈보다 강한 girl

안녕하세요? 절세검도미녀입니다.

이야~ 부족한 제가 또한번 작품을 내게 되었네요. 여전히 든든한 후원자이신 부모님 생각이 먼저 나는데요. 멀리 떨어져 있어서 그런지 그리움도 간절하고 새삼 감사인사까지 전하고 싶어요. ^-^

『놈보다 강한 Girl』은 참 우여곡절이 많았던것 같아요. '짱들의 연애방식 2' 라는 타이틀도 그렇고 부담도 많았는데 그래도 나름대로 마무리가 잘되어서 다행이에요(혼자 감격). 흑흑. ㅠㅠ

무엇보다 독자분들도 저도 참 많이 아쉬웠던 편집 부분. 더 좋은 작품이 되기 위해 변신한 거라고 긍정적으로 믿어주셨으면 좋겠구요. 항상 제 편에서 응원해 주시고 제게 질책도 해주시는 팬 여러분들께 너무너무 감사하다고 전하고 싶어요. ^^ 인터넷에서 연재하던 것과 다소 차이가 많이 난다고 서운해하시지 마시고 더욱 노력해서 좋은 작품으로 만나뵙기 위해 애쓰는 저를 봐서라도 『놈보다 강한 Girl』 많이 이뻐해 주세요.

이렇게 변신한 『놈보다 강한 Girl』에 많이 애쓰신 우리 편집 기자 종민 언니, 제가 매번 문제작가로 낙인찍혀 정말 고생 많이 하셨어요. 너무 감사드리구요, 죄송해요. 그 외에 책을 버게끔 도와주신 많은 분들, 너무너무 감사합니다. 애써 편집을 도와주셨는데 『놈보다 강한 Girl』 내용이 대폭 수정되면서 이름을 다 실어드리지 못하게 된 팬여러분들께도 정말 죄송하단 말씀 드리고 싶어요. 다 제가 부족한 탓인거 같구요. 다음번엔 좀 더 나은 작품으로 여러분들을 찾아가겠습니다.

그럼에도 불구하고 여전히 많은 관심과 사랑 아끼지 않으시고 많이 이뻐해 주셔서 너무 감사드립니다.

『놈보다 강한 Girl』을 쓰면서 팬들에게 가장 많이 받는 질문은 바로 '강한 여자가 되려면 어떻게 해야 하나요?'라는 질문이었는데요. 그 질문에 대한 답변은 바로 『놈보다 강한 Girl』 안에 다 들어있지요(뭐냐, 홍보냐? =ㅁ=; 흐흐흐). 나름대로 놈걸을 읽어주신

분들께 도움이 되고자 제가 아는 지식을 조금씩 캐릭터의 대화 속에 부여했는데요 도움이 되셨으면 좋겠구요. 애인이 없다고 많외로워하시던 분들. 『놈보다 강한 Girl』을 읽을 때만큼이라도 마음에 드는 캐릭터를 애인 삼아 많은 상상력을 키워 나가셨으면 좋겠어요.

제가 부족한 부분을 항상 채워주신 우리 왕팬미녀 팬클럽 식구들. 그중에서도 운영진여러분들, 항상 수고해 주셔서 너무 감사드리구요, 사랑해요. 또 왕팬기자, 지기분들, 회원분들 모두모두 사랑해요~ 편집에 바쁜데 컴퓨터 고스톱 친다고 방해를 하던 친구 박인순 양! 그래도 원고 쓰기 힘들겠다고 격려하며 맛있는 거 싸들고 집에 자주 놀러와 쥐서 너무 감사합니다. ^^ 또 언니의 구박에 못이겨 편집을 돕던 해물탕집 딸내미 김경리 양! 아차차, 이제 국밥집으로 바뀌었답니다. 울산 사시는 분들 울산광역시 일산지 훼미리마트 맞은편에 '보쌈싸구 국밥먹구' 식당 많이많이 애용해

주세요. 흐흐 참고로 저 가게 이름은 제가 지은 거랍니다. 앗! 어쩌다가 가게 홍보를 해버렸네. 호호(의도적이었음). 글구 원고 좀 제대로 쓰라고 구박하면서도 절 많이 아껴주고 이뻐해 주는 K군, 너무너무 감사합니다. 마지막으로 『놈보다 강한 Girl』 연재 도중 저기 먼 하늘나라로 떠나 버린 팬 리나 양의 명복을 빕니다. ㅠㅠ 그리고 사랑합니다(아아, 가슴이 아픕니다).

누구보다 『놈보다 강한 Girl』의 출판을 축하해 주시리라 믿구요. 『놈보다 강한 Girl』을 읽어주시는 모든 팬 여러분들게 진심으로 고개 숙여 다시 한 번 감사인사를 전합니다. 모두 행복하고 건강한 일만 가득 하세요~>ㅁ<

또 다른 작품으로 찾아뵐 때까지 『놈보다 강한 Girl』 많이많이 사랑해 주세요~ 감사합니다. ^-^

—2004년 어느 봄날 지선영 드림.

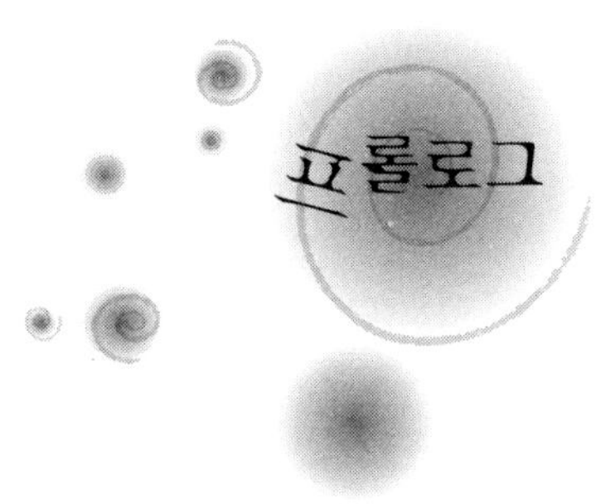

“귀찮으니까 전부 다 꺼져.”

순식간에 온몸에 소름이 돋을 만큼의 저음. 유난히 파랗게 반짝이는 그의 눈동자는 차갑고도 날카로웠다. 목소리도, 눈도 너무나 차가운 그 녀석은…….

이름:이현

나이:18세(86년 10월 10일 천칭좌)

학교:에이공고

신체 사이즈:186cm, 67kg

특징:여자를 지나가다 차이는 돌만큼도 취급하지 않음

여자 다음으로 싫어하는 것이 공부

말수가 적고 눈빛으로 모든 걸 말하는 근엄한
카리스마를 지닌 소유자
가장 싫어하는 말:혼혈아 자식, 사랑해
가장 자주 쓰는 말:다 꺼져, 시끄러워
좌우명:거슬리면 다 죽인다

*

"오우~ 이쁜데?"

익살스럽게 웃고 있는 구릿빛 피부에 까만 눈동자가 인상적인 얼굴. 주머니에 손을 쑤욱 꽂고 최대한 거만하고, 푼수기있게 팔자로 걸으며 지나가는 여자들을 보며 윙크를 연신 날려대는 이놈은…….

이름:신주섭
학교:에이공고
나이:18세(86년 9월 1일 처녀좌)
신체 사이즈:180㎝, 65㎏
특징:치마만 두르면 다 예쁜 여자
지나칠 정도로 장난기가 많으며 이현이 이끌고 다니는
패거리 중 한 명. 항상 미소를 짓고 다니기 때문에
매우 바보 같아 보이기도 하지만
입가에 미소가 사라질 땐 조심하는 게 좋을 듯

가장 싫어하는 말:전 당신 같은 스타일 싫어욧!
이현을 욕하는 말
가장 자주 쓰는 말:오우～ 쌔끈한데?, 나 팬찮은 놈이야!!
좌우명:현이 말을 따르면 복이 와요～

＊

"우엥～ 현아, 주섭이가 머리 때렸오～ ㅜㅜ"

불룩 솟은 혹을 양손으로 감싸고 맑은 눈물을 머금은 눈을 연신 깜빡이며 현의 팔에 안겨 있다. 웬만한 여자보다 훨씬 곱상한 외모를 소유하고 있는 이놈은…….

이름:최요한
학교:에이공고
나이:18세(86년 4월 15일 사자좌)
신체 사이즈:177㎝, 58㎏
특징:새하얗고 눈부신 피부, 커다랗고 맑은 눈, 여자보다 더 깡마른 몸매를 소유하고 있어 가끔 여자로 오인받기도 함
선천적으로 약한 체질이라 싸움을 무서워하고,
현이를 핑장히 존경함
가장 싫어하는 말:바보, 밀가루
가장 자주 쓰는 말:현아, 쟤가 나 때렸어, 무섭단 말이야
좌우명:주섭이를 이길 그날을 위해

✳

“글쎄, 침착하게 생각해 보는 게 좋지 않을까. 서둘러서 좋을 건 없을 테니까.”

부드러운 듯하면서도 어딘가 차갑고 현실적인 목소리. 푸른 눈을 부릅뜨고 금방이라도 뭔가 부숴 버릴 듯 꼭 쥔 현이의 주먹을 한마디로 곱게 펼 수 있는 능력을 가지고 있다. 이 녀석은…….

이름:민서재

학교:에이공고

나이:18세(86년 3월 10일 쌍둥이좌)

신체 사이즈:181cm, 66kg

특징:항상 의미심장한 미소를 띠고있음

아주 현실적이기 때문에 성급한 행동은 절대 하지 않음

현이의 광기를 유일하게 말릴 수 있는 아주

지적인 놈으로 현이 패거리에서 제갈공명과 같은 존재

가장 싫어하는 말:자신이 아끼는 친구들의 욕

가장 자주 쓰는 말:글쎄, 글쎄다

좌우명:현실을 직시하고, 어떤 상황에 닥쳐도 절대 지지 않음

✳

“방금… 계집애라고 했냐? 피식.”

한쪽 입꼬리만 심하게 올리고 거만한 미소를 띠고 있는 여자. 겉으로 보기엔 호리호리하고 연약한 외모가 눈부시다는 표현이 모자랄 정도다. 하지만 손등의 핏줄이 심하게 솟아오를 만큼 주먹을 꽉 쥐고 있는 모습과 여자의 것이라 믿기 어려운 살기 어린 눈빛이 온몸을 서늘하게 한다. 그녀는……

이름:서휘리

학교:지안여상

나이:18세(86년 10월 10일 천칭좌)

신체 사이즈:169cm, 48kg

특징:남자라고 해서 절대 쫄지 않는다. 남자보다 강한 여자!

한쪽 입꼬리가 스윽 올라가고 눈빛이 살기로 가득 찼을

땐 남자든 여자든 피하고 보라. 남자들의 기에 눌려 살지

않기 위해 거의 모든 면에 만능이라 할 수 있음

평소 성격은 정말 주접이 따로 없으나 한 번

화나면 말릴 수 없다는 게 가장 큰 특징

가장 싫어하는 말:여자가 어쩌고~, 계집애, 가시나

가장 자주 쓰는 말:시끄러워, 죽고 싶으냐?,

경고는 무조건 한 번이다, 꺼져

좌우명:남자한테 꿀리며 살지 말자

＊

"네가 싫은 거면…… 나도 싫다."

제법 날카로운 눈매가 상당히 섹시해 보이는 여자. 눈빛이 여느 남자 못지 않게 당돌하다. 까무잡잡한 피부가 더욱 거만해 보이는 그녀는…….

이름:백유란

학교:지안여상

나이:18세(86년 4월 17일 사자좌)

신체 사이즈:167cm, 48kg

특징:남자보다 휘리를 사랑하는 여자

그녀를 위해서라면 그 어떤 짓이라도 함

휘리의 오른팔과도 다름없는 강인한 여성임에 틀림없음

다만 진지하지 않을 땐 원수!

가장 싫어하는 말:휘리가 싫어하는 건 마찬가지로 싫다.

가장 자주 쓰는 말:맞아! 뭐 어때~

좌우명:천상천하 유아휘리존 −_−;

"……강해지고 싶어."

가늘게 떨리는 얇은 목소리, 긴 생머리와 가느다란 손가락, 맑은 눈동자가 척 보기에도 청순가련형으로 보이는 여자. 조용하고 내성적인 스타일인 걸 한눈에 알 수 있다. 그녀는…….

이름:김희연

학교:지안여상

나이:18세(86년 4월 1일 사자좌)

신체 사이즈:162cm, 45kg

특징:동정심과 눈물이 지독히도 많고 남자를 무서워함

공포 영화를 보거나 싸우는 장면을 보면 그 자리에서 실신

가장 싫어하는 말:싸우러 간다

가장 자주 쓰는 말:미안해, 고마워, 하지만

좌우명:반드시 강해지고 말 테야!

✽

사랑하는 여자를 위해서라면 뭐든지 해줄 각오가 되어 있는 남자. 그가 사랑하는 여자의 유언은 현이를 지켜달라는 말. 사랑과 우정 사이에서 방황하는 그. 무슨 일을 해벌 것인가.

이름:최류원

학교:자퇴

나이:18세

신체 사이즈:184cm, 72kg

특징:이현만큼이나 싸늘한 분위기를 내뿜는 모습

이현과 어렸을 때부터 매우 친한 친구

사랑하는 여자가 이현을 좋아하는 삼각관계에 얽혀

한때 이현을 원망했지만, 사랑하는 여자의 유언을 지키려고
이현을 위해서라면 죽을 각오를 한 채 살아가고 있음
가장 싫어하는 말:고마워
자주 쓰는 말:없음
가장 좌우명:빚은 갚으라고 있는 거다

이런 세상에 태어난 걸 저주한다!
이런 세상에 여자로 살아가야 한다는 걸 저주한다!
이런 세상의 법칙이 남자보다 밑에 있어야 하는 거라면 내가,
내가 세상을 바꿔놓겠다!!

인생변칙술

제1장

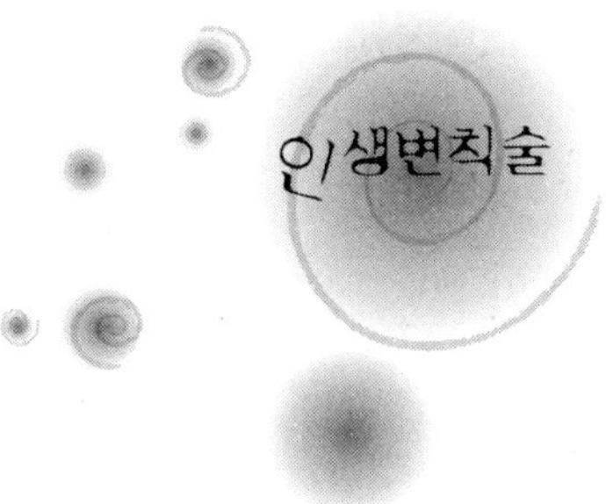

　오늘도 무거운 눈꺼풀을 가까스로 들어 올리며 시끄럽게 울려대는 알람시계 단추에 내 손을 턱! 하고 올렸다. 새벽 여섯 시를 가리키며 규칙적으로 째깍이는 시계를 바라보다 천근만근 무거운 내 몸을 흐느적거리며 일으켰다. 가볍게 목을 양 옆으로 돌리자 뿌드득 소리가 나며 목이 굉장히 시원했다. 곧장 화장실로 가 가볍게 세수를 한 뒤 러닝머신 위에 올랐다.

　삐. 삐. 삐.

　타이머 삼십 분을 맞춰놓고 가느다란 다리를 힘껏 굴려댔다. 순식간에 온몸은 땀으로 젖어들었다. 삼십 분 후 자동으로 멈춰 선 러닝머신에서 몸을 내려 마당으로 나왔다. 오늘따라 햇살이 유난히도 눈부시다. 그래, 햇살이 이렇게도 눈부신 건 내 생일을 축하하고 있기 때문일 거다. 빌어먹을 세상에 여자로 태어나 약자 취급을 받으며 십 팔 년 동안 살아온 인생. 남자보다 강하게, 놈들보다 멋지게 살아야만 인생의 진정한 쾌락을 얻을 수 있을 것이다.

난 스스로 그렇게 믿어 의심치 않는다. 단단한 나무에 새끼줄을 겹겹으로 둘러놓고 권투 글러브를 주먹에 낀 뒤 힘껏 치기 시작했다.

퍽! 퍽! 퍽! 퍼! 버버벅!

둔탁한 소리와 내 땀의 양은 비례했다. 둔탁한 소리가 빨라지면 빨라질수록 이마에 맺힌 땀은 땅바닥으로 한 치의 망설임도 없이 자유 낙하했다. 흥건하게 젖은 땅바닥과 내 추리닝이 점점 몸을 움직이기 버겁게 만들고 있다. 솟구치는 땀에 의해 쾌감을 느끼며 숨이 턱에 차 오를 때까지 계속해서 주먹을 휘둘렀다. 간혹 몸을 틀어 발차기와 여러 기술도 자연스럽게 하고 있다. 다리에 힘이 풀리지 않을 정도까지 상쾌한 공기를 마시며 몸을 풀었다. 이윽고 이 찜찜한 땀을 씻어내기 위해 욕실로 향하는 발걸음은 일어날 때의 천근만근 무겁던 그 몸이 아니었다.

어느새 교복으로 깔끔하게 갈아입고 대문을 나선 내 앞에 늘 그렇듯 살짝 미소 짓고 있는 유란이가 기다리고 있었다.

"유란 씨~"

유란의 팔짱을 쏘옥 끼면서 아침 햇살보다 더 눈부신 미소를 지어 보였다(적어도 내 생각엔). 그런 날 보며 어린아이 대하듯 머리를 쓰다듬는 나의 베스트 프랜드 유란 씨. 오늘따라 그녀의 구릿빛 피부와

까만 눈매가 더욱더 섹시해 보였다.

“오늘 아침에도 열심히 운동했나 보네? 얼굴이 더 뽀샤시해~”

“호호, 유란 씨도 참~ 내가 언제 운동 거르는 거 봤어?”

“하긴 휘리 넌 비가 오는 날도 미련하게 꼬박꼬박 운동해서 감기 걸리곤 했잖아.”

“-_-; 그거 칭찬이야?”

“아닌가? 받아들이기 나름이지 뭐~”

“뒈졌어~”

일그러지는 내 표정을 보곤 저만치 달려가 버리는 나의 유란 씨. 저 웬수. 하지만 내가 이렇게 편하게 장난칠 상대는 오직 유란 씨밖에 없다는 사실. 남자들한테 지기 싫단 생각으로 어려서부터 그 누구보다 더 거칠게 자라왔다. 그 때문에 학교에 가면 사물함이며, 신발장이 온통 동성들의 팬레터와 선물들로 가득하다. 난 비록 레즈비언은 아니지만 차라리 남자보단 그런 여자들을 더 사랑한다.

한참을 앞서서 걷던 유란은 답답했는지 우렁찬 목소리로 날 부른다.

“어이, 느림보 휘리 양~ 나 잡아봐~”

“-_-+ 뭐라?”

순간 나를 보는 유란 씨의 동공이 커지면서 얼른 뒤돌아 앞으로 질주한다. 하지만 유란 씨의 어깨엔 이미 내 오른손이 걸쳐져 있다.

“역시 휘, 휘리는 달리기가 참…….”

“-_-+ 죽고 싶냐?”

“에이, 친구끼리 장난도 치고 그러는 거지 뭐~”

“오늘은 기분 좋은 날이니까 봐준다!”

퍽!!

봐주는 셈치고 아주 가볍게 등을 한 대 쳤다. 정말 살살 쳤다. 진짜
다. 정말이다.

“악! 아야야, 너 때문에 무릎 까졌잖아!”

어느새 앞으로 고꾸라져 버린 유란이가 신경질적으로 나를 노려보
며 말했다.

“얼레? 살살 쳤는데.”

“넌 무슨 여자가 날이 갈수록 힘만 세지냐!”

“그런 식의 발언 싫어하는 거 알 텐데. 여자가 뭐 어째?”

“아, 아니야. 내가 말실수했어. 여자도 강해질 수 있지~ 암, 그렇
고말고~”

“가자.”

엎어진 유란 씨를 뒤로하고 터벅터벅 버스 정류장을 향해 걸음을
재촉했다. 유란이는 아픈 다리를 주체하지 못해 발을 바닥에 끌고 오
는 소리가 거슬렸지만 이내 신경을 꺼버렸다. 내가 정류장에 도착하
고 한참 후에야 절뚝거리며 다가오는 유란 씨. 그 모습에 쪼오금 미
안하단 생각이 들긴 했다.

“유란 씨, 괜찮아?”

“괜찮은 걸로 보이냐? 아침부터 무릎이나 깨먹고. 먹을 게 없어서
내 무릎을 깨먹냐?”

“너 말 한번 잘했다. 내가 뭐 입에 풀칠하고 사냐? 네 무릎을 왜 깨 먹어!!”

“서휘리, 너 정말!”

“웅캬캬, 말발도 안 되는 것이.”

“나 진짜 아파! 피가 아직도 흐르잖아.”

내가 생각했던 것보다 유란 씨의 상처는 꽤 심각한 듯 보였다.

“어? 진짜네. 피 많이 난다.”

“어쩔 거야, 서휘리! 미안하면 빨리 약국 뛰어가서 대일밴드 사 와!”

“흠~ 돈 줄게, 네가 사 와라.”

“-_-+ 서휘리, 다친 사람은 나거든? 피해자는 나고 가해자는 너야, 너!!”

“그러니까 합의금으로 밴드 값 주겠다잖아. 원래 가해자는 합의할 때 돈만 주지, 의사 선생님까지 모셔오지는 않아.”

“예예~ 대단하십니다. 역시 서휘리 너 말발 하나는 천재적으로 타고난 거 같다!”

“웅캬캬, 내가 말발만 죽이냐? 공부 잘하지, 상냥하지, 예쁘지, 귀엽지, 쌈 잘하지~”

“뭐, 다른 건 인정하기 싫지만 그렇네. 하지만 마지막에 쌈 잘한다는 건 결코 자랑이 아니야.”

무릎이 꽤 쓰라린지 잔뜩 인상을 구기고 있는 유란 씨가 안돼 보이긴 하다. 마지못해 정류장의 벤치에 기대어 있던 몸뚱어리를 일으켜 근처 약국으로 향했다.

"서휘리, 어디 가?"

"약 사 오라던 주둥이가 그 주둥이 아니었냐?"

"+_+ 약 사러 가는 거야?"

부담스러울 정도로 눈을 반짝이는 유란 씨를 살짝 외면하곤 이내 약국으로 향했다.

"뭐가 필요하니?"

"대일밴드요~ 둘리 모양 대일밴드!"

약사 아저씨가 조금 당황하며 뒤적이는 사이, 초록색 머리를 휘날리며 한 남자 아이가 약국 안으로 뛰어들어 왔다. 호리호리한 몸매에, 아니, 지나치게 깡마른 몸매에 밀가루 반죽마냥 새하얀 얼굴. 커다랗고 맑은 눈망울 때문에 하마터면 여자인 줄 알았다. 에이공고 교복만 입지 않았더라면 말이다. 뭐가 그리 급한지 허겁지겁 뛰어와 숨을 채 가라앉히지도 못하고 입을 여는 그 아이.

"아저씨, 빨리 둘리표 대일밴드 하나 주세요!!"

그러자 약사 아저씨가 난처한 표정을 지으며 말했다.

"어? 둘리표 밴드는 한 개뿐이라서."

"그거 주시면 되잖아요."

"아, 그게 이 여학생이 먼저 달라고 했거든."

그러자 자신을 이상하게 쳐다보는 나를 바라보는 밀가루남. 나를 위아래로 한 번 쭈욱 훑어보더니 해맑게 웃으며 입을 연다.

"와, 되게 예쁘게 생겼다~ 근데 둘리표 밴드 나한테 양보하면 안 될까?”

여자보다 더 예쁜 얼굴로 생글생글 웃으며 부탁하는데 당연히 거절할 리 없다는 확신이 밀가루남 눈 속에 가득했다.

“싫어.”

단호한 내 한마디에 다소 충격을 받은 듯 그 커다란 눈이 조금 더 커진다.

“저기, 난 꼭 둘리표 밴드를 써야 하거든. 그러니 양보해 주면 안 돼?”

한 번 더 간절하게 부탁하는 밀가루남을 똑바로 응시하며 입을 열었다.

“어, 안 돼.”

다시 한 번 잔인하게 말을 내뱉은 후 약사 아저씨가 꺼내놓은 둘리표 밴드를 손에 쥐고 막 계산을 하려 하는데, 정류장 벤치에 두고 온 가방이 떠올랐다. 그 가방 안에 들어 있는 내 지갑이 그리웠다. 젠장.

잠시 멍~해진 내 모습에 약사와 밀가루남은 이상한 시선으로 나를 힐끔힐끔 쳐다보고 있었다. 잠시 후, 난 정신을 가다듬고 한마디 했다.

“젠장.”

그렇게 말하고 둘리표 밴드를 다시 약사 앞에 내려놓았다. 뻘쭘하게 약국을 등지고 정류장으로 향하는 내 발걸음은 창피함을 감추려 빠르게 질주하고 있었다. 엄청난 속도를 뽐내며 교복 치마가 찢어지든 말든 뛰는 나다. 웬만한 남자들보다 빠르기 때문에 지나가는 사람들의 시선은 경악에 가득 찼다.

하지만 얼마 가지 못해 내 다리는 어떤 손에 의해 저지당했다. 깜짝 놀라 뒤를 휙 돌아보니 아까 그 초록 머리 밀가루놈이 둘리표 밴드를 쥐고 숨을 헐떡이며 예쁘게 웃어 보이더니 이내 밴드 하나를 꺼내서 내 손에 쥐어준다.

"헤~ 너 달리기 엄청 빠르네. 쫓아오느라 죽는 줄 알았어."

내 손에 쥐어진 둘리표 밴드 하나를 잠시 멍하게 쳐다보다 땀에 흠뻑 젖은 밀가루남에게로 시선을 옮겼다. 분명 난 전력 질주를 했고, 이놈은 계산까지 하고 나왔을 텐데. 웬만해선 날 따라잡을 수 없었을 텐데 얼마 가지도 않아 날 따라잡다니? 인정하기 싫지만 이놈과 달리기 시합을 하면 질 것 같은 생각에 울컥 화가 났다.

"필요없어."

다시 건네는 둘리표 밴드를 받을 생각조차 안 하고 배시시 웃고만 있는 이 녀석. 팔이 아플 때까지 녀석은 내 눈만 똑바로 바라보고 있었다. 황당한 나머지 허탈하게 짧은 한숨을 쉬었다. 그러자 밀가루남은 여전히 해맑게 웃으며 여자보다 더 예쁜 입술을 열었다.

"괜찮아. 부담 갖지 말고 너 가져~ 너도 필요해서 사러 왔을 거아냐."

순간 놈의 미소와 고통스러운 듯 인상을 찌푸리는 유란 씨의 얼굴이 겹쳐졌다.

"그럼 고맙게 잘 쓸게. 잘 가."

휙 하고 돌아선 내 어깨에 다시 한 번 손을 올리는 밀가루남. 또 뭐냐는 듯 시선을 던지자 녀석은 여전히 미소로 먼저 답하고 있었다.

"지안여상 맞지?"

내 교복을 훑어보며 확신하듯 말했다. 하긴 자신의 학교 바로 옆에 위치한 우리 학교 교복을 모른다면 에이공고 학생이 아니겠지.

"어. 그게 왜?"

"아니야, 그냥. 헤헤."

능청스럽게 웃는 놈을 어이없다는 듯 바라보았다. 놈의 초록 머리와 어울리는 초록색 명찰이 눈에 들어왔다. 최요한? 어디서 들어본 이름이긴 한데 관심없는 걸 일일이 기억하는 체질이 아니라서 생각은 나지 않았다. 자신의 명찰을 응시하는 내 시선을 눈치 챈 듯 더 환하게 웃으며 손을 내미는 밀가루 녀석.

"내 이름은 최요한이야. 근데 넌 왜 명찰이 없어?"

난 튀어나오는 대로 한마디 툭 내뱉었다.

"명찰 덜렁거리는 거 짜증나."

"아, 그, 그래? 참, 너희 학교는 천으로 박는 명찰이 아니지?"

"나한테 더 볼일있어?"

날카로운 내 질문에 황당한 눈빛을 감추지 못한 채 약간 상처받은 눈으로 웃는 밀가루 녀석.

"어? 아, 아니. ^^ 학교 가는 길이겠구나. 잘 가~"

하면서 손을 부담스러우리만치 크게 휘휘 젓더니 내가 가려던 정류장 쪽으로 힘껏 달려간다. 저 호리호리한 몸으로 어떻게 저렇게 빨리 달려가는지. 아무리 봐도 초록 머리가 인상적이다.

나도 녀석의 뒤를 쫓아 정류장에 뒤늦게 도착을 했는데, 도착한 그
곳에서 유란 씨가 초록 머리 밀가루 녀석을 보며 침을 한 바가지나
흘리고 있는 모습을 목격하고야 말았다. 한심한 지지배. 내가 자기
바로 옆에 다가온 것도 눈치 채지 못한 채 피가 찔찔 나는 오른쪽 무
릎을 움켜쥔 채, 멍하게 밀가루 녀석을 바라보고 있는 유란 씨. 부디
어디 가서 내 친구란 말 하지 말기 바란다. 유란 씨 옆에서 한참을 꼼
지락대도 아무 반응이 없길래 참다못해 내가 말을 걸었다.

"야, 침 떨어지겠다!"

그제야 깜짝 놀라 한 걸음 주춤하더니 김빠진다는 듯 나를 노려보
는 간 부은 지지배.

"깜짝 놀랐잖아. 대일밴드는?"

그 와중에도 대일밴드를 찾는다. 무릎이 꽤 아프긴 아픈 모양이다.
초록 머리 녀석이 건네준 대일밴드를 내밀었더니 유란 씨는 안 그래
도 찌푸린 인상을 더 팍팍 찌푸리더니 어이없다는 듯 말을 내뱉는다.

"야, 요새는 대일밴드를 낱개로도 파나 보지? 뭐냐, 딸랑 한 개?
오다가 주웠냐?"

"뭐라? 죽고 싶으냐? 그래, 오다가 주웠다! 우쩔래? 주웠든 샀든
갖다 붙여서 낫기만 하면 되지 뭐가 불만이야!"

바락바락 소리 지르는 나와 유란 씨를 번갈아 보며 해맑게 미소 짓
는 초록 머리 밀가루 녀석이 유란 씨의 시야에 잡혔는지 갑자기 태도
가 돌변한다.

"어머~ 휘리야, 날 위해서 고생했구나. 그래, 고마워~"

어울리지도 않는 꽃미소를 날리며 내 손에 있는 둘리표 대일밴드를 낚아채더니 자신의 무릎에 붙인다. 난 그런 유란 씨의 모습을 한심하게 쳐다보고 있을 뿐이다.

때마침 학교 가는 버스가 왔다. 절뚝대며 자신을 부축하지 않는다고 내 뒤통수를 힘껏 노려보는 유란 씨를 끝까지 무시한 채 늘 뒷자리로 걸음을 재촉했다. 그런데 집이 먼 내 친구 희연이가 항상 맡아 놓던 뒷자리엔 황당하게도 세 명의 남자 녀석들이 앉아 있는 게 아닌가. 그 주변엔 여자애들이 유난히도 많이 뭉쳐 있었다. 앞은 텅텅 비어 있는데 왜 뒷자리에만 여자들이 몰려 있는고 하니~ 희연이 옆에 겨우 한 사람 앉을 수 있는 공간을 뺀 나머지를 다 차지하고 있는 녀석들은 하나같이 꽃미남이었던 것이다. 하지만 희연은 얼굴이 하얗게 질려 불안과 공포에 휩쓸린 듯 보였다. 남자를 유난히도 무서워하는 희연이. 처음엔 그런 약한 모습이 너무 꼴사나워 재수없어했지만 희연이의 사연을 듣고 나선 지켜줘야겠다는 생각에 절친한 친구가 된 사이였다.

꺼림칙한 기분을 날려 버리지 못한 채 희연의 옆에 자리를 잡는 순간, 초록 머리 밀가루 녀석이 나타나 그 자리에 날름 앉는 것이 아닌가? 희연이는 엉덩이를 창가 쪽으로 바짝 당겼고, 나는 오만 인상을 구기며 녀석을 노려봤다. 그 시선을 느꼈는지 초록 머리 밀가루 녀석이 나를 응시하며 입술을 열었다.

"혹시 여기 앉으려고 했어?"

"-_-+ 그럼 아닌 것 같아 보이냐?"

“어? 그럼 앉을래? 난 내 친구들이 여기 있어서 왔는데. 내 친구들이 자리를 맡아놨다길래.”

“그건 내 친구도 마찬가지거든? 네가 앉은 그 자리, 내 친구가 맡아놓은 내. 자.리.인데.”

그러자 초록 머리 밀가루 녀석은 그제야 옆에 앉은 놈들 말고 반대쪽의 힘없어 보이는 여자를 힐끔 쳐다본다. 그리고는 다시 내게 시선을 고정시키더니,

“아~ 이 애가 네 친구야? 이 애가 네 자리 맡아놓은 거였어?”

“그래!”

“그렇구나~ 알았어, 내가 비켜줄게. 자, 앉아.”

하면서 능청스럽게 배시시 웃으며 자리에서 일어나는 것이 아닌가. 다른 사람이라면 괜찮다며 그냥 서 있을 수도 있겠다만 난 녀석이 일어나서 완전히 비켜줄 때까지 지키고 있다가 앉아버렸다. 그제야 희연이는 안도의 한숨을 내쉬고 있었다.

“휘리야, 왔어? 나 무서워 죽는 줄 알았어.”

기어들어 가는 목소리로 말하며 내 팔짱을 끼는 희연이가 오늘따라 더욱 가냘파 보인다.

“뭐가 무섭냐? 근데 만날 비어 있던 뒷자리가 오늘따라 왜 이렇게 묵직해?”

“잘 모르겠어. 평상시처럼 버스 탔는데 그땐 종점이니까 사람이 거의 없었어. 가방으로 네 자리와 유란이 자리를 맡아뒀는데 한참 가다가 에이공고 애들이 단체로 타는가 싶더니, 뒷자리에 마구마구 앉</p>

는 거야. 처음엔 내 옆 자리까지 가득 앉았었어."

"근데 어쩌다가 세 명으로 줄었냐?"

"모르겠어. 저 애들이 세 명 타니까 뒷자리에 앉아 있던 애들이 모두 비켜줬어."

"그래? 저 학교는 얼굴 잘생긴 순으로 자리 앉나 보지 뭐. 하나같이 반반하네."

"응, 무지 잘생겼지?"

"남자를 무서워하는 네 입에서 그런 소리가 나오니까 어째 좀 황당하다? 그새 반했냐?"

짓궂은 내 장난에 금세 얼굴이 빨개져 말없이 창밖을 바라보는 소심이 희연. 그런 희연의 옆모습을 한참 바라보다가 누군가가 나를 향해 뜨거운 시선을 보내고 있는 것 같아 앞쪽을 바라봤다. 아니나 다를까, 절뚝 걸음으로 뒷자리까지 잘도 걸어온 우리의 유란 씨가 씩씩거리며 나를 노려보고 있었다.

"야, 서휘리!! 치사하게 친구가 다쳤는데 혼자 가서 날름 앉냐?"

항상 뒷자리는 희연이와 나, 유란이가 같이 앉았기에 당연히 유란이도 맨 뒤로 온 것이었다. 하지만 이미 그녀의 자리는 다른 남정네들이 전부 차지해 버린 후라 유란이도 꽤 당황한 눈치였다.

"몰라. 네 자리에 누가 앉아 있는데 나더러 어쩌라고."

"그럼 서휘리 네가 비켜! 나는 다쳤잖아!!"

다쳤다는 말에 눈빛 가득 걱정을 담고 희연이가 말했다.

"유란아, 어디 다쳤어? 응? 어디가 어떻게 다친 거야?"

“누가 아주 살~짝 쳤는데 팍!! 하고 고꾸라져서 무릎을 다쳤어.”

“뭐? 살짝 밀었는데 다치기까지 했다구?”

우리의 순진한 희연이. 반어법을 사용한 유란이의 마음을 읽지 못했나 보다. 나를 노려보면서 힘을 팍팍 주어 말했거늘, 희연이는 순진무구한 얼굴로 의문을 제기할 뿐이었다. 답답했는지 자신의 가슴팍을 탕탕 두드리며 더 신경질적인 목소리로 말하는 유란 씨였다.

“네 옆에 앉아 있는 뻔뻔스런 지지배가 미는 바람에 자빠져서 이렇게 됐다고! 눈치는 멋으로 있냐? 제발 눈치 좀 살려라!”

그제야 희연이는 이해했다는 듯 입을 살짝 벌리고 감탄사 아아~를 연발했다.

“아아, 휘리가 밀었다구? 근데 왜?”

“몰라몰라. 나 다리 아파. 휘리 저 지지배보고 비키라고 해. 내가 앉을 거야!!”

그러자 희연이가 가방을 메더니 일어설 준비를 한다.

“이 자리에 앉아. 내가 비켜줄게.”

착한 희연이의 자리를 뺏는 건 미안했는지 서둘러 막아서는 유란 씨였다.

“아냐, 아냐. 됐어, 넌 앉아. 안 그래도 비실비실한 애가 갑자기 급정거라도 해봐, 다칠지도 모르잖아.”

그러면서 왜 나를 쳐다보냔 말이다. 결국은 이 몸더러 비키라는 소리 같은데. 난 눈을 감아버렸다. 그러자 버스가 떠나가도록 냅다 소리치는 유란 씨.

"서휘리 너! 자는 척할래?!"

모든 학생의 시선이 유란 씨에게 쏠렸다. 그리고 그 시선은 얼마 가지 않아 희연이의 반대 편 창가에 앉은 꽃미남 1번 녀석에게 집중되었다.

"이봐, 시끄러워."

굵지도, 가늘지도 않은 저음의 목소리가 냉랭하게 울려 퍼졌다. 우리의 유란 씨, 꽃미남에겐 한없이 약한 존재 아니던가. 하지만 그 녀석의 말에 무척 자존심이 상했나 보다.

"떠들어서 미안하긴 한데 어따 대고 반말이니? 너, 나 알아?"

양 허리에 손을 떡 올리고 흔들리는 버스 안에서 용케 균형을 잡으며 앙칼지게 말하는 우리 유란 씨. 그러자 그 녀석은 별 관심 없다는 듯 다시 창가로 시선을 옮긴다. 기가 막히다는 듯 짧은 한숨을 내쉬는 유란 씨의 미간에 심하게 주름이 잡혀 있었다.

"야!! 모른 척한다고 내가 물러설 거 같으냐? 너, 나 아냐고!! 네가 뭐 그렇게 잘났다고 지금 여기서 날 뭉개려 들어?"

한 톤 더 높아진 유란 씨의 말은 들은 척도 않고 가만히 창밖만 내다보는 녀석이 나도 괘씸하게 느껴졌다. 하지만 그때 괘씸한 녀석 옆에 앉아 있던 다른 꽃미남 2번이 살짝 웃으며 유란이를 진정시키려 나섰다.

"아, 미안해요. 제가 제 친구 대신 사과할게요. 이 녀석이 워낙 다혈질이라 앞뒤없이 말하거든요. 제가 대신 사과할게요. ^-^"

유란이의 입에선 이미 침이 두 바가지나 흐른 상태였다. 꽃미남

2번을 향한 유란이의 시선은 뜨겁게 불타오르고 있었다. 하지만 내 친구한테 건방진 말을 내뱉고 싸가지없게 다 씹어버린 꽃미남 1번은 생각할수록 괘씸했다. 그래서 나도 모르게 한마디 툭 내던졌다.

"다혈질이면 앞뒤 안 가리고 지껄여도 되나 보지?"

내 말에 그제야 창밖에 고정된 시선을 움직이는 꽃미남 싸가지 1번이었다. 나를 노려보는 눈빛이 섹시하기까지 한 잘생긴 외모였다만. 특이하게도 저놈 파란 눈이다. 남자도 컬러 렌즈를 끼는구나. 잘생긴 건 나도 인정한다만 난 싸가지없는 남자 놈은 경멸한다! 그 시선을 똑바로 마주한 채 난 한마디 더 내질렀다.

"왜? 내 질문에 직접 대답해 주시려고? 그래, 대답해 보시지. 다혈질이면 아무렇게나 지껄여도 되냐?"

한참 동안 날 노려보던 녀석이 자리에서 일어나려 하자 그를 붙잡는 꽃미남 2번! 다시 한 번 수습에 나서는 듯했다.

"현아, 네가 참아. 여자잖아."

"시끄러."

"현아, 여긴 버스 안이야. 게다가 네가 먼저……."

"시끄럽다고 했어."

"이현, 너답지 않게 왜 그래? 저런 말, 애시당초 신경도 안 쓰는 너잖아!"

꽃미남 2번이 다소 강하게 밀어붙이자 마음을 굳혔는지 시원하고, 날카로워 보이는 블루 아이즈를 창밖으로 다시 옮긴다. 꼴에 폼 재기는. 역시 잘생긴 것들은 싸가지가 없어서 탈이라니까. 툴툴대며 앞을 응시하는데 내 팔짱을 꼬옥 끼는 희연이 조심스럽게 내게 속삭인다.

"싸우는 줄 알고 무서웠어."

귀엽게 떨고 있는 희연의 손이 청순함을 돋보이게 한다.

그에 비해 아직도 꽃미남 2번에게서 시선을 떼지 못하는 유란 씨의 얼굴은 굶주린 여우의 모습이었다. 그나저나 내 옆에서 고개가 왔다 갔다 하며 꾸벅꾸벅 졸고 있는 꽃미남 3번은 대체 뭐다냐. 그리고 자리를 뺏긴 게 억울한 건지, 아니면 관심이 있는 건지 앞에서 나를 힐끔힐끔 바라보는 초록 머리 밀가루남. 이 녀석들, 아주 세트로 노는 것 같다.

목적지에 도착해 버스에서 내릴 때까지 유란 씨는 여우탈을 벗지 않은 채 여전히 꽃미남 2번을 바라보고 있었다. 수많은 아이들이 똑같은 교복에 비슷비슷한 헤어스타일을 하고 조잘조잘 떠들어대며 교문을 통과한다. 여학생들은 지안여상으로, 꽃미남들을 포함한 남학생들은 에이공고의 교문을 통과한다. 그렇게 등교 시간은 분주하면서도 평화로워 보인다. 불안할 정도로.

오늘은 위대한 나의 탄생일! 유란 씨와 희연이, 난 방과 후 알콜이 든 음료수를 마시기 위해 저녁 약속을 잡았다. 선생님의 종례가 끝난 후, 아이들은 서로 교문을 먼저 나가기에 바빴다. 우리도 서둘러 나갔다.

교문을 막 통과할 때쯤 우연인지, 필연인지, 악연인지 밀가루놈과 버스 안에서 봤던 꽃미남 1, 2, 3번 싹퉁놈의 패밀리와 떡하니 마주쳐 버렸다. 유란 씨의 침 좀 어떻게 했으면 좋으련만. -_-; 모르는 척 그냥 지나치려는데 밀가루 녀석이 나에게 아는 척을 한다.

"어? 둘리 아가씨?"

-_-; 둘리표 밴드를 찾았다고 둘리 아가씨라고 부르는 모양인가 본데 내가 공룡처럼 생겼다는 말 같아서 썩 기분이 좋지는 않다. 대꾸없이 그냥 지나치려는데 오늘 아침 버스에서 한없이 꾸벅꾸벅 졸아대던 꽃미남 3번이 희연이를 향해 야릇한 눈길을 쏘며 입을 벌렸다.

"오우~ 아가씨 내 스타일인데?"

얼핏 보면 유란 씨와 비슷한 까무잡잡한 피부를 하곤 꼴에 희연이 같은 청순가련형을 좋아하나 보다. 놈의 발언에 당황한 희연이가 내 내 뒤로 몸을 숨겼다. 그때 초록 머리 밀가루 녀석이 수습에 나섰다.

"야, 신주섭, 그 병 또 도진 거야? 하여간 청순하게 생긴 여자들은 다 못 잡아먹어서 안달이라니까~"

한심하다는 듯 한숨까지 내쉬는 초록 머리 녀석 때문에 자존심이 상했는지 인상을 구기며 말을 내뱉는 주섭인지 껄떡인지 하는 놈.

"야, 최요한, 입술은 삐뚤어져도 말은 바로 하랬어~ 내가 언제 다 잡아먹었다고 그래?"

"푸하하! 에효~ 입술이 아니라 입이야, 입."

더 길게 한숨을 내쉬는 밀가루남을 향해 발길질을 해대는 껄떡남. 그런 발길질을 피해 요리조리 도망 다니며 혓바닥을 뱀처럼 날름거리는 요한이. 얼굴이 밀가루처럼 하얀데 혀를 내미니까 유독 혀만 빨개 보인다. 그런 녀석들을 무시하고 지나치려는데 유란 씨가 그 자리에 굳어 꼼짝도 하질 않는다. 아까 보았던 꽃미남 2번이 유란 씨를 향해 살짝 미소 지어 주었기 때문이다. -_-;; 꽃미남 1번은 싸가지가 없어서 싫고, 초록 머리 녀석도 왠지 주접스럽고, 그렇다고 껄떡남은 더 더욱 맘에 안 들고. 그리고 보니 이놈들 중에 그나마 제일 멀쩡하고 괜찮은 놈이 꽃미남 2번인 것 같다. 그렇게 판단하고 결정을 내리는데 마침 꽃미남 2번이 껄떡남 주접이와 밀가루남 요한이를 향해 입을 벌렸다.

"둘 다 그만 해. 애들처럼 뭐 하는 거야."

부드러운 음성에도 녀석들 아랑곳하지 않고 오히려 더 난동을 피우듯 뛰어다닌다. 그러자 가운데 있던 블루 아이즈 싹퉁놈(꽃미남 1번)이 미간에 주름을 가득 잡더니 조심스레 입을 열었다.

"그만 해. 시끄러워."

'그대로 멈춰라' 노래를 부른 것처럼 녀석의 말이 떨어짐과 동시에 그대로 그 자세를 유지하며 행동을 멈춘 바보 둘. 뭐가 좋은지 꽃미남 2번은 그런 블루 아이즈 싹퉁놈을 향해 따뜻한 미소를 보내고 있었다. 반면 초록 머리 밀가루 녀석과 요한이란 놈은 금방이라도 그 큰 눈에서 눈물이 떨어질 듯하며 울먹거렸다.

"우앙~ 서재야, 현이가 나보고 시끄럽대. 훌쩍."

꽃미남 2번의 팔을 붙들고 훌쩍거리는 초록 머리 밀가루 녀석을 보자 그나마 들었던 친근감이 뚝 떨어졌다. 처음 볼 때부터 연약한 여자 같다고 생각했지만 이 정도일 줄이야. 그보다 꽃미남 2번의 이름을 알아낸 게 기뻤는지 유란 씨의 눈이 반짝반짝 빛나고 있었다. 더 이상 놈들과 마주하고 싶은 마음이 없어진 나는 희연이와 유란 씨를 끌고 자리를 떴다. 우리가 갈 길을 향하자 초록 머리 요한 녀석이 울음을 그치고 나를 향해 인사를 했다.

"어? 둘리 아가씨, 잘 가~"

귀여운 놈이라고 해야 하나? -_-;

집으로 돌아와 생일 파티에 늦지 말라고 신신당부하던 유란 씨의 얼굴을 떠올리며 사복을 갈아입었다. 약속 시간에 늦지 않도록 유란 씨가 일러둔 아웃사이드라는 호프집을 찾아 들어갔을 땐 이미 희연이와 유란 씨가 자리를 잡고 있었다. 새하얀 치아를 드러내며 나를 반기는 이쁜 희연이.

"어? 휘리야, 왔어? ^-^ 좋은 자리 맡았지?"

그 말에 긍정적인 대답을 막 하려는데 유란 씨가 먼저 나선다.

"그럼그럼~ 당연하지. 휘리가 좋아하는 자리지~ 구석지고, 음산하고, 썰렁한 곳. 무슨 바퀴벌레도 아니고."

"유란 씨, 자리 옮길래? 너 혼자 따로."

"호호, 농담이야, 휘리야. 얼른 앉아~"

연신 유란 씨를 노려보면서 자리에 앉자 언제 준비했는지 케이크를 꺼내 불을 붙인다.

"+_+ 오옷~ 희연아, 유란 씨, 설마 나를 위해 준비한 거야?"

케이크를 보며 눈을 반짝이는 내가 나름대로 귀여웠는지 유란 씨가 오버하며 소리친다.

"무핫핫핫! 우리들은 너한테 가장 소중한 친구잖아~ 물론 우리 말고 넌 친구도 없지만~"

"-_-+ 마지막 말은 뺏으면 더 좋았을 뻔했어, 유란 씨."

라이터를 딸칵거리며 유란 씨를 향해 싸늘하게 말을 내뱉자 유란 씨가 어색하게 웃어 보였다. 희연이는 그런 유란 씨와 나의 모습을 보며 즐거운 듯 미소 짓고 있었다.

주변 사람들이 쳐다보든 말든 최대한 큰 목소리로 생일 축하 노래를 부르는 유란 씨. 희연이도 열심히 노래를 부르고 있지만 유란 씨의 큰 목소리에 묻혀 들리지도 않는다. 유란 씨는 노래가 아니라 비명에 가까운 듯한 소리를 내고 있었다.

"생일 축하합니다! 생일 축하합니다~ 사랑하는 서휘리! 생일 축하합니다."

유란 씨의 가창력 덕에 구석진 자리에 앉았음에도 불구하고 모든 사람들의 시선이 우리에게로 쏠렸다. 쪽팔림으로 얼굴 가득 빨간 물을 들이자 유란 씨가 재밌는지 키득댄다.

"휘리야, 노래 한 번 더 해줄까? 응? 왜 촛불도 안 불고 가만히 있냐? 노래 한 번 더 해?"

"후!!"

촛불을 한 번에 죄다 꺼버렸다. 유란 씨는 피식 웃으면서 그런 나를 향해 쏘아붙였다.

"아따, 가스네~ 진작 그럴 것이지."

어이없다는 듯 유란 씨를 쳐다보고 있는데 희연이가 뭔가 부스럭

대더니 나에게 작은 상자를 내민다.

"어? 희연아, 이거 나한테 주는 거야? +_+"

선물을 보고 눈을 반짝이는 나를 보자 유란 씨도 무언가를 꺼내어 내게 내밀었다.

"-_-; 이건 뭐냐, 백유란?"

"뭐긴, 호호~ 보고도 몰라?"

빨간색에 너덜너덜한 고무 촉감. 팔까지 올라오는 길이. 마미손이라고 적힌 비닐 봉지 안에 그 무언가가 곱게 자리하고 있었다.

"그러니까 고무장갑을 왜 주느냐 말이지."

"호호, 아직 여름이지만 겨울은 금방 다가올 거야~ 추우면 끼라구. >_< 호호."

"너 지금 이걸 개그라고 하냐? 고무장갑 끼면 따뜻하냐고!"

"어머, 애 좀 보게~ 사준 사람 성의를 생각해서라도 고맙게 받을 것이지 왜 토를 달아!"

"그래, 고마워서 눈물이 나려고 한다!!"

유란 씨를 힘껏 노려보고는 서둘러 마미손 고무장갑을 옆으로 치웠다. 그리고 마음을 가다듬고 기대에 부풀어 희연이가 건네준 작은 상자를 열어보았다. 역시 희연이란 생각에 감탄사가 절로 흘렀다.

"이야~ 예쁘다. 희연아, 고마워. 이 핀 잘 하고 다닐게."

심플하고 예쁜 디자인에 여러 군데 박힌 큐빅이 호프집의 어두운 조명에 반사되어 더욱 빛났다.

"마음에 들어하니 다행이야. ^^ 휘리 넌 머리카락이 참 길고, 예쁘니까 묶어 올려도 잘 어울릴 거야.”

“고마워, 희연아. 역시 너밖에 없어. 누가 사준 어이없는 마미손 장갑보다 훨씬 소중히 간직할게.”

내 말이 섭섭했는지 유란 씨가 나를 노려보았다. 순간 호프집 주인이 주목해 달라며 소리쳤다.

“손님 여러분, 죄송한데요. 모두 나가주십시오. 지금까지 드신 건 계산하지 않을 테니 지금 좀 나가주세요!!”

계산을 하지 않는다는 말에 너나 할 것 없이 손님들이 우르르 나가 버렸다. 순식간에 호프집 안에는 우리만 테이블을 지키고 있었다. 그러자 주인 아저씨가 우리에게 다가와 정중하게 부탁했다.

“죄송합니다, 손님. 오늘은 그만 가주세요.”

벌써 나갈 준비를 마친 희연이와 유란 씨는 막 자리에서 일어나려 했지만 나는 한 번 자리 잡은 곳을 이유없이 그냥 뜨려니 찜찜했다. 그래서 궁금증을 참지 못하고 그 아저씨에게 질문을 내던졌다.

“왜 갑자기 나가라고 하는 거죠?”

“아, 그건요… 지금 어떤 손님들이 오실 건데 그분들이 오늘 매상은 자신들이 지불할 테니 아무도 없게 해달라고 부탁해서요.”

유란 씨는 재벌이 아니냐면서 호들갑을 떨어대고, 희연이는 그런 유란 씨를 보며 어색하게 웃고 있었지만 유독 내 미간엔 심하게 주름이 잡혀들었다.

“대통령이라도 온답디까?”

내 발언이 조금 황당한 듯 말을 잇는 주인 아저씨.

“아, 그런 건 아닌데요. 높으신 분 자제 분이 여길 오신다고 하셔서요. 저희 집을 자주 이용하시는 단골이기도 하구요. 항상 그분이 오실 땐 다른 손님은 아무도 못 들이거든요. 오늘은 오신다는 이야기가 없어서 손님을 받았는데 갑자기 오신다고 해서……. 죄송합니다. 다음에 찾아주시면 저희가…….”

“됐어요. 난 못 나가요. 아주 웃기고 있네. 지들이 전세 냈어? 지들이 왕이야? 뭐가 그리 잘났다고 다른 손님을 내쫓아. 어이없네.”

다리를 떡 꼬면서 크림을 손가락으로 찍어 맛있게 빨아대는 나를 멍~하게 쳐다보는 주인 아저씨. 그런 내 깡이 하루 이틀 일도 아니었기에 유란 씨는 익숙한 듯 다시 자리에 앉자 희연이도 나와 유란이 눈치를 보며 살짝 자리에 앉았다. 유란 씨가 주인 아저씨를 향해 말했다.

“아저씨, 얘가 한 번 안 나간다면 절대 안 나가요~ 그 사람들 얼굴이나 한번 봅시다!”

아저씨의 얼굴에는 당황하는 기색이 역력했다. 끝까지 나가달라고 사정하는 아저씨의 시선을 난 무작정 외면하고 있었다.

그때 마침 누군가가 호프집으로 들어왔다. 유란 씨의 눈이 유독 반짝이는 걸 보니 분명 남자다. 별 관심은 없었지만 대체 어떤 인간이 그 딴 거만함을 떠는지 궁금해서 살짝 돌아봐 주었다. -_-+ 앗! 근데 저 자식들은…….

“어? 둘리 아가씨~ ^0^”

나를 향해 팔을 휘휘 젓는 초록 머리 밀가루 녀석이 시야에 잡히고 말았다. 보나마나 거만한 뚱땡이 아저씨들일 거라 생각했는데 내 예상은 처참히 빗나갔다. 거만함으로 술을 마시겠다고 선포한 인간들은 바로 오늘 아침 버스에서 만났던 에이공고 꽃미남들이 아니겠는가!! 나를 반가워하는 밀가루남 요한이와는 달리 아주 싸늘한 시선으로 호프집 주인 아저씨를 노려보며 현인지 무시긴지 하는 싸가지 블루 아이즈가 말을 내뱉었다.

"저것들은 뭐야."

저것들이라(빠직). 참으로 신성한 단어 아니겠는가? 완전히 시비조에 자존심을 상하게 만드는 획기적인 발언이다! 연신 고개를 숙이면서 죄송합니다를 연발하는 주인 아저씨.

"아이고! 도련님, 죄송합니다. 나가라고 했는데도 도무지 말을 듣지 않아서……."

그러자 현인지하는 블루 아이즈 녀석이 우리 테이블로 성큼성큼 다가오더니 최대한 거만하게 눈을 내리깔고 입을 열었다.

"전부 꺼져."

유란 씨의 눈은 이미 심하게 날카로워져 있었고, 희연이는 부들부들 떨기에 바빴다. 난 앞에 있던 물을 여유롭게 들이키고 녀석을 올려다봤다. 이내 녀석의 블루 아이즈와 시선이 맞닿았고 녀석은 내가 말하길 기다리는 것 같았다. 그래서 녀석을 향해 피식 웃으면서 입을 열었다.

"어디서 개가 짖나? 씨익."

내 말에 블루 아이즈 싹퉁 녀석 눈빛에 금세 살기가 서린다.

“다시 한 번 지껄여 봐.”

지독히 저음인 이 녀석. 하지만 쫄 거 있나? 어차피 남자놈들 따위한테 지지 않으려고 여태껏 강하게 살아온 내가 아니냐.

“유란 씨, 어디서 계속 개가 짖는데 어떡하지? 술맛 떨어질 것 같아.”

능청스럽게 유란 씨와의 대화를 신청했다. 유란 씨도 이럴 때만큼은 진지해진다. 날카로운 눈빛으로 피식 웃으면서 내 대화를 받아들이는 유란 씨.

“글쎄, 그 개가 수컷인지 짖어대는 게 영~ 저음이라 듣기 거북하네.”

유란 씨의 말이 떨어짐과 동시에 난 굉장히 통쾌했다. 그러나 블루 아이즈 눈에선 이미 꺼지지 않는 불꽃이 활활 타오르고 있었다. 순식간에 테이블을 엎어버린 블루 아이즈!!

우당탕탕—!!

커다란 굉음이 울리고 일순간 정적이 흐르는가 싶더니 놈의 저음이 귓속을 파고들었다.

“분명히 꺼지라고 했다.”

사건 수습에 나서려는 듯 초록 머리 밀가루남 요한이가 우리 앞으로 다가온다.

“혀, 현아, 참아. 여자애들이잖아. 응? 참아.”

“시끄러워.”

“현아, 제발 그러지 말고 진정해.”

　요한 녀석의 말에도 블루 아이즈의 살기는 식을 줄 몰랐다. 블루 아이즈 녀석이 나와 유란 씨를 있는 힘껏 노려보며 말을 내뱉었다.

　"삼 초 안에 안 꺼지면 다 죽인다."

　녀석이 삼 초의 카운트다운을 세기도 전에 내가 불쑥 말을 꺼냈다.

　"죽여보시지? 보상금 한번 거하게 타겠구만."

　사태를 수습하기엔 너무나 늦은 걸까? 블루 아이즈는 열받을 대로 열받아 버려 내 멱살을 잡아 올렸다. 깜짝 놀란 요한 녀석이 현이 팔에 매달리며 말리기 시작한다.

　"혀, 현아!! 그, 그러지 마. 그러지 마, 현아. 둘리 아가씨는 여자잖아. 여자는 괴롭히면 안 되잖아."

　블루 아이즈는 요한 녀석의 말은 들은 채도 하지 않고 나를 구석으로 내동댕이쳐 버린다. 의자 모서리에 허리를 박아 심한 통증이 밀려왔다. 그와 동시에 분노도 함께 타올랐고 녀석과의 전쟁이 시작됐다.

　"으… 네가 감히 날 쳤어?"

　무섭게 녀석에게 달려들어 주먹을 한 방 날리려는 순간!! 서재인지 무시긴지 하는 꽃미남 2번이 내 주먹을 잡아냈다. 화가 나 달려들기 시작하면 아무것도 안 보이는 나이지만 순간적으로 놀라서 행동을 멈출 수밖에 없었다. 여태껏 주먹을 날려서 누군가에게 한 번도 잡혀본 적이 없었는데. 그만큼 내 주먹은 힘 대신 스피드를 가지고 있었는데 이렇게도 간단히 내 주먹을 제압하다니. 너무 놀라 눈이 휘둥그레져서 서재 녀석을 쳐다봤다. 하지만 나 역시 화가 날 대로 나 있는 상태였기 때문에 눈에 살기는 여전했다. 그런 나를 보면서 서재라고 하는 녀석이 미소를 지어 보였다.

"아가씨 주먹이 보통이 넘네. 하도 빨라서 하마터면 놓칠 뻔했어."

녀석의 미소를 보고 정신을 번쩍 차린 나는 눈에 오만 살기를 내뿜으며 블루 아이즈 이현 놈을 노려봤다. 그러자 자신은 맞지 않을 줄 알았다는 듯 태연하게 나를 내려다보는 싹퉁놈.

"계집애가 제법이군."

녀석의 말에 난 더욱 화가 치밀어 순식간에 서재 놈의 손에서 내 손을 빼냈다. 그리고는 재빠르게 이현 놈의 멱살을 잡으며 입을 뗐다.

"방금 계집애라고 했냐?"

놀라우리만치 빠른 스피드를 보고 적지 않게 당황했는지 서재 놈이 나를 보며 멍한 표정으로 입을 열었다.

"와우, 빠른데?"

그런 서재 놈의 칭찬에도 아랑곳하지 않고 블루 아이즈 녀석의 멱살을 꽉 쥐고 죽일 듯 노려보자 이 녀석은 오히려 싸늘하게 미소 짓는다.

"웃기는 계집애군. 계집애를 계집애라고 하지, 놈이라고 하냐?"

그대로 녀석을 향해 주먹을 내리꽂았다. 온 힘을 실어 주먹을 휘두르자 녀석의 입가에서 피가 터져 나왔다. 보통 이 정도의 주먹을 맞으면 쓰러지는 게 정상인데 고개만 휙~ 돌아간 채로 피를 닦아내며 더욱 서늘하게 미소 짓는 블루 아이즈. 맞는 그 순간조차 싸늘한 미소를 짓고 있었다, 분명히. 나름대로 녀석을 한 대 때려줬다는 생각에 약간의 성취감을 맛보고 있는데 녀석의 저음이 내 심장을 후벼 팠다.

"음, 이 정도 스피드였군."

이 녀석, 일부러 맞아준 거야? 제길!! 눈을 부라리며 다시 덤벼들려고 하자 이번엔 어림없다는 듯 내 손목을 확 낚아채는 블루 아이즈 이현 놈!!

"네 실력 다 알았으니까 그만 해라, 아가야."

날 아가라고까지 칭한 사람은 결단코 우리 부모님 외에 아무도 없었다. 자존심이 상할 대로 상한 내가 녀석을 향해 할 수 있는 일은 분하지만 무섭도록 노려보는 일뿐이었다. 녀석의 손을 거칠게 쳐내며 핸드백을 들고 서둘러 호프집을 빠져나왔다. 뒤에서 유란 씨의 목소리와 밀가루남 요한 녀석의 목소리가 들렸지만 이내 무시하고 힘껏 달려 밖으로 뛰쳐나갔다.

"어? 휘리야!!"

"둘리 아가씨!!"

얼마나 달렸을까? 땀으로 범벅되어 나무에 몸을 기댔다. 그만 두 눈에서 눈물이 주르륵 흘러내리고 말았다.

"제길!! 서휘리 너 고작 그 정도 녀석한테 지려고 그동안 악착같이 운동했어? 고작 그 따위 거만하고 재수없는 놈한테 단 한 번에 제압당할 만큼 약했던 거야? 분해! 제길!! 너무 분해!!"

기대고 있던 나무를 맨주먹으로 힘껏 내려쳤다. 주먹에서 피가 터져 나왔지만 그 어떠한 고통도 느낄 수 없었다. 분노에 비해 고통은

너무나 보잘것없었기 때문이다. 생일날 이런 더러운 기분을 맛보게
될 줄이야. 뚝뚝 흐르는 피를 아랑곳하지 않고 오히려 주먹에 힘을
더 꽈악 주며 이를 악물었다.

이를 계기로 내 인생은 완전히 변했다.

[여보세요?]

"아~ 저기, 경호원을 구한다고 해서요."

[여자는 안 받습니다.]

"-_-+ 여자는 왜 안 받죠?"

[남자들에 비해 실력이 모자르니까요.]

아무 망설임 없이 냉정하게 말을 내뱉는 그 남자에게 울컥 화가 치
밀었다.

"아니, 뭐라구요? 남자들보다 월등한 여자들이 얼마나 많은데!! 어
떻게 보지도 않고 그 딴 말을 함부로 하는 거예요!!"

흥분한 내 말투에도 전혀 동요되지 않고 냉정하게 대꾸하는 남자.

[저희가 구하는 경호원은 많은 지식과 능력을 고루 줄 뿐 아니라
경호 실력 또한 뛰어나야 합니다. 능력과 지식이 충분한 여자 분이라
해도 남자에게 이긴다는 건 불가능한 일 아니겠습니까? 그럼.]

그러면서 전화를 끊으려는 그 남자를 향해 얼른 소리쳤다.

"이봐요!! 면접을 보면 되잖아요!! 내가 남자보다 강한지 못한지
실력을 보라구요!!"

[아무리 그러셔도 여자는…….]

"그놈의 여자! 여자! 여자!! 여자가 뭐가 그렇게 나약하다고 그러세요!! 내 나이 비록 열여덟이지만 공인 8단이라는 무술 자격증도 여러 개 소유하고 있을 뿐만 아니라 웬만한 남자들 덤빈다 한들 다 이길 자신도 있다구요!! 나처럼 이렇게 남자들보다 훨씬 강하게 살 수 있는 여자들도 많아요!! 그러니까 함부로 무시하지 말란 말이에요! 제길!!"

마음이 상할 대로 상한 나는 먼저 폴더를 힘 주어 닫아버렸다. 휴대폰이 부숴지지 않은 게 참 다행이다. 씩씩대며 분을 삭히지 못하고 있는데 다시 전화가 걸려왔다. 발신 번호를 보니 방금 내가 전화를 걸었던 곳이 틀림없었다. 쳇! 전화는 왜 한 거야? 난 받자마자 톡 쏘듯이 말을 내뱉었다.

"뭐예요!! 또 여자라고 무시하는 말 하려고 전화한 거예요? 걱정 마세요. 그 딴 무시나 당하면서 경호원인지 나발인지 할 마음 전혀 없으니까!!"

[내일 오전 아홉 시까지 사라 저택으로 오십시오. 그럼.]

그러곤 끊겨 버린 전화. 뭐야? 쳇!! 다소 기분은 나빴지만 우선 내일 아침 서둘러 가보기로 다짐했다. 일을 하든 안 하든 내가 무시당한 걸 톡톡히 갚아줄 생각이었다.

다음날, 거대한 사라 저택 앞에 도착했다. 어제 느낀 수치감에 이를 악물고 서둘러 초인종을 눌렀다. 누구세요? 하는 멘트조차 없이 삑~ 소리를 내며 거대한 철문이 열렸다. 열린 대문 안으로 들어서서

긴 정원을 지나 다시 커다란 현관문 앞에 도달하자 누군가가 내게로 다가왔다.

"어제 전화 주신 분입니까?"

어제 통화했던 남자의 목소리가 틀림없었다. 키가 크고 듬직한 이십 대 중반의 남자였다.

"면접은 어디서 보죠? 결코 여자가 나약한 존재가 아니라는 걸 보여주고 말겠어요! 일 따윈 안 시켜줘도 좋아요!!"

앙칼지게 말을 내뱉자 아무 표정 없던 그의 얼굴에 약간의 미소가 지어졌다.

"지금 비웃는 거예요?"

마음이 상한 나는 다시 한 번 쏘아붙였다.

"아닙니다. 따라오십시오."

검은 정장이 매우 잘 어울리는 남자를 따라 저택 뒤쪽으로 한참을 걷자 넓은 들판이 나왔다. 잔디가 새록새록 나 있는 그곳엔 운동장만한 넓은 공간에 정장을 입은 수많은 남자들이 줄을 맞춰 마네킹처럼 꼼짝하지 않고 서 있었다. 음산한 분위기에 다소 놀란 내가 잠시 움츠러들었던 걸 눈치 챈 걸까? 나를 안내한 그가 입을 열었다.

"여기 있는 사람들은 모두 일급경호원들입니다. 이들을 이길 자신 있습니까?"

나는 다시 한 번 검은 정장의 건장한 사내들을 둘러보았다. 그리고 침을 꿀꺽 삼켰다. 만만한 상대가 아니라는 것쯤은 한눈에 알 수 있었다. 하지만 이내 주먹을 불끈 쥐고는 그를 향해 당당히 말을 내뱉었다.

"이런 사람들 한 트럭을 데려다 놔도 난 지지 않아요!!"

그러자 내 의지가 높은 점수를 받았는지 그가 나에게 하얀 종이를 내밀었다. 그 종이는 다름 아닌 이력서였다.

"우선 그걸 작성해야 면접을 볼 수 있습니다."

난 구석으로 가서 한 글자 한 글자 또박또박 이력서를 작성하여 그 앞에 내밀었다. 그러자 그의 표정은 더욱더 무표정으로 변했다. 그가 날카로운 질문을 하기 시작했다.

"서휘리 씨라… 아직 십팔 세밖에 안 된 소녀군요."

"나이 따윈 중요치 않아요!! 그리고 조사해 보면 알겠지만 초등학교 때부터 단 한 번도 전교 1등을 놓쳐 본 적 없으니까 내 머리는 의심하지 말아요!!"

"좋습니다. 만약 면접을 통과하면 학비는 물론이고 다른 일반 경호원보다 보수를 조금 더 드리지요."

순간 어리둥절해져 그를 뚫어져라 응시했다. 그는 손가락으로 딱 소리를 내어 누군가에게 사인을 보냈다. 그러자 건장한 경호원들 네 명이 나를 향해 덤벼들었다. 일반 양아치들과 격이 다르지만 내가 워낙 운동으로 다져진 몸 아니겠는가? 간단하진 않았지만 겨우겨우 그들을 제압했다. 그 모습을 지켜보던 모든 경호원들의 얼굴엔 경악을 금치 못하는 표정이 역력했다. 나를 안내했던 그의 표정도 무표정에서 조금은 밝은 표정으로 변해 있었다(나중에야 알았던 사실이지만 그 경호원들은 실력의 1/10도 사용하지 않았다고 한다. 쳇!).

“이거… 제가 생각했던 것보다 훨씬 강하시군요. 도련님도 만족해 하실 겁니다.”

“그, 그럼 나 합격이에요?”

강해지기 위해선 이곳보다 좋은 조건은 없으리라 판단했다. 이런 자릴 놓칠 수는 없지. 온몸에 멍이 들고 땀으로 범벅이 되었어도 날아갈 듯한 기분에 미소를 지었다. 그런 나를 향해 몇 가지 일러두려는 듯 입을 여는 그 남자.

“필요한 경호원은 딱 한 명뿐이었는데. 여자가 차지하게 될 줄은 몰랐군요. 우리 도련님을 보필하는 직속경호원이 될 겁니다. 도련님을 경호해야 하니까 당연히 도련님과는 같은 학교를 다니셔야 하고요. 서휘리 씨 말고도 도련님을 보필하는 한 명의 경호원이 더 있습니다. 그분께서 많이 도와주실 겁니다.”

조금 어리둥절한 표정으로 멍하게 그를 바라보고 있는데 낯익은 듯한 모습의 남자가 정장을 깔끔하게 차려입고 내 앞으로 다가왔다.

“도련님을 보필할 경호원은 뽑았습니까?”

부드러운 이 음성의 주인공은 다름 아닌 유란 씨가 침을 바가지째 흘려대던 꽃미남 2번이었다. 나를 미처 발견하지 못하고 나를 안내했던 경호원에게 질문을 던진 꽃미남 2번. 그런 그를 향해 대답을 하는 그 남자.

“방금 선발됐어. 바로 이분이야. 서재, 안내해.”

말이 끝나자 꽃미남 2번은 그제야 나를 보고 깜짝 놀랐다.

“앗! 너, 너는…….”

　-_-? 뭐야. 그럼 이놈도 경호원?? 앞으로 이 녀석과 같이 일을 해야 한다니 썩 기분이 좋지는 않다. 인정하긴 싫지만 나보다 강한 놈. 이런 일을 하니까 강할 수밖에. 하지만 서재라 불린 녀석은 날 바라보며 꽃미소를 마구 날리고 있었다.

　"어떻게 된 건지는 몰라도 일단 대장님께서 직접 선발한 거니까 믿어도 되겠지. 잘 부탁해. 난 민서재. 넌?"

　별로 시답지 않아 보이던 아까 그 남자가 대장경호원이었다니. 조금 놀라긴 했지만 어찌 되었든 나를 받아준 사람이니 조금이나마 감사하는 마음을 가졌다. 나를 향해 쭈욱 뻗은 하얀 손. 민서재라는 놈은 두근거릴 만큼 부드러운 미소를 짓고 있었다. 그래서 나도 모르게 그만 그 손을 살짝 잡고 내 소개를 하고 있었다.

　"나, 난 휘리. 서휘리."

　내 손을 흔들며 씨익 웃는 서재 녀석을 보자 순간 정신이 번쩍 들었고 난 서둘러 악수하던 손을 빼냈다. 냉정함을 잃으면 안 돼, 서휘리!! 저따위 놈의 미소를 보면서 왜 두근거리고 있는 거야!! 너도 유란 씨처럼 되고 싶은 거야? 정신 차려!!

　대장경호원이란 사람이 서재 놈에게 이런저런 지시를 내리자 서재 놈이 내 손을 붙잡고 어디론가 걸어간다.

　"저기 이봐, 어딜 가는 거지?"

　한참을 따라 걷던 내가 답답한 마음에 그를 불러 세웠다.

　"경호원으로 뽑혔으니 일단 도련님께 인사를 드려야지."

　"그렇군. 쩝."

"그나저나 너 우리 학교로 전학와야겠구나. 우리 학교는 남자 학교인데 괜찮겠어?"

앗차!! 대장경호원이 같은 학교를 다녀야 한다고 했지? 그런데 서재 놈이 에이공고이니 그럼 나도… 에이공고?! 거긴 남자 학교인데 내가 어떻게? 적지 않게 당황하고 있는 나와는 달리 부드러운 미소를 지으면서 계속해서 말을 하는 서재.

"하긴 이 집안의 권력이면 너 하나쯤 남자 학교에 넣는 건 식은 죽 먹기지. 너무 걱정 마. 도련님도 좋은 분이니까."

"그, 그래?"

"근데 아마 남장을 해야 될 거다. 넣어주는 건 그렇다 해도 여자인 채고 남학교를 다닐 순 없을 테니 말야."

"뭐, 뭐?!"

"설마 그 정도 각오도 안 한 건 아니겠지?"

"제길, 골고루 하는군."

남자로 살든 할아비로 살든 지금 나한테 가장 중요한 건 강해지는 것이다. 약해 빠진 여자로 살아가는 것보단 더욱더 강해진 남자로 살아보는 것도 나쁘진 않겠지. 어찌 보면 잘된 일이란 생각에 마음을 가다듬으며 서재 놈을 따라 커다란 저택 안으로 들어갔다. 한참 계단을 올라가 구석진 방문을 조심스럽게 노크하는 서재. 아주 조금이지만 긴장을 하고 있었다. 안에선 아무런 대꾸가 없었지만 서재 놈은 조심스럽게 문을 열고 안으로 들어섰다.

"도련님을 뵙습니다."

정중히 고개를 숙이는 서재를 따라 나도 얼떨결에 고개를 꺅듯이 숙였다. 그러자 도련님이란 호칭을 받은 사람의 음성이 들려왔다.

"민서재, 날 그 따위로 부르지 말라고 했을 텐데."

어째 익숙한 음성이지만 인정하기 싫어 고개를 들지 못했다. 그런 나와는 달리 벌써 고개를 번쩍 들고는 입을 여는 민서재.

"현아, 내가 누굴 데려왔는지 좀 봐봐."

이, 이, 이럴 수가!! 이런, 제길! 내가 모셔야 한다는 도련님이 바, 바로 블루 아이즈 싹퉁놈?? 신은 진정 존재하지 않는다는 말인가? 깊은 절망의 구렁텅이에 빠져 허우적거리고 있는 나를 보며 현이라 불린 놈이 무심하게 한마디 내뱉었다.

"뭐냐, 쟤는?"

아무 대답도 하지 못한 채 그저 부들부들 떨고만 있는 내게 놈의 말이 비수가 되어 꽂혔다.

"이번에 사장님 사업이 확장되면서 자식인 너를 이용해서 어떻게 해보려는 사람들이 늘어나서 경호원을 한 명 더 붙였어. 신중히 면접까지 치러 당당히 합격한 애가 얘지 뭐야."

서재 놈의 말에 어이없다는 표정으로 나를 위아래로 훑어보더니 별 관심 없다는 듯 다시 보던 책으로 눈을 돌리는 이현 놈!! 저 재수 없는 놈이 도련님이라 치자! 그럼 친구처럼 보이던 서재 놈과 저 싹퉁놈의 관계는 대체 뭐야? 혼자 이런저런 생각에 잠겨 심각한 고민을 하고 있는데 이현 놈이 나를 향해 한마디 내뱉는다.

"내일부터 잘 따라다녀라, 아가야."

　비록 지금은 내 자신이 비굴할지언정 두고 보라! 기필코 이번 일을
계기로 더 강해지리라! 무엇보다 상대가 저놈이라면 내가 놈들보다
강하다는 걸 인정받기 위해 곁에 머무는 것도 나쁘진 않다고 생각되
었다. 이를 꾹 다물며 타오르는 분노를 억제하고 있는데 서재 녀석이
부드러운 음성으로 말을 꺼냈다

　"서휘리라고 했지? 전학, 아니지, 넌 여태껏 여자 학교를 다녔으니
자퇴 후 새 입학을 해야겠구나. 그 모든 절차는 모두 내가 처리할게.
아차, 지금 있는 집에서도 독립해야 될 거고."

　독립이란 말에 깜짝 놀라 토끼 눈으로 서재 녀석을 바라봤다.

　"독립이라니??"

　내 질문에 피식 웃음을 짓는 서재 놈. 인정하기 싫지만 유란 씨가
침 흘릴 만하다.

　"경호 임무라는 게 시간제가 아니잖아~ 더군다나 도련님 직속경
호원이라는 건 일반 경호원들보다 훨씬 신중해야 하고, 스물네 시간
대기하고 있어야지. 한마디로 언제 어디서나 항상 도련님 곁에 있어
야 한다는 말이라구."

　"그래, 그건 그렇다 치자. 근데 대체 그거하고 독립하고 무슨 상관
인데?"

　"아가씨~ 이래서야 일급경호원 대우를 받을 수 있겠어? 잘 생각
해 봐. 사람이 말할 때는 말하는 요점뿐만 아니라 의도까지 잘 파악
해야 한다구~"

　녀석의 말에 자존심이 팍 상해서 인상을 찌푸리며 잠시 생각했다.

그리곤 소스라치게 놀라 녀석을 향해 소리 질렀다.

"서, 설마 이 집에 들어와서 살라는 말은 아니겠지!"

불길하게도 내 발언에 딩동댕이라는 듯 활짝 웃는 서재였다.

"제, 제길!! 난 싫어!! 그냥 출퇴근할래!"

"그러면 도련님의 경호원을 할 수가 없어. 스물네 시간 항상 대기니까."

"그럼 날 저놈 말고 다른 사람 경호원으로 붙여주면 되잖아!"

"지금 필요한 경호원은 딱 한 사람이고 그 한 사람은 도련님의 직속경호를 맡기기 위해 필요한 거야. 그게 바로 너고. 다른 사람으로 바꿀 수 없어."

서재 놈의 냉정한 말에 온몸에 힘이 빠져나가는 듯하다. 하지만 엄마, 아빠께는 어떻게 말씀드리지? 아직 어린 나리도 내가 없으면 많이 심심할 텐데. 더 돌봐주기도 해야 하고 이것저것 가르칠 것도 많은데. 엄마, 아빠 역시 내가 벌써 출가하겠다 말씀드리면 많이 섭섭해하실 거야. 이를 어쩐다? 강해지기 위해선 꼭 설득을 시켜야 할 텐데……. 휴… 역시 나에겐 무리인가 봐. 이것이 나의 한계인가 봐. 강해져야 하는데… 강해져야…….

"야."

깜짝 놀라 현이 녀석을 돌아봤다. 여전히 거만한 자세로 책을 읽고 있던 싹퉁놈. 나를 쳐다보지도 않은 채 내뱉은 말이었다.

"네 부모님 내가 설득시켜 주랴?"

녀석의 배려가 고맙긴 했지만 녀석도 녀석 나름이라 오히려 내게 반감을 일으켰다.

"됐어! 동정 따윈 필요없어! 내 앞가림은 내가 알아서 해!"

그렇게 소리치는 내게 서재가 부드러운 미소를 잃지 않고 말을 건넸다.

"경호원들의 철칙 중 하나가 뭔 줄 알아? 바로 냉정함이야. 동정 따위를 할 인간들이 못 되지. 경호원으로서 동정하고 정에 약해지면 바로 실격이야. 즉 널 동정할 마음 따윈 눈곱만큼도 없어. 그러니까 걱정 마."

저 자식 아까부터 사람 심장 떨리게 왜 자꾸 저렇게 웃는 거야? 두근거리는 심장을 대충 진정시켜 놓고 뻘쭘하게 녀석들을 번갈아 쳐다보았다. 그런 나를 서재 녀석이 끌어당긴다.

"어, 어디 가는 건데?"

"네 방 보여주러."

"내, 내 방?"

"그래. 이제부터 네가 머물 공간."

녀석의 환한 미소에 조금은 들뜬 기분으로 따라나섰다. 하지만 예상과는 달리 몇 발자국 가지 않아 멈춰 서야 했다. 불안한 맘에 땀이 등줄기를 타고 흘러내렸다.

"-_-+ 설마… 이 방??"

새로운 시작

제2장

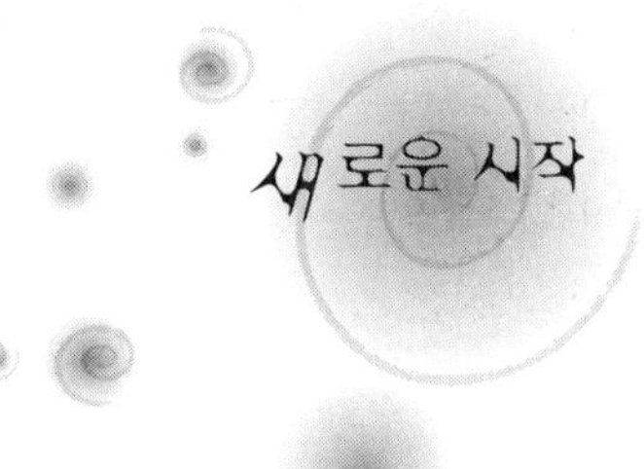

내가 아니꼽게 바라보며 가리킨 방문을 보며 그렇다는 듯 고개를 끄덕이는 서재.

"젠장!! 왜 내가 저딴 싸가지 도련님 바로 옆 방인 건데!"

"그야 직속경호원이니까 최대한 가까이 있어야 하잖아."

"그, 그런 게 어딨어!"

"나도 바로 네 옆방인걸?"

그 말에 순간 심장이 덜컹하고 내려앉았다. 제길. 이러면 안 돼! 냉정함을 잃지 마, 서휘리!!

"오늘 저녁부터 당장 이 방을 쓰도록 해. 필요한 것들은 내가 준비해 둘 테니 웬만한 건 가져오지 마. 알았지?"

하는 수 없이 한숨을 푹 내쉬며 앞으로 내가 살아야 한다는 방문을 살짝 열었다. 커다란 저택이니만큼 방 한 칸의 크기도 상당했다. 아까 이현 놈의 방을 보고 어마어마하다는 생각은 했지만 내 방까지 이런 초호화일 줄이야. 눈이 반짝이는 나를 눈치 챘는지 서재 놈은 환하게 웃으며 말을 이어갔다.

"아, 그리고 학교 문제는 내일부터 당장 다닐 수 있도록 조치를 취할 거야. 이름은 서휘리 그대로 하면 안 될 것 같고… 뒤에 '리' 자만 빼자. 서휘! 서휘로 등록해 놓을게. ^-^"

"어? 어, 어."

이 녀석 옆에 있으니까 자꾸 심장이 두근거려 나답지 않게 약해지는 기분이다. 아무래도 이 녀석을 좋아해 버릴 것 같은데 유란 씨한테 미안해서 어떡하냐. ㅜㅜ

서재 녀석의 배웅을 받으며 저택에서 나온 뒤 집으로 향하는 발걸음은 나름대로 가벼웠다. 비록 싹퉁 현을 보좌하게 생겼지만 그래도 서재 옆에서 많은 걸 배울 것을 생각하니 괜스레 기분이 좋아졌다.

콧노래까지 흥얼거리며 집에 도착하자마자 대충 짐을 정리했다. 서재 녀석의 말대로 그 집에 거의 다 있을 테니 너무 많은 물건들은 안 가져가는 게 좋겠지? 하지만 꼭 필요한 물건들만 싸는데도 꽤 오랜 시간이 걸렸다.

"언니, 나리 왔어. ^-^"

나를 향해 환한 웃음을 지으며 달려오는 나리를 보니… 흑, 눈물이 앞을 가린다. 그래도 난 강해져야 해.

“나리야, 언니 한동안 여기 없을 거야.”

“왜? 어디 가는데?”

나리에게 모든 걸 말해 주자 빠질 만큼의 커다란 눈을 하곤 엄마, 아빠를 부르기 시작했다.

“아빠, 죄송해요. 하지만 결코 실망시켜 드리지 않는 딸이 되어 돌아오겠습니다. 그리 오래 걸리지 않을 겁니다.”

“으아앙~ 싫어! 싫어! 언니 여기서 나리와 함께 살아!!”

난 막무가내로 고집을 부리는 나리와 굳은 표정으로 아무 대답 없으신 부모님을 설득하느라 오랜 시간 진땀을 빼야 했다.

드디어 짐을 들고 사라 저택에 도착했다. 이렇게 힘들게 이곳에 왔는데… 필히 강해져야 해!!

“이봐, 잠깐 나 좀 보자.”

방으로 들어가 화장실 자세로 앉아서 이것저것 짐을 꺼내던 나에게 말을 건넨 건 문턱에 건방진 포즈로 기대어 나를 내려다보는 이현 놈이었다.

“-_-+ 지금 보고 있잖아.”

“따라와.”

건방지게 한마디 툭 내뱉고는 자신의 방으로 들어간다. 재수없어도 어쩌겠는가, 이제는 내가 모셔야 할 사람인 것을.

“앉아.”

내가 방으로 들어서자 턱으로 소파를 가리키며 말을 내뱉는 이현

놈. 말없이 녀석을 노려보면서 자리를 잡았다. 그놈은 숨 막히는 침묵이 한참 흐른 후에야 겨우 입을 열었다

"곧 있으면 서재가 올 거야, 네 교복과 정장을 가지고."

순간 얼굴이 빨개졌다. 저놈이 눈치 채면 안 될 텐데. 화끈 달아오른 얼굴을 진정시키려 애꿎은 허벅지만 꼬집고 있었다. 그때 녀석의 날카로운 한마디가 심장을 후려낸다.

"서재 좋아하냐?"

"미쳤냐!! 내가 그놈을 언제 봤다고 좋아해!!"

젠장. 흥분해서 너무 오버했나 보다, 녀석이 능글맞게 살짝 웃는 걸 보면. ㅜㅜ

타이밍 절묘하게 서재 녀석이 정장 몇 벌과 교복을 들고 안으로 들어와 내 앞에 자리를 잡고 앉더니 내게 옷을 건넸다.

"자, 네가 입을 정장이랑 교복. 집에 있을 땐 항상 정장 차림을 해야 하고, 스물네 시간 대기 자세로 도련님 옆에 있어야 해. 하루는 내가, 하루는 휘리 네가 도련님 잘 때 옆에 있어야 해. 무슨 뜻인지 알겠지?"

"자, 잠깐. 뭐, 뭐라?? 잠도 안 자고 이 녀석 자는 걸 옆에서 뻘쭘히 쳐다보고 있으란 말이야?"

"아니지, 도련님 자는 걸 뻔히 쳐다보고 있으라는 게 아니라 도련님 곁에 있으면서 경호를 하는 거지. 도련님이 주무시는 동안 무슨 일이 있나 없나를 살피면서 항상 곁에서 보필하는 거야. 경호원도 사람인데 잠이란 걸 자야지. 그래서 교대로 근무하는 거고. 하루는 내

가 하고 하루는 네가 말야. OK?"

서재 놈의 얼굴은 내 심장을 두근거리게 만들었지만 녀석의 말은 이내 내 심장을 멈추게 하기에 충분했다. 살짝 이현 놈을 노려보자 뭘 보냐는 듯 날 쳐다보는 이현 놈.

"제길, 할 수 없지. 강해지기 진짜 힘드네!!"

내가 거칠게 말을 내뱉었는데도 불구하고 아직도 설명할 게 남았는지 서재는 다시 입을 열었다.

"학교에 있을 때는 경호원인 걸 티 내면 안 돼. 학교에서는 그냥 친구처럼 지내면 되는 거고 집에서는 반드시, 갖춰야 해. 나 같은 경우는 현이랑 단둘이 있을 땐 그냥 편하게 지내는데 학교를 제외하고 다른 사람이 있을 땐 본연의 임무로 돌아와서 도련님이라고 존칭을 쓰니까. 무슨 말인지 알겠지?"

"저 자식을 도련님이라고 부르라 이 말이네."

"그렇지. 학교를 빼고는. 아니면 너도 우리끼리 있을 땐 그냥 편하게 현이라고 불러."

서재의 말이 끝나기가 무섭게 냉정한 저음으로 말을 꺼내는 이현 놈.

"안 돼. 저 애가 내 이름 부르는 건 불쾌해. 넌 그냥 학교 밖에서는 존칭 써라."

재수를 한 트럭으로 상실한 놈. 네가 불러달라고 부탁해도 안 부른다, 이 썩을 놈아!!

"-_-+ 걱정 마십시오, 도.련.님. 제가 어찌 감히 도련님의 성함을 함부로 지껄이겠사옵니까!! 걱정 꽉 붙들어 매십시오! 네?!"

말을 딱딱 끊어가며 눈썹을 꿈틀대고 비아냥거리듯 말을 건네자 이현 놈이 무심히 나를 째려본다. 뭐가 그렇게 재밌는지 서재 놈은 살짝 미소를 짓는다. 그러다 계속 말을 잇는 서재.

"지금까지 설명 들어서 대충 알겠지만 학교 친구들은 내가 현이의 경호원인지 전혀 몰라. 물론 너도 경호원이란 걸 들켜서는 안 되고. 학교에선 그저 평범한 학생이 된다고 생각하면 될 거다. 물론 긴급 상황엔 당연히 학교에서든 어디서든 보호를 해야겠지. 예를 들자면 다른 녀석들이 현이한테 덤빈다든지. 뭐, 그럴 일은 거의 없지만 현이 녀석이 학교에서 워낙 유명하니까. 아차, 너도 봤지? 요한이랑 주섭이는 정체를 다 알고 있으니까 그 애들한테까지 굳이 숨길 필요는 없고."

"요한이랑 주섭이라면 그 초록 머리 밀가루놈하고 껄떡남?"

"흥흥 별명이 좀 웃기지만 그런 거 같다. 그 애들은 우리하고 아주 절친한 애들이야. 흔히 말하는 패밀리라고 할 수 있지. 이제 너도 그 패밀리에 합류해야 할 거야. 항상 붙어다녀야 하니까."

"대충 다 파악했어, 뭘 해야 하는지도 알아들었고. 재수는 좀 없지만 저 위대하신 도.련.님 곁에 스물네 시간 붙어서 보호하면 되는 거지?"

"^-^ 똑똑하네. 이제부터 네 이름은 휘야, 휘! 서휘! 알았지? 그나저나 그 긴 머리는 어떡할 거야? 가발 쓸 거야?"

"긴 머리 거추장스러웠는데 컷트 하면 되지 뭐."

아무렇지 않게 말을 내뱉었지만 몇 년 동안 길러온 머리를 싹뚝 잘라 버릴 걸 생각하니 마음이 저리다. 왜, 여자들은 그렇지 않는가? 머리를 자르는 데에 참 많은 생각과 큰 결심이 필요한 것을. 난 나약한 여자가 싫다고 했지 여성스러운 본능이 싫다고는 하지 않았다.

서재의 다정한 설명과 싹퉁 이현 놈의 잔소리를 들은 후 다시 내 방으로 돌아왔다. 여섯 벌이나 되는 정장을 옷장에 걸어놓고 에이공고 교복을 뚫어져라 응시했다. 그중에 유독 내 시선이 머문 곳은 왼쪽 가슴팍에 달린 내 명찰이었다.

"서휘라, 쩝. 뭐 좋아, 까짓것. 이름도 맘에 드네."

구시렁대며 교복까지 완벽하게 정리를 마치고 긴 머리를 한 번 쓸어 넘기고 있었다. 그때 걸어놓은 정장 자켓에서 시꺼먼 무언가가 툭 하고 바닥으로 떨어졌다.

"뭐야, 이거? 가, 가발 아니야?"

순간 안타까운 듯 내 긴 머리를 보면서 머리를 어떻게 할 거냐는 서재의 얼굴이 떠올랐다. 새심하게 배려해 준 서재. 그래도 내가 여자라고 머리를 자르는 건 원치 않을 거라 생각한 거야. 무척이나 자상한 녀석. 자꾸만 이러면 안 되는데. 내가 일하는 데 방해되잖아! 유란 씨와의 우정에 금이 가게 하지 말라구. 가발을 움켜쥐고 왜 그렇게 서럽게 눈물이 났는지 모른다. 머리를 자르지 않아도 된다는 데에 대한 안도감? 서재의 따뜻한 배려? 그보다 내가 어째서 이 지경까지 와야 했는지 마음이 저려와서 순간 눈물이 후두두 떨어져 버릴 것 같았다.

다음날 아침, 노크 소리와 함께 서재의 부드러운 음성이 들려왔다. 어색한 교복을 걸치고, 어색한 머리를 매만지고 있던 나는 이내 문을 열어주었다.

"휘야, 뭐 해? 학교 가야지."

"응, 잠시만."

거울을 열심히 보고 있던 나는 서운함을 뒤로한 채 가방을 메고 나왔다.

"휘~ 준비 다 됐어?"

"응. 네가 잘 챙겨준 덕에 뭐 어려운 거 없네~"

"가발이 잘 어울릴 것 같았는데 왜 잘랐어?"

"어? 누, 눈치 챘어? 가발이랑 비슷하게 잘랐는데. 네 배려는 고마운데 그냥… 그냥 잘랐어. 실수로 벗겨지거나 하면 곤란하잖아. 난 괜찮아."

예리한 자식. 어젯밤 눈물을 흘리며 가위로 싹뚝 잘라 버린 내 머리를 보면서 가발이 아니란 걸 바로 눈치 채버렸다. 역시 일급경호원이라 다르구만. 어색하게 웃는 나를 보면서 서재는 더 환하게 웃어준다. 그러더니 불길한 한마디를 던진다.

"현이는 벌써 준비하고 아침밥 먹으면서 기다리고 있으니까 빨리 가자~ 아차, 그리고 어제 내가 요한이랑 주섭이한테 전화해서 너에 대해 말해 놨으니까 실수는 안 할 거야."

"그, 그래."

어색하게 식탁에 앉아 서둘러 아침밥을 먹고 커다란 저택을 셋이서 나란히 빠져나왔다.

버스 정류장으로 가는 길은 뻘쭘하기 짝이 없었다. 지나가는 사람들의 시선도 모두 우리들의 몫이었고, 특히 여자들은 얼굴이 빨개졌다. 하지만 녀석들은 익숙한지 냉정하기만 했다.

버스 정류장에 도착하자 껄떡남 주섭이가 우릴 보며 환하게 웃는다.

"현아~ 서재야~ 짜식들, 오늘은 쪼끔 늦었다?"

반갑게 인사를 건네다 말고 낯선 내 얼굴을 보며 장난스럽게 웃는 주섭 놈. 주접이라고 이름을 짓지 그랬니.

"반갑다, 서휘 군!"

구릿빛 손을 내 앞으로 쭈욱 내미는 녀석. 하지만 난 살짝 무시해주었다. 그러자 오만 인상을 구기더니 소리를 바락바락 질러댄다.

"야!! 사람이 악수를 청하면 악수를 해야지, 왜 무시하냐!"

"-_-+ 내 맘이야."

"이 계집애가!"

순간 눈빛이 싸늘하게 변하며 녀석을 노려봤다.

"방금 계집애라고 했냐?"

녀석은 내 눈빛을 보더니 순간 움찔한다. 이내 다시 미소를 짓더니 입을 여는 주접놈.

"아, 미안. 그런 말 듣는 걸 엄청 싫어하나 보구나? ㅎㅎ 그럼 그렇다고 진작 말을 하지~ 어차피 이제 남자로 지낼 거니까 그런 말 안 하도록 조심할게. 한 번만 용서해라~”

　주접스럽게 웃는 녀석을 당장이라도 날려 버리고 싶었지만 진심인지 연신 사과를 해대는 녀석한테 아침부터 해가 되는 일은 하고 싶지 않았다. 가만히 녀석에게 꽂은 시선을 다른 곳으로 옮겨갔다.

　잠시 후 시간에 맞춰온 버스를 반갑게 맞이하며 올라탔는데 시간대가 달라서인지 항상 뒷자리에 앉아 있던 희연이와 유란 씨가 보이지 않았다.

　설마 했는데 역시나 녀석들은 모두 같은 반이었다. 남자들이 우글거리는 곳으로 들어서니 기분이 좀 이상했다. 모두의 시선이 낯선 내 얼굴로 향했다. 남장을 했다지만 원래는 여자이기에 여성스러움이 그대로 배어 나와 난 모두의 시선을 받을 수밖에 없었다. 그런 시선을 애써 외면한 채 뻘줌하게 서 있는데 서재가 나를 부드럽게 배려해 준다.

　“휘야, 교무실로 가봐. 넌 전학생이니까 선생님하고 같이 들어와야지.”

　“어? 그, 그래.”

　녀석의 부드러운 미소 덕에 뻘줌함을 떨쳐 버리고 서둘러 교무실을 찾아 내려갔다.

　잠시 후 담임 선생님을 만난 나는 다시 녀석들이 있는 교실로 들어왔고 남장을 한 거라고는 전혀 눈치 채지 못한 반 아이들이 소리치기 시작했다.

　“와~ 요한 녀석만큼이나 예쁘게 생긴 머스마네.”

"저 하얀 얼굴에 목 선 좀 봐, 완전 계집애네~"

"ㅋㅋㅋ 남자 녀석들만 보다가 저런 스타일 보니까 막 안고 싶어지지 않냐?"

변태 같은 녀석들의 웃음을 뒤로하고 나를 향해 부드러운 미소를 날리고 있는 서재 녀석을 힐끔 쳐다봤다. 그때 배불뚝이에 짙은 구레나룻가 인상적인 담임 선생님께서 나를 소개하려는 듯 지휘봉으로 교탁을 두드렸다.

"자자! 조용히들 하고 여기 예쁘장하게 생긴 녀석이 하나 전학 왔으니까 사이좋게 지내라!! 넌 자기소개나 시원하게 해봐!"

나를 보며 말을 마친 선생님의 어명에 따라 난 시답지 않은 자기소개를 늘어놓았다.

"반가워. 내 이름은 서휘리, 리리릭~ ㅎㅎ 내 이름은 서휘! 친하게 지내보자고~"

하마터면 습관처럼 내 이름을 다 말해 버릴 뻔했다. 안도의 한숨을 쉬는 동안 담임 선생님께서는 내가 앉을 자리를 가리키며 말씀하셨다.

"요한이 옆 자리 비었지? 저기로 가서 앉아."

"아, 네."

요한 녀석 뒤엔 주접놈과 서재가 앉아 있고, 그 뒤엔 싹퉁 이현 놈이 혼자 앉아 있었다. 어찌 되었든 초록 머리 요한 녀석 옆으로 다가가 자리를 잡고 가방을 걸어두었다. 그러자 요한 녀석이 나를 향해 빙긋 웃더니 장난스럽게 말을 건넨다.

"둘리 아가씨, 아니지, 이제 그냥 둘리다. ^0^"

이 자식은 나만 보면 둘리래. 지가 더 둘리 같은 게.

"-_-+ 내가 보기엔 둘리에 네가 더 가까운데?"

내 한마디에 다소 충격받은 듯 반짝이는 눈망울로 울상을 짓더니 토를 단다.

"우잉~ 내가 왜 둘리야? 네가 둘리잖아~"

"내가 둘리밴드를 사러 갔었다고 둘리라고 하는 모양인데 너도 둘리밴드 찾았었잖아. 그리고 결국은 네가 샀고!! 게다가 네 머리 색깔을 좀 봐라, 초.록. 머.리! 누가 봐도 네가 둘리야."

"싫어싫어! >ㅁ< 요한이는 둘리 안 할 거야~ 휘야, 네가 둘리 해!"

아아~ 말이 안 통하는 자식. 모든 게 애교로 해결된다고 생각하는 모양이다.

담임 선생님의 조회가 끝나자 반 아이들이 하나같이 내 자리로 몰려들었다. 새까맣게 몰린 이 녀석들 좀 저리 치웠으면 좋겠는데. 이렇게 몰려와서 날 뚫어지게 바라보면 어쩌라는 건지. 멍하게 쳐다보던 녀석들이 하나둘씩 입을 열기 시작했다.

"야야, 너 이름이 휘라고 했지? ㅋㅋ 남자가 이렇게 예쁘게 생기면 남자 학교에선 괴로울 텐데."

"피부 뽀샤시한 것 좀 봐라. 야야~ 너 운동 같은 것 전혀 못하지?"

"속눈썹 긴 것 봐, 딱 계집애야~"

오직 마음속엔 참아야 하느니라, 참아야~ 이런 단어들만 가득 찼지만 미간에 점점 심하게 주름이 잡히고 울컥 치밀면서 주먹에 힘이 들어가기 시작했다. 다행히 서재가 수습에 나서는 듯했다.

"야! 뭐 하는 거야! 이제 곧 수업 시간이잖아. 모두 자리로 돌아가."

하지만 부드러운 서재의 말이 말 같지 않았는지 녀석들은 오히려 서재를 다그친다.

"야, 민서재, 너도 봐봐. 애 되게 곱상하게 생겼잖아. 가슴만 있으면 딱 여잔데. 애는 거시기도 무지 작을 것 같애~"

거, 거, 거시기!!

요한 녀석은 지가 더 민망했는지 훌쩍거리다 언제 눈물을 뚝 그쳤는지 나선다.

"야!! 거, 거시기가 뭐야, 거시기가!! 니들 저리로 안 가? 나 공부할 거야!! 내 짝지 옆에 몰려 있으면 내가 방해되잖아! 모두 자리로 가!!"

나름대로 용기를 내서 소리친 것 같긴 하지만 씨도 안 먹히고 오히려 녀석들은 더 난리를 쳐대기 시작했다.

"야, 최요한, 너 전학 올 때 생각난다. 진짜 예뻐서 여자인 줄 알고 체육 시간에 우리가 옷 벗겨보고 그랬잖아."

"맞아맞아~ 그때 요한이 네가 싫다고 계속 버티는 바람에 의심스러워서 더 벗기려고 용썼었지. ㅋㅋ"

윽! 상당한 공포가 밀려온다. 설마 이 자식들, 나한테까지 그러진 않겠지.

"ㅜㅜ 씨이. 그, 그때 얘기 하지 마!! 니들 나빠!! 나빠!!"

또다시 커다란 눈망울에 눈물이 가득 고인다. 내가 봐도 불쌍한 요한이. 반 아이들에게는 녀석의 눈물이 익숙한 듯 신경 안 쓴 채 더 짓궂게 장난치는 아이들.

"ㅎㅎ~ 저렇게 우는 것도 워낙 예뻐서 진짜 여자로 만들고 싶었다니까~ 오죽하면 선배들이 재를 창고까지 끌고 갔겠냐~"

"맞아~ 남자라도 저렇게 예쁘면 좋다. 일단 안고 보자 이거였지. ㅋㅋㅋㅋ"

자식들 얘기가 점점 살벌해지면서 엄청난 공포가 엄습해 왔다. 그때 서재가 책상을 한번 쾅 두들기더니 눈빛이 싸늘하게 변하면서 냉정하게 입을 열었다.

"전부 자리로 돌아가라!"

순식간에 쏴해진 분위기. 녀석들은 침을 꼴깍하고 삼키더니 모두 조용히 자리로 돌아간다. 그 모습에 왜 난 혼자 얼굴이 빨개진 건지. 제길!!

아무튼 서재 녀석의 도움 덕에 무사히 1교시가 시작되었다. 난 전학생이란 이유 하나만으로 선생님들께도 엄청난 질문 세례를 받았지만 예전부터 전교 1등은 놓치지 않던 나인지라 어떠한 질문에도 척척 정답을 말했다. 그러자 녀석들은 모두 존경의 눈빛으로 나를 바라본다. 벌써 여덟 번째 질문의 답을 정확히 대답하고 자리에 앉자 요한 녀석은 자기가 더 좋아 난리다.

"우와~ 둘리야, 너 정말 공부 잘하나 보다."

"둘리라고 하지 말랬지."

"싫어싫어! 휘야는 둘리가 잘 어울려."

"거울에 비친 네 머리를 봐라, 내가 잘 어울리나 네가 잘 어울리나."

"휘야가."

"그래, 됐다, 됐어. 말을 말자."

서재가 나를 향해 미소 짓고 있는 게 얼핏 보였다. 제길. 또 심장이 제멋대로다.

우여곡절 끝에 점심 시간이 되었고 모두들 밥을 먹기 위해 식당으로 향한다. 그런데 이 녀석들은 왜 밥 먹으러 안 가지? 배고파 죽겠는데. 반 아이들이 한 명도 빠짐없이 다 나갔는데도 불구하고 자리를 지키는 녀석들에게 궁금증을 참지 못하고 의문을 제시했다.

"야! 우린 밥 안 먹냐?"

"둘리야, 조금만 기다려. 밥 가져올 거야."

요한 녀석의 말을 이해 못하고 다시 한 번 질문을 던진 나.

"뭐? 밥을 갔다 줘? 누가?"

그때 교실 문을 열고 정장을 말끔하게 차려입은 경호원이 도시락 여러 개를 우리 책상에 놓고 깍듯이 인사를 한 후 사라진다.

"-_-; 뭐, 뭐냐, 저 사람은?"

내가 황당하다는 표정으로 뻘쭘하게 쳐다보자 녀석들 책상을 다닥다닥 붙이고 도시락을 뜯는다. 시끄럽긴 하다만 주접놈이 내 궁금증을 풀어주려는 듯 나선다.

"우린 항상 현이네 요리사가 싸주는 밥을 먹지. ㅋㅋ 저 사람은 만날 점심 시간이 되면 도시락을 여기로 갖다 줘."

이 패밀리 정말 황당한 집단일세. 어찌 되었든 그런 특별대우 속에 화려한 도시락이 펼쳐지고 배가 고픈 나머지 서둘러 막 한 수저 뜨려는 순간, 척 보기에도 양아치 같아 보이는 녀석들이 교실 문을 박차고 들어온다. 교복은 같아도 명찰 색이 다른 녀석들. 요한 녀석의 얼굴이 사색이 되는 걸 보니 저 인간들은 3학년인가 보다.

"어이~ 이현, 오랜만이다? ㅋㅋ"

거만한 포즈와 웃음으로 점점 가까이 오는 3학년들. 블루 아이즈 이현 놈은 신경 안 쓴다는 듯 가만히 밥만 먹는다. 그 모습에 화가 났는지 가장 인상 더러운 녀석이 책상을 발로 쾅! 내리찍는다. 그 모습에 서재가 벌떡 일어나 인상을 구긴다.

"선배, 무슨 짓입니까? 발 치워주시죠. 저희들 지금 점심 먹는 중입니다."

다시 한 번 미소가 사라진 서재의 얼굴. 제길, 멋지다. 서재의 말에도 아랑곳 않고 안 그래도 구겨진 얼굴을 더 구기며 입을 여는 3학년.

"민서재~ 너한테 볼일있는 거 아니니까 나서지 마라. 그렇다고 오늘은 이현 저놈한테 볼일이 있는 것도 아니니까."

"그럼 무슨 일로 오신 겁니까."

"ㅎㅎ 자식, 냉정하게 굴기는. 다름이 아니고 내가 아침에 얼핏 들어보니까 우리 학교에 계집애보다 더 예쁜 놈 하나가 들어왔다길래 구경왔지~ 흐흐.”

어째 그 말이 꼭 나를 가리키는 것 같았다. 아니나 다를까, 내 턱을 검지손가락으로 치켜올리며 면상을 쭈욱 내 얼굴에 가까이 댄다.

“오우~ 이 자식, 엄청 쌔끈한데? 웬만한 계집애보다 훨씬 예쁘다. 야~ 흐흐흐”

요한 녀석의 얼굴색이 파랗게 질려 있다. 서재 녀석의 팔을 꼭 붙들고 침을 꼴깍 삼키고 있었다. 아까 반 애들 말을 들어보니 요한 놈이 선배들한테 끌려가기까지 했었다고? 혹시 그 선배들이 이 새끼들 아냐? 내 예상이 거의 100% 맞다고 확신하고 있을 때, 3학년 선배 놈의 거칠고 더러운 손이 내 볼을 쓰다듬기 시작했다. 그러자 서재가 요한 녀석을 뒤로하고 내 쪽으로 다가온다.

“그 손 치우시죠, 용구 선배.”

서재 녀석의 말에 그 선배는 인상이란 인상을 다 찌푸리더니 교실 바닥에 침을 뱉는다.

“퉤! 민서재! 나서지 말라고 했을 텐데. 니들 괴롭히러 온 거 아니야. 그러니까 신경 끄고 밥이나 처먹으라고~ 난 이 계집애같이 생긴 녀석하고 놀려고 왔으니까.”

“그 애도 제 친구입니다.”

“놀고 있네. 이것들은 우리가 뭐만 하면 다 지 친구래. 작년에 저 새끼도 좀 데리고 놀려고 할 때도 나타나서 훼방놓더니.”

요한 녀석을 쳐다보며 말을 내뱉는 3학년 양놈들. 요한 녀석은 가여울 만큼 잔뜩 어깨를 움츠리고 있었다. 역시 이 자식들이 그놈들인가 보군. 나는 아직까지 내 턱을 잡고 있던 손가락을 살포시 밀쳐냈다. 그러자 내 쪽으로 다시 시선을 옮기는 용구인지 뭐시긴지 하는 3학년 짱.

"어쭈? 요놈 봐라, 살짝 앙탈을 부리는데? ㅋㅋㅋ"

"ㅋㅋㅋㅋㅋ"

용구 놈을 따라 같이 낄낄대는 3학년 패밀리. 마음 같아서는 지금 당장이라도 아작을 내버리고 싶지만 전학 첫날부터 사고를 쳐선 안 된다는 생각에 꿋꿋이 참고 있었다. 그 와중에도 밥만 꾸역꾸역 잘도 처먹는 이현 놈. 재수가 없어도 어쩜 저리 없을꼬. 다시 한 번 내 볼을 쓰다듬으며 침을 더럽게 삼켜대는 녀석들.

"흐흐. 이 형님이랑 뽀뽀 한번 하자~ 응? ㅋㅋ"

점점 녀석이 가까이 다가오고 더 이상 참을 수 없어 벌떡 일어서려는데 서재가 내 입 앞으로 손을 가져다 댄다. 순간 내 입술로 가까이 다가오던 용구 놈의 입술이 멈춰 섰다.

"민서재, 자꾸 끼어들면 더 이상 용서 못한다!"

"용구 선배, 분명 하지 말라고 경고드렸습니다."

"건방진 자식! 2학년 주제에 누가 누구한테 경고를 해! 저번에 당해주니까 3학년들이 아주 호구로 보이나!! 그땐 우리가 숫자가 부족해서 밀렸다 치지만 이번엔 아니야. 자, 보라구~"

용구 놈이 가리킨 곳은 복도였다. 어느새 복도를 가득 메운 거친 3학년들. 초록 머리 요한 녀석이 숨 넘어갈 듯 거칠게 숨을 몰아쉬고 곧 눈물이 떨어질 것같이 불안해하고 있었다. 굉장한 공포에 휩싸여 있는 것 같았다. 녀석이 이 3학년들에게 얼마나 시달렸는지를 한눈에 다 알 것 같았다. 녀석들의 숫자에 서재도 약간 당황한 듯했으나 이내 냉정함을 되찾고 당당하게 말을 꺼내는 서재.

"선배면 선배답게 구셔야죠!"

기가 막히다는 듯 허탈한 짧은 콧방귀를 끼더니 이내 내게서 살짝 떨어져 팔짱을 떡하니 끼고 입을 벌리는 용구.

"그래~ 뭐, 민서재 너도 남자니 이 자식이 맘에 든다 이거지? 자식~ 좋아, 그럼 요한 녀석이나 요리하지 뭐."

남자 학교란 이런 곳일까? 남자들끼리도 이런 짓을 서슴지 않다니. 어느새 성큼성큼 요한 녀석에게로 다가가는 용구 놈. 요한 녀석은 겁에 질려 잔뜩 움츠린 채 뻣뻣하게 굳어 있었다. 요한 녀석의 머리를 쓰다듬으며 변태 웃음을 짓는 용구 놈을 보자 난 더 이상 참을 수 없어 입을 벌렸다.

"이봐, 그 손 치워."

내 음성에 깜짝 놀라 모두들 나를 바라본다. 이현 놈도 묵묵히 밥을 먹다가 내 쪽으로 고개를 돌린다. 어이없다는 듯 다시 내 쪽으로 다가오는 용구 놈.

"아가야, 뭐라고 그랬니?"

"남자끼리 뭐 하는 거냐? 호모냐?"

정곡을 찌르는 한마디에 화가 났는지 내 목을 움켜쥐는 용구 놈.

"조막만한 계집애 같은 자식이 뭐가 어째? 오냐, 그래. 네가 당하고 싶다, 이거지? 좋아."

"두, 둘리야."

떨리는 목소리로 나를 바라보는 요한 녀석. 난 오히려 피식 웃어 보였다. 내 웃음에 기분 엄청 상했는지 용구라는 놈이 눈을 부라린다.

"어쭈, 정말 당하고 싶다, 이거지? 좋아, 소원대로 해주마!"

내 어깨를 잡고 막 달려들려는 순간 김치 한 조각이 정확히 용구 놈 얼굴에 달라붙는다. 깜짝 놀라 김치가 날아온 지점을 돌아보니 다름 아닌 현이 녀석의 젓가락이 포착된다. 그 젓가락은 이내 소시지 하나를 집더니 현이의 조용한 음성을 전달했다.

"햄을 원하면 햄도 주지."

아무 표정 없이 말을 내뱉은 이현. 저 시건방진 자식. 이제야 나서다니. 김치를 떼어내고 휴지로 얼굴을 닦더니 현이 녀석 앞의 책상을 발로 뒤엎어 버리는 용구 놈. 무식하긴. 햄 하나를 젓가락으로 집고 멀뚱히 앉아 있는 현이.

"건방진 새끼!! 이현, 네놈이 죽고 싶어서 환장했냐? 너 오늘 날잡았다!! 한번 죽어봐라!!"

말이 끝나기가 무섭게 주먹을 날리는 용구 놈. 힘은 많이 실린 듯 보였으나 스피드가 지나치게 떨어진다. 저런 놈은 역시 한주먹거리인데. 어랍쇼? 현이 자식이 피할 생각을 안 한다. 저 자식은 맞아주는 게 특기인가? 언제 달려갔는지 서재가 쏜살같이 달려가 용구 놈의 주먹을 낚아챈다. 그런 거군. 서재가 와서 막아줄 거라고 확신하고 있었던 거군. 쳇! 나도 저런 짓을 해야 한다, 이거지? 건방진 놈!

보호하기깨나 힘들겠네.

　그 모습에 3학년 녀석들 덤벼들 준비를 하는 것 같았다. 용구란 놈은 서재의 손에서 빠져 나오려 무진 애를 쓴다. 하지만 꼼짝도 하지 않는 서재의 손. 제길, 저 자식은 왜 자꾸 멋있는 모습을 보이는 거야!!

놈보다 강한 girl

제3장

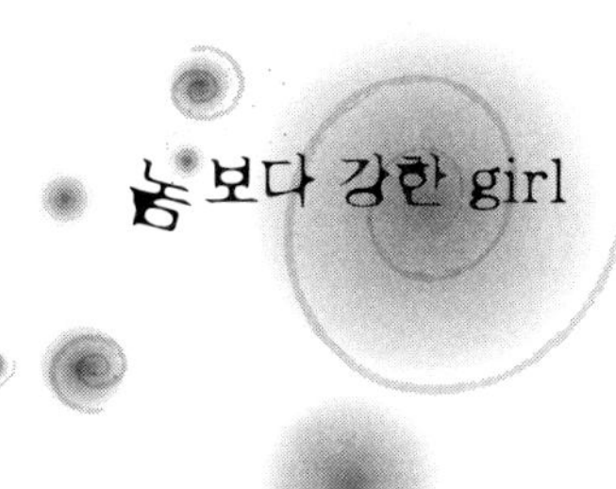

놈보다 강한 여자가 되어야 하는데. 서재야, 멋지다!

그때 용구 놈이 화가 나서 소리친다.

"민서재, 이거 안 놔? 이거 놔! 놓으라고, 이 자식아!!"

생발악을 하자 서재가 이내 놔주고는 냉랭한 목소리로 용구 놈에게 경고를 한다.

"이 이상 무례를 범한다면 저도 선배들에게 실례를 저지를 수밖에 없습니다. 마지막 경고입니다."

굉장히 무시무시한 눈빛. 저 부드러운 얼굴에서 저런 인상도 나올 수 있구나. 새삼 놀라서 침을 꼴깍 삼켰다. 물론 심장도 미친 듯이 뛰고 있었다. 그런 서재의 얼굴을 보고 놀란 건 나만이 아닌가 보다. 용

구 놈을 비롯해 3학년 선배들은 점점 뒷걸음질치더니 한마디 남기고
사라져 버린다.

"건방진 자식들. 언젠가 니들 아작나는 날이 있을 거다!!"

3학년 선배들이 시야에서 사라지고 나서야 요한 녀석이 조심스럽
게 책상을 세웠다. 주접놈도 말없이 도시락을 주워 담았다. 그 모습
을 한참 뻘쭘하게 지켜보다가 얼른 정신 차리고 어색하게 웃어 보였
다.

"어떡하지? 밥이 다 못 먹게 되었잖아~"

어색한 침묵이 싫어서 내가 말을 건네자 주접놈이 받아친다.

"맞아. 못 먹게 됐잖아, 제길."

그때 요한 녀석이 현이가 들고 있던 젓가락을 뺏더니 내게 내밀면
서 입을 연다.

"둘리야, 여기 햄 하나 남았는데 먹을래?"

"됐다. 너나 먹어라."

"우잉. 저기 둘리야."

쭈뼛쭈뼛 내 옆으로 다가온 녀석의 얼굴이 붉어진다.

"뭐야? 말해."

"저기… 저기 아까는 무지 고마웠어. 나 대신……."

"약하게 굴지 좀 마! 그러니까 저 선배들이 널 얕보는 거 아냐!!"

"헤헤. 그래서 난 둘리가 좋다."

"시끄러워. 대체 누가 둘리라는 거얏!!"

아무리 소리를 질러대도 실실 웃기만 하는 이 바보. 진짜 귀엽긴

하다. 그때 현이 녀석 조용히 휴대폰을 열어 어딘가 전화를 한다. 통화 내용 한번 간단했다.

"나 현인데 도시락 다시 가져와."

자기 할 말만 하고 끊어버리는 싹퉁. 누가 될진 몰라도 저 자식 여자 친구는 진짜 우울증에 걸려 뒈져 버릴 거다!

전화 통화가 끝난 지 이십 분도 채 지나지 않아 도시락을 둔 후 사라지는 경호원. 오우~ 그대는 멋쟁이. 나에게 먹을 것을 안겨주는 것만큼 멋쟁이 신사가 할 수 있는 일은 없수다~

배가 터지게 먹고 나서 포만감에 휩싸여 몽롱할 때쯤 요한 녀석이 똘망똘망한 눈빛으로 나를 보며 말한다.

"이제 둘리 너 큰일 났다~"

"뭐가 또?"

"그렇게 많이 먹었는데 어떻게 뛸래?"

"뛰어? 뛰긴 왜 뛰어?"

"5교시 체육이란 말이야. 오늘 100m 달리기 한댔어~"

오옷! 내가 좋아하는 달리기. 출발하기 전의 두근거림이 난 좋아. 그나저나 남자 학교에서 100m 달리기라, 더 신나는데?

"난 아무리 밥을 많이 먹어도 달리기 하는 것에는 아무 지장 없으니까 걱정 마~"

"아, 맞아~ 둘리 너 달리기 잘하지? 저번에 너 달리는 거 보고 깜짝 놀랐어~ 따라잡느라 죽는 줄 알았어."

그러고 보니 요한 녀석과 처음 만난 날, 둘리밴드 때문에 쪽팔려서 전력 질주했는데 붙잡혔었지. 맞아, 이 자식 나보다 달리기가 빠른 게 틀림없어. 쳇! 제길, 나도 웬만한 녀석들한텐 안 지는데.

달리기고 뭐고 간에 점심 시간이 끝나갈 무렵 반으로 우르르 몰려온 녀석들이 홀딱홀딱 옷을 벗기 시작한다. 순간 요한 녀석이 더 당황을 하고.

"앗, 둘리! 너 화장실로 가."

"아, 안 그래도 가려고 했다."

서재가 준비해 준 체육복을 들고 막 교실을 나가려는데 어떤 놈 하나가 시비를 건다. 물론 그놈 입장에선 시비가 아니었을 것이다.

"어? 야~ 너 어디 가? 여기서 옷 안 갈아입어? 설마 계집애처럼 화장실 가서 갈아입으려고?"

순간 서재를 비롯한 내 정체를 아는 한심 패밀리들이 당황한 것 같다. 이 사태를 어떻게 수습할꼬. 어떡하긴! 머리 좋은 내가 수습해야지.

"어? 내 몸에 큰 흉터가 있어서 남들한테 보이기 싫어. 그래서 화장실에서 갈아입는 거야. 전학 오기 전에도 그랬어."

요한 녀석이 안도의 한숨을 내쉬는데 생각보다 반 아이들은 집요했다.

"야야, 남자끼린데 흉터 좀 보이면 어때~ 그냥 갈아입어. 너 그러니까 더 수상하다? ㅋㅋ"

"대체 뭐가 수상한데?"

"혹시 남장여자 아냐? 너 진짜 여자같이 생겼어."

순간 너무나 당황해서 말문이 꽉 막혔다. 그 순간 사태를 수습해 주는 서재. 역시나 어려울 때 나서는 건 서재였다.

"야, 남자가 여자같이 생겼단 말 듣는 게 얼마나 기분 나쁜 줄 알아? 사람에겐 누구나 감추고 싶은 비밀이 있는 거야. 몸에 흉터를 보이기 싫다는데 왜 이렇게 집요하게 굴어? 휘야, 화장실 가서 갈아입고 와."

"아, 으응."

서재의 따뜻한 배려 덕에 서둘러 화장실로 달려갈 수 있었고, 서서 볼일을 보는 녀석들을 민망하게 지나쳐 화장실 안에 자리를 잡았다. 제길, 진짜 못해먹겠구만.

잠시 서재가 배려해 줬던 모습들이 필름처럼 지나쳐 간다. 나도 모르게 얼굴이 빨개지고 심장이 마구 두근대고 있었다. 유란 씨, 오오~ 쏘리. ㅜㅜ 나도 내 마음을 어쩔 수가 없다오.

서둘러 체육복을 갈아입고 다시 교실로 들어왔다. 운동화까지 준비해 준 서재 덕에 편하게 운동장으로 향하는데 다른 반 녀석들이 신기한 듯 자꾸만 나를 힐끔힐끔 쳐다본다. 복도를 지나는 동안 그 시선들은 나를 줄기차게 쫓아다니고 있었다.

어찌 되었든 겨우 운동장으로 나와 줄을 맞춰 섰다. 체육복에 호루라기와 초시계를 목걸이처럼 목에 건 체육 선생님이 오늘 수업에 대해 미리 설명하셨다.

"자, 오늘은 저번에 예고했듯이 100m 달리기를 할 거다! 세 명씩 짝을 지어서 선생님이 저쪽 결승점에서 깃발을 내리면 힘껏 달려와

라. 오늘은 연습이고 이틀 후엔 수행 평가 점수로 반영할 거야. 알았지? 자, 그럼 출발점에 1번부터 대기하고 있어! 체육부장은 애들 관리 좀 잘하고."

그러자 주접놈이 힘차게 대답한다.

"네!! ^0^"

꼴에 이놈이 체육부장인가 보다. 하긴 구릿빛 피부에 훤칠한 키, 겉모습은 꽤 번지르르한 게 운동 잘하게 생기긴 했지.

선생님은 결승점을 향해 달려가셨고 반 아이들은 웅성거리며 출발점으로 몰려갔다. 주접놈의 지시에 따라 1번부터 차례대로 줄을 섰고 세 명씩 짝을 지어 달리기 시작했다. 역시 남자 학교라 그런지 녀석들 잘 달린다. 전학생이라 맨 뒷번호가 된 나는 내 상대를 보기 위해 앞쪽을 힐끔 바라보는데 재수없게 이현 놈과 요한 놈이 같이 달리게 될 것 같았다. 요한 녀석이 장난스럽게 웃으며 내게 말을 건넨다.

"어? 둘리야~ 같이 달리겠네? 헤헤."

"그러게. 누구도 같이."

"누구?? 아, 현이? 우리 현이도 달리기 잘해~"

"그러셔?"

이현 놈은 자기 얘기를 하는데도 별 관심이 없어 보인다.

서재와 주접이, 이름 모를 녀석 하나가 달리기 시작했다. 그 셋이 나란히 출발점에 서자 아니나 다를까, 쭉쭉 뻗은 긴 다리로 한 발 한 발 내딛는데 마치 표범과 같은 거친 질주. 옅은 갈색 머리를 바람에 휘날리며 어느새 골인 지점으로 돌진하는 서재 녀석의 모습에 잠시 멍해졌다. 그런 나를 보며 요한 녀석이 눈치없이 소리를 방방 질러댄다.

"어? 둘리, 서재 좋아하는 거야? 그런 거야? 우잉~ 둘리, 앙 대~"

"시, 시끄러. 내가 언제 좋아한데? 그리고 안 되긴 대체 뭐가 안 된다는 거야?"

"둘리는 요한이랑 놀아야 하는데 서재 좋아하면 나랑 안 놀아줄 거잖아. 앙 대~ 둘리야, 앙 대~"

"헛소리하지 마. 다음이 우리 차례니까 준비나 해."

그러면서도 저 멀리 결승점에서 숨을 고르고 있는 서재를 힐끔 쳐다보게 된다. 아, 멋진 놈. 나 진짜 저놈을 좋아하나 보다. 안 돼! 정신 차려, 서휘리! 다른 데 정신 팔지 말고 이번엔 절대 요한 놈한테 지지 말자!! 그리고 이현 놈이 얼마나 빠른지는 모르겠지만 너희들한테 절대 안 질 테야!! 자세를 잡고 선생님이 깃발을 내리기만을 무섭도록 노려보고 있었다.

마침내 깃발이 내려지고 난 전력을 다해 달렸다. 하지만 내 옆을 쌩 지나가는 요한 놈!!

"저, 저 자식이!!"

질 수 없어. 절대 질 수 없다구우! 죽어라고 달리는 요한 녀석과 나와는 달리 주머니에 손을 떡 꽂고 뒤에서 흐느적거리며 걸어오는 이현 놈. 저놈은 미친 게야~ 미친 게 틀림없다구. 하지만 이내 신경 쓰지 않고 내 앞을 가로질러 달려가는 요한 놈의 뒤통수를 따라 열심히 발을 굴렸다. 먼저 도착해 있던 반 녀석들은 호리호리한 것들끼리 잘

뛴다며 박수를 쳐대고 그 많은 인간들 사이로 반짝이는 미소로 나를 응시하고 있는 서재와 눈이 딱 마주치고 말았다. 순간 얼굴이 붉어지면서 다리가 뒤틀리고 땅바닥과 정면으로 인사를 하게 된 나. 무릎이 까져 피가 나는데도 그 고통보다 쪽팔림이 더했다. 젠장. 달리다 말고 내 쪽으로 다시 돌아오는 초록 머리 요한 녀석.

"어? 둘리, 괜찮아? 아푸지? 우잉, 어떡해."

"제, 제길. 난 괜찮아."

요한 녀석의 부축임을 받으며 일어나려던 찰나 언제 걸어왔는지 건방진 그 자세 그대로 내 옆을 스쳐 지나가는 이현 놈이 한마디 남긴다.

"등신."

"야! 다시 한 번 말해 봐."

아직까지 땅바닥에서 허우적거리는 나를 한심하게 내려다보며 한마디 더 하는데 비수가 꽂힌다.

"그런 달리기 실력으로 날 경호하겠냐?"

"지는 뛰지도 않는 게! 야, 너 못 뛰니까 괜히 폼 재면서 걷는 거 아니냐? 앙?"

"너랑 말하고 있는 것 자체가 창피하군."

그러면서 휙 하니 사라져 버리는 게 아닌가. 저 재수없는 자식!! 요한 녀석은 화장실 포즈로 앉아 엎어진 나를 불쌍한 듯 눈물까지 머금고 쳐다본다.

"둘리야, 괜찮아? 일어나 봐. 내가 호해줄게. ㅜㅜ"

"시끄러워."

젠장, 쪽팔리게시리 서재랑 눈 마주쳤는데 넘어지다니. 아무렇지도 않다는 듯 툴툴 털어내며 무릎이 까진 곳에 살짝 손을 가져다 댔다.

"아악!"

나도 모르게 터져 나온 비명. 그에 놀란 건 요한 녀석이었다.

"우앙. ㅜㅜ 둘리야, 어떡해. 너 많이 다쳤나 봐. 호오~ 호오~"

일어선 내 무릎을 향해 개구리 자세로 바닥에 엎드려 호오 바람을 불어넣는 이 깜찍한 놈 좀 보게. 괜스레 민망해서 그런 요한 놈에게 버럭 소리를 질렀다.

"에이씨! 이게 다 너 때문이야!! 네가 빨리 달리니까 따라잡으려다가 이렇게 됐잖아!!"

"우엥~ 미안해, 둘리야. 이젠 빨리 안 뛸게. 훌쩍."

"시, 시끄러!! 제발 훌쩍거리지 좀 마!"

"훌쩍. 그렇지만… 그렇지만 나 때문에 다쳤잖아. 둘리야, 미안해."

"그놈의 둘리 좀 빼면 안 되냐?"

"둘리야, 엉엉~"

급기야 내 다리를 붙잡고 매달리는 이 녀석. 이걸 귀엽다고 해야 하나, 바보라고 해야 하나. 큰 눈에서 눈물을 뚝뚝 흘리며 울고 있는 모습이란 참으로 가관이다.

선생님의 배려 덕에 양호실로 가게 된 나. 하필 초록 머리 밀가루

요한 녀석이랑 붙여주냐. ㅡ_ㅡ;;

“앗, 따거!”

고래고래 소리를 질러대는 나와는 달리 얼굴에 미소를 가득 머금고 내 무릎에 소독약을 바르는 요한 녀석.

“가만있어, 둘리야. 이거 약 발라야 낫는단 말이야~”

“아프단 말이야. 살살 발라!!”

꽥 하고 다시 한 번 소리를 질러보지만 요한 녀석은 아랑곳하지 않고 구석구석 약을 잘도 뿌려댄다.

“다 됐어, 둘리야. ^-^ 내가 정성껏 치료했으니까 금방 나을 거야.”

“시끄러워.”

“만날 시끄럽대. 우엥.”

“또! 또 운다! 아오~!!”

제, 제길. 저 자식은 하여간 어른다운 구석이라곤 쥐뿔도 없어! 내가 울린 요한 녀석을 보며 어쩔 줄을 몰라 소리를 더 바락바락 지르고 있는데 어느새 서재가 양호실 안으로 들어온다. 순간 심장이 다시 미친 듯 뛰기 시작했다.

“휘야, 괜찮아? 많이 다쳤어?”

“어? 아, 아니야. 별로 안 다쳤어.”

그러자 요한 녀석이 울음을 뚝 그치고 나선다.

“서재야, 걱정 마. 내가 잘 치료해 줬으니깐 금방 나을 거야.”

“그래. 잘했어, 요한아. 근데 휘야, 그 다리로 이틀 후 수행 평가 잘할 수 있겠어?"

"어? 그, 그냥 열심히 달려야지."

자꾸만 서재 녀석 앞에서 긴장되는 목소리를 감출 길이 없었다. 하지만 내 맘을 아는지 모르는지 서재 녀석의 배려는 점점 더 깊어져만 갔다.

"달리기 잘하는 것 같은데 다쳐서 내일 성적 안 좋게 나오면 어떡해. 그러니 내가 선생님께 말씀드려서 너는 나중에 따로 시험 보게 해달라고 해볼게. 너무 걱정 마."

"아. 고, 고마워."

남장한 첫 학교 생활을 요란스럽게 마감하고 집으로 돌아가는 길이다. 주접스럽게 껄렁거리며 걸어가던 주섭 놈도 사라지고 사라 저택으로 발걸음을 부지런히 옮기고 있는 서재와 나, 그리고 싹퉁 현. 이놈들은 당최 말을 안 한다. 서재야 필요한 말이라도 골라서 한다지만 이현 이놈은 목소리 듣기가 하늘에 별 따기니, 원. 호랑이도 제 말하면 온다고 이현 놈이 갑자기 걸음을 멈추며 나지막이 한마디 하는데 무슨 뜻인지 해석 불가능이었다.

"오늘은 몸도 안 좋은데, 제길."

덩달아 멈춰 선 서재와 나. 이상하네. 저놈의 몸 상태를 물어본 사람은 여기 없는데 왜 혼자 이상한 말을 지껄이는 거야? 황당함으로 머리 속을 가득 메우고 있는데 서재의 목소리가 부드럽게 울렸다.

"걱정 마, 현아. 내가 처리할게."

서재의 말이 더욱 이해하기 힘들었던 나는 녀석들이 무섭도록 노려보는 골목으로 시선을 옮겼다. 그리곤 깜짝 놀라 소리쳤다.

"뭐, 뭐야, 저것들은?!"

골목에 한 열 명은 되어 보이는 깍두기 아저씨들이 각목과 쇠 파이프 등 각종 무기를 들고 우리를 향해 시선을 꽂고 있었다. 특히 이현 놈을 노려보는 시선이 불안하리만치 강렬했다. 부드러운 미소에서 강렬한 눈빛으로 변한 서재가 현이를 가로막으며 나를 향해 조용히 속삭였다.

"휘, 너의 실력을 발휘할 때야. 녀석들은 현이를 노리는 거니까 목숨 걸고 지켜야 해. 알았지? 경호원의 절대적 임무가 뭔지 알지? 긴급 시 의뢰인의 목숨을 대신할 수 있어야 한다."

"알고 있어. 뭔진 몰라도 저 아저씨들이 적이라 이거지?"

내 말에 가만히 고개를 끄덕이는 서재 녀석. 우리를 향해 천천히 다가오는 깍두기 아저씨들을 조심스럽게 노려보면서 한 걸음 한 걸음 물러서고 있었다. 얼핏 열 명은 되어 보이던 인원들이 밖으로 조금씩 나오면서 전체적인 모습을 드러내자 족히 삼십 명은 넘어 보인다. 서재의 눈은 더욱 날카롭게 변하면서 나를 향해 조심스럽게 다시 말을 꺼낸다.

"제길, 생각보다 숫자가 너무 많아. 도망쳐도 다음 골목에 가면 녀석들이 또 있을 거야. 여긴 나한테 맡기고 어서 현이랑 도망가."

"뭐? 서, 서재야, 치사하게 어떻게 우리끼리 도망가?"

"어차피 도망가도 녀석들이 더 있어. 그러니 여기시 다같이 개죽

음당하는 것보단 일단 니들은 도망이라도 가봐.”

“그렇지만…….”

“경호원 선배로서의 명령이야. 명령은 죽어도 복종해야 하는 거 알지?”

“칫, 알았어. 제발 조심해.”

조금만 기다려, 서재야. 얼른 이현 놈을 저택에 데려다 주고 도우러 올게. 이현 놈의 팔을 끌어당기며 막 달리려는데 이현 놈이 꼼짝도 하지 않는다.

“민서재, 미쳤냐? 이 많은 깍두기 놈들을 혼자 상대하게?”

“현아, 어서 도망가. 우리 셋이 힘을 합쳐서 싸운다 해도 이길 수 없어.”

“세 명이서 힘을 합해도 못 싸우는데 혼자 남아서 어쩌겠다고.”

“현아, 난 네 경호원이야. 학교를 벗어나면 너의 일개 경호원일 뿐이라구. 제발 동정 따윈 갖지 말고 의뢰인으로서 지킬 건 지키란 말이야.”

“시끄러워. 난 내 목숨 부지하자고 친구 놈 버리는 짓 따윈 안 해. 그리고…….”

웬일로 멋있는 말을 지껄이나 싶었더니 역시나 녀석의 다음 말이 내 심장에 비수를 꽂았다.

“내가 뭘 믿고 이런 후줄근한 지지배랑 같이 가냐? 가다가 죽겠다.”

“후.줄.근.한?? 지… 뭐? 지지배?? 야! 이 싹퉁 컬러 렌즈 광택 자식아! 너 두고 봐라!! 내가 이깟 놈들 아주 아작을 내버릴 테니까!"

앞에서 알짱대던 깍두기 아저씨를 향해 힘껏 날라차기를 한 후, 그 아저씨가 떨어뜨린 쇠 파이프를 집어 옆에 있던 차의 유리를 부쉈다. 그 앞문을 열어 인터넷에서 심심풀이로 알아낸 옷핀으로 시동 거는 방법을 기억해 내 겨우겨우 시동을 걸었다. 면허가 없기에 차를 이리저리 거칠게 몰며 깍두기 아저씨들을 마구잡이로 차로 치어내고 있었다. 사람을 마구 치며 바퀴로 밟고 지나가자 깍두기 아저씨들이 놀라서 점점 뒷걸음질치고 있었다. 서재 녀석의 얼굴에 옅은 미소가 번지고 있었다. 이현 놈은 황당하다는 듯 차 속에서 땀을 벅벅 흘려대는 나를 지켜본다. 부랴부랴 좁은 골목으로 도망친 깍두기 아저씨를 제외하곤 거의 80% 이상의 인원을 차로 들이박은 것 같다. 정당방위였으니까 뒷일은 갑부인 이현 놈이 알아서 수습하겠지.

어쨌거나 황당한 나의 액션 덕에 무사히 사라 저택에 도착할 수 있었다. 서재 녀석은 뭐가 그렇게 좋은지 아까부터 연신 환한 미소를 띠며 걸어가고 있었다. 이내 나를 향해 말을 건네는 서재.

"휘야~ 아까는 진짜 끝내줬어. 그런 생각을 할 줄은 꿈에도 몰랐어. ^^"

"나 잘했어? 헤헤. 다 그런 거지 뭐~ 호호호호."

서재의 칭찬에 매우 기뻐하고 있는데 그 흐름을 끊는 이현 놈.

"무식하게 그런 건 어디서 배워 가지고."

"야!! 목숨을 구해준 사람한테 그게 할 소리야? 앙?"

"돈 받고 하는 짓이잖아."

“돈이 모든 걸 다 해결할 수 있다고 생각해? 앙? 나도 목숨 걸고
널 지킨 거라구!”

“그래, 돈을 위해서.”

“이 자식이. 그래, 나 돈을 위해서 그랬다! 돈이 아니면 네깟 놈 새
끼손가락 하나만 경호하라고 해도 절대 안 해!! 알아들어?”

“그런 부탁 할 이유 없어.”

아, 말을 말자, 말을 말아. 재수가 흘러넘치는 이놈하고 무슨 이야
기를 한단 말인가. 티격태격 싸우는, 아니, 일방적으로 혼자 흥분한
나를 진정시키려 서재가 나섰다.

“오늘 당직이 휘야 너잖아. 근데 벌써부터 이렇게 싸우면 어떻게
하룻밤을 같이 지내려고 그래?”

“야, 민서재! 하, 하룻밤은 무, 무, 무슨 하룻밤!! 말 이상야릇하게
하지 마!! 난 하루 지킴이일 뿐이잖아!!”

“휘야, 왜 흥분하고 그래? 그러니까 하룻밤 지킴이할 상대라서 곧
몇 시간 내내 볼 텐데 왜 싸우냐구.”

“저놈이 먼저 시비를 걸잖아!”

“현이 성격이 원래 냉담해서 그래. 고마운 걸 고맙다고 잘 못하는
성격이야.”

“그럼 그 더러운 성질머리 좀 고칠 수 없어? 재수를 눈 씻고 찾아
봐도 없다구!”

신경질적으로 마구마구 소리 지르는 나를 귀찮다는 듯 한번 노려
보며 한마디 툭 던지고는 저택 안으로 들어가는 이현!

"눈 씻고 찾는 거 본 적 없는데."

아아~ 아아~ 아아~ 아악—!! 저 재수없는 놈이 지금 뭐라고 지껄이고 휙 사라진 거야? 씩씩대며 녀석을 쫓아가려던 순간 서재가 내 팔을 붙잡는다.

"진정해, 휘. 저 녀석 너랑 친해지려고 그러는 거야."

"친해지긴 개뿔!! 저 자식은 친해지고 싶으면 시비를 거니?"

"말조차 잘 하지 않는 앤데 너한테 말 몇 마디라도 하는 건 정말 기적이야. 그러니까 네가 이해해."

"저놈 어디 두고 보자!!"

아직까지 씩씩대는 나를 보며 부드럽게 미소 짓는 서재의 얼굴을 보고 순간 얼굴이 달아올랐지만 얼른 정신을 차렸다.

"자, 이제 씻고 현이 방으로 들어가."

"헉! 버, 벌써?"

"당연하지. 우리는 하루 종일 현이 옆에 붙어 있어야 해. 기억해, 스물네 시간 대기 근무!"

"아, 알았어."

마음 같아서는 같이 가자고 하고 싶지만 어제 밤새도록 현이 옆을 지켰을 서재가 피곤해 보여서 그런 부탁을 할 수는 없었다.

최대한 꾸무럭거리며 방에 들어가 샤워를 하고 말끔하게 정장으로 갈아입은 후 이현 놈 방 앞에 섰다. 노크도 안 하고 들어오는 무식한 인간이니 어쩌느니 하는 소리가 또 듣기 싫었으므로 살짝 노크하는 걸 잊지 않았다.

똑똑똑.

"들어와."

누구냐고 묻지도 않고 무조건 반말부터 지껄이는 저 싸가지!! 문을 확 열어젖히고 들어가자 녀석도 막 샤워를 마쳤는지 가운만 입은 채로 젖은 머리를 툴툴 털고 있었다. 근데 저 자식은 샤워할 때도 렌즈를 끼나? 여전히 눈이 퍼렇네~ 어쭈? 저 퍼런 눈으로 또 노려보네. -_-+

"뭐 해? 방 점검 안 해?"

녀석이 나를 향해 툭 내뱉은 말이었다.

"방 점검? 그게 뭔데?"

"서재가 설명 안 해줬어?"

장난스럽게 수건을 휘휘 흔들며 내 앞으로 바짝 다가와 시비를 거는 이현 놈. 방금 샤워했기에 진한 비누 향이 코끝으로 전해졌다. 비싼 비누 쓰나 보네? 향기가 좋구만. 킁킁.

"설명은 무슨 설명! 그냥 너 자빠져 잘 때 지키고 서 있으면 되는 거 아니냐?"

고개를 삐딱히 하고 냉랭한 표정으로 나를 내려다보는 싸가지 이현. 젖은 머리가 섹시하게 녀석의 눈썹까지 내려와 있었다. 그리고 그 젖은 머리 사이로 녀석의 파란 눈이 나를 똑바로 응시한다. 녀석의 그런 눈이 부담스러워 한 발 한 발 뒤로 물러나는데…… 어랍쇼? 이 녀석도 한 발 한 발 나를 따라온다.

"뭐, 뭐 하는 거야? 레, 렌즈나 빼시지!!"

당황해서 소리치자 녀석의 미간이 살짝 찌푸려진다. 때, 때리려구? 이 나쁜 놈! 저번에 네놈한테 내동댕이쳐진 허리가 아직도 비만 오면 쑤신다, 자식아! 인정하기 싫지만 나보다 강한 놈이기에 불안하기 짝이 없다. 결국 내 등엔 딱딱한 벽이 더 이상 뒤로 물러설 수 없는 상황. 진정해, 서휘리. 호랑이에게 물려가도 정신만 차리면 상 준다잖아!! 잠깐, 나도 주접놈 닮아가나? 상이 아니라 산다지!! 아니, 지금 내가 이러고 있을 때가 아니지. 이 자식 대체 왜 이러는 거야? 대체 왜?

녀석의 손이 천천히 내 얼굴을 스쳐 어깨 쪽으로 향한다. 이, 이 자식 지금 대체 뭐 하는 거야? 순간 얼굴이 화악 하고 달아올랐다. 나도 왜 그랬는지는 모르겠지만 움찔하며 눈을 꼬옥 감아버렸다. 이내 녀석의 낮은 음성이 아주 가까이에서 들려온다. 아주 가까이에서.

"이봐."

깜짝 놀라 눈을 뜨니 내 앞에 머리카락 하나를 들고 그 잘난 면상을 내 얼굴에 들이대는 이현.

"까, 깜짝이야!! 뭐, 뭐야! 대체 왜 그래!!"

녀석의 파란 눈이 코앞에서 보이자 난 적지 않게 당황했다.

"내 방에 올 때는 머리카락 지저분하게 달고 다니지 마."

그렇다면 내 어깨를 만진 건 머리카락 떼.려.고? 으악! 난 대체 뭘 상상한 거야!! 처음엔 패는 줄 알았다가 갑자기 기분이 이상하길래 키, 키스하는 줄 알았잖아! 하지만 거기다 대고 눈 감은 나는 뭐냐고! 제길, 쪽팔려. 너무 창피하고 당황한 나머지 오히려 녀석에게 대뜸

소리쳤다.

"야!! 내가 대머리냐, 머리카락 안 달고 다니게? 너도 머리카락 달고 있잖아! 사람이 살다 보면 머리카락이 어깨에 떨어질 수 있는 거지!!"

"시끄러워. 난 지저분한 거 딱 질색이야."

"너 어디 두고 보자. 언젠가 콧털 하나라도 빠져 있어봐라!! 묵사발을 내줄 테야!!"

"방 점검이나 해, 시끄럽게 굴지 말고."

"어, 그래! 잘났다, 이놈아!"

"난 너한테 단둘이 있을 때 반말하라고 한 적 없다."

"예, 알겠습니다. 고명하시고, 청결하시고, 똑똑하시고, 싸가지는 아주 제대로 없으신 도.련.님."

내 말을 다 듣고는 미간에 잔뜩 인상을 찌푸리는 이현 놈. 서둘러 녀석의 시선을 외면하고 방 구석구석을 점검하기 시작했다. 개미 한 마리도 없구만 무슨 얼어죽을 점검이야? 재수없어.

이곳저곳을 샅샅이 뒤졌지만 아무것도 발견하지 못한 나는 괜스레 녀석이 더욱 얄미워졌다. 장난이나 한번 쳐볼까낭? ㅋㅋㅋ

"어? 포, 포, 폭탄이다! >ㅁ<"

아주 리얼하게 소리쳤거늘 녀석은 꿈쩍도 안 하고 나를 한심하게 바라본다. 그러더니 이내 한마디 내뱉고 침대 위로 올라간다.

"병신."

"그, 그래. 뻥이다, 이 자식아!! 그래도 그렇지, 속아주는 척이라도 하면 어디 덧나냐!"

이불을 가슴까지 덮고는 입을 꾹 다무는 저 썩을 놈. 저, 저, 저 자식 좀 보게~ 잘 때도 렌즈를 안 빼고 자네. 으이그, 저 무식한 놈. 네가 그러니까 재수없단 소릴 듣는 거야. 사실 렌즈 끼고 자는 것과 재수는 무관하다. 어쨌거나 재수는 없지만 그래도 내가 모시는 인간이기에 건강상 말을 해줘야 할 것 같아서 조심스럽게 녀석 곁으로 다가갔다.

"야! 렌즈는 빼고 자!!"

내 말에 아무런 대꾸 없이 가만히 눈을 감고 있는 녀석. 눈을 감고 있어도 조각 같네. 쳇!!

"야!! 렌즈는 빼고 자라고! 아침에 일어나서 눈 아프다느니 어쩌느니 지랄해서 경호원 탓으로 돌리지 말고!!"

귀찮을 정도로 큰 목소리를 냈는데도 꿈쩍도 안 하는 얄미운 자식.

"그래, 존댓말 안 썼다 이거냐? 참나~ 네네, 알겠습니다. 도련님, 그 시퍼런 렌즈는 좀 빼고 주무시죠! 네?"

그러자 녀석 눈을 번쩍 뜬다. 그리고 그 파란 눈동자로 나를 힐끔 노려보더니 나지막이 한마디 던진다.

"시끄러워."

이 자식이! 자기를 위해서 말해 줬는데도 난리야!! 그래, 네 맘대로 해라!! 렌즈 끼고 자서 망막이 터져 나가든 눈병이 생기든 네 맘대로 하라구!! 혼자 씩씩대며 녀석을 노려보고 있는데 녀석은 어느새 다시 눈을 감고 잠을 청한다. 치사하게 저 혼자 편하게 자냐? 옆에서 졸린 눈을 한 친구가 불쌍한 표정으로 바라보고 있는데 잠이 오냐구!! 하긴 이놈의 머리 속에 그런 인간적인 본능이 잠재되어 있을 리 없지.

한참 동안 녀석을 바라보며 그 자리에 멍하게 서 있었다. 지키는 거 맞다. 하지만 시간이 흐를수록 졸음이 쏟아지고 다리도 아팠다. 서재는 나 없는 동안 매일매일을 이렇게 지내왔겠지? 얼마나 힘들었을까? 이 싸가지없는 놈은 친구를 옆에 세워두고 이렇게 쿨쿨 잘도 잤을 텐데.

"우아함~"

입을 쫘악 벌리고 연신 하품을 해대고 있다. 잠을 쫓기 위해 눈을 커다랗게 몇 번이나 깜빡이며 노력했지만 자꾸만 눈꺼풀이 내려온다. 퉁퉁 부은 다리도 고통을 더해주고 있었다.

에라, 모르겠다! 녀석이 자고 있는 커다란 침대에 기대앉았다. 순간 긴장이 풀리면서 다리에 고통이 더 심해져 왔다. 그런 내 불쌍한 다리를 연신 주무르며 졸음을 쫓아냈지만…….

"야, 안 일어나? 당장 일어나!"

대체 누가 달콤한 내 잠을 깨우는 거야!

하지만 기분 나쁜 음성이 곧 이현의 음성인 걸 눈치 채고 서둘러 정신을 차렸다. 헉! 내, 내가 대체 왜 이 자식 옆에서 자고 있는 거지? 제, 제길!! 오만 인상을 가득 찌푸리며 나를 뚫어져라 바라보는 이현 놈의 시선이 오늘따라 더욱 따갑다. 순간 내가 일하다 졸았다는 걸 눈치 챘고 난 녀석에게 덜미를 잡혔다 싶어서 나름대로 수습에 나섰다.

"어, 어라? 조, 좋은 아치~임. ㅎㅎㅎ"

최대한 밝게 웃는다고 웃은 건데 내 웃음이 거슬렸나? 어째 녀석의 얼굴이 더 그늘진다.

"날씨 조~오~타! 그치? 그치? 저기… 아참, 그래! 너 렌즈도 안 빼고 잤는데 눈이 멀쩡하구나. 초롱초롱 아주 맑아~ ㅎㅎ 시원한 너의 블루 아이즈~"

오늘따라 너의 그 시퍼런 눈이 더욱 싸가지로 빛나고 있구나. 그만 노려보렴 하고 말하고 싶었지만 일하다가 자버린 나의 만행을 수습하기 위해 온갖 아부를 떨고 있었다.

한참 동안 나를 죽일 듯 노려보던 놈이 말없이 일어나더니 욕실로 향해 걸어간다.

"그, 그래, 얼른 씻어~ 학교 가야지, 학교. School~ Oh, yes!!"

녀석의 뒤통수에다 대고 향해 연신 팔을 흔들어대며 말을 건넸다. 순간 녀석이 갑자기 가던 발걸음을 멈추고 휙 돌아서더니 나를 아니꼽게 바라보며 한마디 한다.

"시끄러워."

저 자식의 머리 속엔 온통 시끄럽다는 단어로 가득 차 있는 것 같다. 저런 놈하고 한침대를 썼다고 생각하니 재수없어서 온몸이 다 떨린다! 저놈이 못생긴 놈이었다면 자살했을 거다! 그나마 잘생겨서 봐줬다! 네놈의 싸가지없는 블루 아이즈가 그나마 시원해서 봐준다고, 이놈아! 하긴 사실 이일에 대해 더 이상 추궁하지 않는 게 상당히 고마웠다. 이 일은 경호원으로서 실격인데.

녀석이 욕실로 들어가자마자 서둘러 방을 빠져나와 내 방으로 향했다. 나도 학교 갈 준비에 한참 바빴다. 준비가 다 끝나갈 때쯤 서재가 나를 데리러 왔다.

"휘~ 어제 근무 힘들었지? 한숨도 못 자고."

"어? 아니야~ 뭐 나름대로 재, 재미있었어."

일하다 말고 잠을 못 이겨 자버렸다고 하면 날 한심하게 생각할 거야. 아니야! 그보다 녀석과 한침대에서 잤다고 하면 오해할 거야! 안돼, 서재야!

혼자 오만 발광을 하며 초조해하는 나를 보고 걱정스러운 듯 서재가 말을 건넸다.

"휘야, 어디 아파? 얼굴이 점점 창백해지는데?"

"어? 아, 아프긴~ 나 안 아파."

"어제 일이 많이 피곤했나 보구나? 밤새우는 일이 쉬운 일은 아니지. 다음부터 몸이 피곤해서 도저히 못 견딜 땐 나를 불러. 대신 서줄게."

"아니야, 서재야. 너랑 나랑 교대로 하는 거잖아. 너도 피곤한데 나 대신 연속으로 하면 힘들잖아. 신세질 수 없어. 난 괜찮아. 거, 걱정하지 마~"

여전히 해맑은 미소와 착한 배려로 나를 따뜻하게 대해주는 서재.

어느새 도착한 학교. 아직도 내 모습이 마냥 여자 같은지 나를 보며 히죽대는 같은 반 녀석들. 안 그래도 거슬리는데 버스 안에서부터

내내 티격태격하는 주접놈과 요한 놈. -_-+

"잠자는 호랑이 콧털을 건드리지 말란 말이야!!"

"푸하하! 주섭이 넌 진짜 바보야~ 호랑이가 아니라 사자지, 사자!! ㅋㅋㅋㅋ 둘리야, 봤어? 주섭이가 호랑이라고 빡빡 우기는 거?"

녀석들의 장난에 끼고 싶은 마음이 전혀 없는 나는 마냥 한숨만 쉬고 있었다. 요한 녀석의 말에 자존심이 상했는지 더욱 난리를 치는 주접놈.

"호랑이나 사자나!! 동물의 왕인 건 마찬가지잖아!!"

"주섭인 진짜 바보! 동물의 왕도 사자야, 사자! 호랑이는 사자와 엄연히 다르다구! ㅋㅋ"

"요한이 너 자꾸 토달래? 앙?"

"주섭이는 바보마왕! 우우우~ 바보마왕! 냠냠냠~ 바보바보 주섭 바보! 오예~ 주섭인 바보라네~"

아아, 시끄러운 것들. 또 이리저리 쿵쿵 뛰어다니며 산만하게 장난을 친다. 무식한 게 유식한 척하려는 주접놈이나 그걸 일일이 트집 잡아 시비를 거는 밀가루놈이나 아주 세트다, 세트!! 그런 둘의 모습에 적응이 될 법도 한데 볼 때마다 어이가 없단 말이야. 두 녀석의 애교는 익숙해졌다는 듯 신경도 안 쓰는 서재와 이현을 본받아야겠다.

쿵쿵쿵쿵!!

"ㅎㅎㅎ 바보바보 주섭 바보~ 메롱~"

"야!! 최요한, 너 거기 안 서!"

"울랄라 울랄라~ 주섭의 바보 쇼쇼쇼쇼쇼!!"

“너 잡히면 진짜 뒈졌어!”

콰당탕탕탕!!

“우엥~ 서재야, 현아, 둘리야, ㅜㅜ 주섭이가 밀어서 콩 하고 박았오~ 우앙~”

“시끄러!! 뭘 잘했다고 우는 거야!!”

“웽, 또 때리려고 한다~ ㅜㅜ”

빠지직! 신경이 안 쓰일래야 안 쓰일 수가 없다, 저 자식들은. 아오! 끝내 참다못한 내가 교실이 쩌렁쩌렁 울리도록 버럭 소리쳤다.

“시끄러워!!”

순식간에 이현을 제외한 나머지 모든 반 아이들의 시선이 나에게 모였다. 호리호리한 게 목청은 크다며 이곳저곳에서 숙덕대는 녀석들. 나는 엎어져 울고 있는 요한 녀석과 그 옆에 화장실 포즈로 앉아 요한 녀석을 노려보는 주섭놈 곁으로 다가갔다. 내가 가까이 오자 훌쩍거리며 내 팔에 앵겨 붙는 요한 놈.

“우엥~ 둘리야, 구해줘. 주섭이가… 주섭이가…….”

“시끄러워. 둘 다 완전 애야!!”

훌쩍거리며 눈물을 닦아내는 요한 녀석과는 달리 나를 향해 반발하는 주섭놈.

“애라니? 나랑 요한 녀석이랑 같이 취급하지 마! 기분 나빠!”

“내가 보기엔 아주 똑같단다.”

“똑같긴 뭐가 똑같아! 요한 놈이랑 나는 천지 창고라구!!”

“훌쩍! 둘리야~ 쟤 바보 맞지? 그치? 주섭이 바보! 천지 창고가 아니라 천지 차이야. 메롱~”

오, 주여! 진정 내가 이 패밀리에 섞여 있어야 한단 말입니까. 신이 있다면 한 번 들어보라구요! 제길!! 또다시 죽일 듯 노려보며 요한 녀석에게 덤벼드는 주접놈과 훌쩍거리며 내 팔에 앵겨 붙는 요한 녀석의 씨름은 1교시 담당 선생님이 들어오면서 비로소 끝이 났다. 선생님, 당신이 신이셨군요.

다음날 아침. 어젯밤엔 서재가 당직을 서는 날이었기에 밤새 푹 잘수 있었다. 아침에 일찍 일어나 서둘러 학교 갈 준비를 하고 있는 나. 당연히 서재가 데리러 올 테니 추한 모습을 보이면 안 된다. 완벽하게 준비를 마치고 가만히 서재를 기다리고 있는데 아니나 다를까, 잠시 후 아침 햇살보다 훨씬 맑은 미소로 내게 다가오는 서재. 자식아, 인간이 그렇게 아름다우면 안 되지~ >ㅁ<

“좋은 아침~”

내가 웃으며 먼저 인사를 건네자 서재도 환하게 웃는다.

“응, 좋은 아침~ 잘 잤어?”

“응. 넌 피곤했지? 한숨도 못 자구.”

“괜찮아. 몸에 배인 일인데 뭐.”

“헤헤. 나 너 피곤하게 안 하려고 일찍 일어나서 준비했어. 얼른 아침 먹으러 가자.”

서재 녀석의 눈웃음이 일찍 일어난 탓에 덜 풀린 피로를 모두 풀어주는 듯했다. 식탁에는 여전히 거만하고 재수없는 포즈로 오만 인상

을 쓰며 우릴 기다리고 있는 이현. 원래 둘 다 말이 없어 조용하게 식
사하는 자리였지만 뻘쭘함을 참지 못하고 내가 한마디 툭 내뱉었다.

"저 궁금한 게 있는데요, 도련님."

밥을 먹다 말고 나를 쳐다보는 이현 놈. 눈빛은 여전히 냉랭했다.
푸른 눈이 내 온 마음을 다 꿰뚫어 볼 것만 같은 느낌이 든다. 서재도
밥을 먹다 말고 내 말에 귀를 기울인다.

"진짜 진짜 궁금해서 그런데 대답해 주실래요?"

푸른 녀석의 눈에 꿀리기 싫어 목에 힘을 주고 약간 비아냥거렸다.
녀석은 들고 있던 수저를 식탁 위에 내려놓더니 천천히 입을 벌린다.

"뭐야?"

"렌즈말이에요, 렌즈! 그거 왜 잘 때도 안 빼고 자요? 도련님 취향
특이하시네요. 그러면 눈 안 아프신가요?"

내 말에 푸른 눈이 더 더욱 서늘해진다. 그러더니 자리에서 일어나
는 이현. 그리고 말없이 부엌을 나가 버린다.

"얼레? 저 자식 왜 저래? 질문했는데 왜 그냥 나가? 존댓말을 써줘
도 재수없다 이거냐?"

혼자 구시렁대는데 서재의 표정도 썩 좋아 보이지를 않는다. 서재
가 잠시 망설이는 듯싶더니 이내 내게 말을 건넨다.

"휘야."

"응?"

"현이 앞에서 눈 얘기 하지 마."

"왜? 컬러 렌즈 멋으로 낀 거 아니야?"

“하여튼 하지 마.”

“에이, 뭔데 그래? 뭔지 알아야 다음부터 실수를 안 하지.”

“현이 렌즈 낀 것 아니야.”

서재의 말에 깜짝 놀라 소리쳤다.

“뭐?? 레, 렌즈 낀 게 아니면?”

“하여튼 렌즈 낀 것 아니니까 그런 질문 하지 마.”

“아, 알았어. 난 그것도 모르고. 사과하고 올게.”

“어? 아니, 저기…….”

난 날 불러 세우는 서재를 뒤로하고 현이 녀석이 사라진 쪽으로 달려갔다. 그랬구나. 렌즈가 아니었어. 어쩐지 잘 때도, 씻을 때도 빼지를 않는다 했더니.

제4장

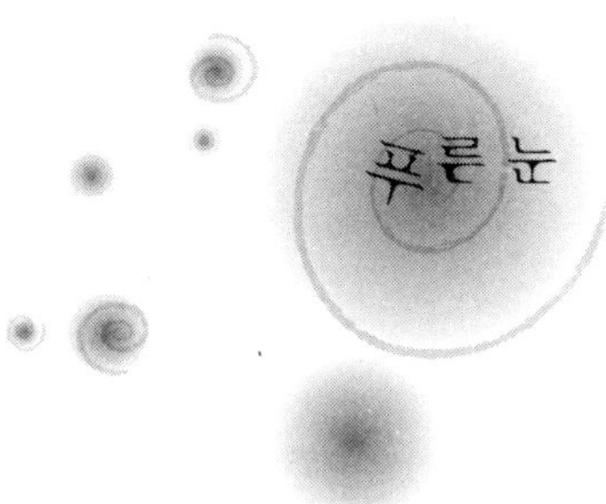

  그럼 눈을 이식한 건가? 어렸을 때 실명을 했다든지 뭐 그런 이유
로. 그래, 그런 게 틀림없어. 한걸음에 녀석의 방으로 올라가 조심스
럽게 노크를 했다. 역시 안에선 아무런 소리도 들리지 않는다. 천천
히 현이 녀석의 방문을 열었다. 소파에 앉아 담배를 피우고 있는 현
이의 모습이 보인다. 상처를 건드린 것 같아 약간 미안한 마음에 쭈
뼛쭈뼛 천천히 다가가 이현 놈 가까이에 섰다. 하지만 날 거들떠보지
도 않고 가만히 담배만 피우고 있는 현이 녀석. 나도 모르게 녀석의
눈동자를 유심히 보게 된다. 저렇게 예쁜 눈을 기증하다니. 외국인이
기증했나 보다. 녀석의 이미지에 저 시원하고 서늘한 푸른 눈은 너무
나도 잘 어울렸다. 뭐~ 인정하기 싫지만 말이다. 뚫어져라 자신을

쳐다보는 시선이 싫었는지 이내 담배를 끄고 귀찮다는 듯 나를 바라보는 현이.

"뭐야?"

"어? 아니, 사과하려고."

"뭘?"

"괜한 거 물어봐서. 앞으로 실수하지 않을게."

"됐으니까 나가."

"미안해. 아무튼 난 사과했다! 쩨쩨하게 남자가 뒤끝있는 거 아니지?"

"시끄러워."

네놈이 그렇게 말할 줄 알았다. 머리 속에 온통 시끄러워로 가득 찬 녀석 같으니라고!!

"아무튼 미안해. 그럼 학교 갈 준비하고 나와. 아차, 그리고 담배는 몸에 상당히 해로워. 게다가 아직 우린 담배를 피울 수 있는 나이도 아니야. 무슨 말인지 알아들어?"

"시끄러워."

"그래, 떠들어서 미안하긴 한데 새겨들어! 너 좋으라고 하는 소리니까."

그렇게 녀석을 등지고 막 나가려던 참인데 연신 시끄럽다고만 해대던 놈이 날 불러 세운다.

"이봐."

약간 반가운 마음에 피식 웃어 보이며 녀석을 돌아봤다. 그러자 잔

뜩 인상을 찌푸리며 건방지게 나한테 툭 내뱉는 말이,

"누구한테 반말이야?"

"뭐라?"

"아까는 도련님 도련님 하더니 지금은 왜 반말이냐고."

이 자식이 정말 치사 쫀쫀 판타스틱 구리구리하게 노네. 녀석의 시원한 블루 아이즈를 똑바로 마주하고 톡 쏘아붙였다.

"좋아, 이쯤에서 확실히 해두지! 너 편한 대로 해주겠어! 존댓말 쓰는 걸 원해, 아니면 그냥 편하게 반말하는 걸 원해?"

녀석은 애꿎은 담배를 하나 더 꺼내 물고는 아무런 대답이 없다. 아까 담배가 해롭다는 내 말을 무시한 후 방금 내 질문을 또 한 번 무시한 격이다. 누가 이 자식 좀 나 대신 패줬으면 좋겠다. 다시 한 번 소리치듯 질문했다.

"야, 무시하지 말고 대답하라고! 존댓말 써주리? 앙?"

"시끄러워."

"그놈의 시끄러워는 너만 쓸 수 있는 줄 아냐!! 그래, 넌 조용한 놈이라서 무진장 좋겠다! 그러니까 뭘 원하냐고!!"

"계집애가 말버릇이 왜 그 모양이냐?"

뭐, 뭣이! 기, 계집애?!

"너, 너 방금 뭐라고 했냐? 계집애? 너 지금 나보고 계집애라고 했어?"

담배 한 모금을 빨아들인 후 다시 후~ 하고 내쉬더니 나를 응시하는 푸른 눈.

“그래, 계집애라고 했다. 어쩔래?”

손바닥에 손톱 자국이 깊게 파일 정도로 주먹을 꼬옥 쥐었다. 이도 악물었다. 끓어오르는 분노를 간신히 억누르고 있다. 눈에 살기를 가득 싣고 녀석을 노려보면서 흥분한 마음을 간신히 진정시키고 있었다. 물론 제어가 불가능할 정도로 화가 치밀어 올랐치만 왠지 참아야 한다는 생각이 처음으로 본능을 억제시켰다.

“이현, 경고하는데 나한테 계집애 계집애 하지 마. 나도 너한테 말 실수 안 할 테니까 너도 두 번 다시 나에게 그 따위 말 함부로 지껄이지 마. 알아들었든 못 알아들었든 내 할 말 다 지껄였으니까 나가주는데, 그 한 가지는 똑똑히 기억해 둬. 계집애가 네 밥이냐? 왜 지금 상황에 계집애란 말이 나와? 계집애면 무조건 굽신거려야 하고, 사내면 큰소리 땅땅 쳐도 된단 말이냐!! 앞으로 말조심해. 너니까 두 번까지 참는다.”

그렇게 이를 꽉 깨물고 녀석에게 분노의 말을 전했다. 금방이라도 폭발할 것만 같은 몸을 돌려 방을 나가려는데 다시 한 번 녀석의 음성이 잠시 내 몸을 놈의 방에 머물게 했다.

“나니까 두 번 참는다라…… 피식, 듣기 싫은 말은 아니군.”

흘낏 눈만 돌려 녀석을 바라보는데 처음으로 살짝 미소 짓는 녀석을 보았다. 새하얀 치아가 살짝 드러나고, 눈꺼풀이 부드럽게 내려가는데… 순간 잔인한 그 녀석이 아닌 것만 같았다. 나도 모르게 당황해서 서둘러 방을 빠져나왔다. 방에서 나오자마자 문 바로 옆 벽에 기대 있는 서재를 보고 깜짝 놀랐다.

“아우, 깜짝이야! 뭐, 뭐야, 너 여기 서 있던 거였어?”

“응.”

“뭐야, 그럼 다 들은 거야?”

“미안. 엿들을 생각은 아니었는데. 들어가기도 좀 그렇고.”

“뭐, 상관없어. 빨리 학교나 가자.”

서재 녀석과 나란히 복도를 걷는데 서재가 먼저 조심스럽게 말을 건넨다.

“깜짝 놀랐어.”

서재 녀석 뭐가 그렇게 놀랐다는 걸까?

“뭐가? 내가 갑자기 나와서?”

“아니, 현이가 웃어서.”

“뭐? 그래, 그건 나도 놀랐다. 나도 그놈 웃는 건 처음 봐. 재수없게 비웃는 것 빼고.”

“오 년 이상 녀석을 곁에서 지켜봤는데 지난 삼 년 동안은 전혀 웃지 않았거든.”

“왜?”

“어, 몇 년 전에 현이의…….”

서재가 무언가 막 말하려던 참에 현이 녀석이 가방을 메고 터벅터벅 걸어오는 게 보인다. 서재는 말을 하려다 말고 나를 향해 어색한 미소만 짓고는 현이에게 다가간다.

“현아, 너 방 안에선 담배 안 피우기로 했잖아.”

“미안.”

"담배 좀 끊어."

"그래, 알았어."

이상하게도 서재의 말은 고분고분 잘도 따른다. 그래, 가장 신뢰하는 친구라 이건가? 내 말은 지나가는 강아지 소리만큼도 신경 안 쓰더니. 역시 네놈은 절대적 싸가지의 지존이다! 어찌 되었든 서재와의 대화는 다음으로 미뤄진 채 학교로 향했다.

버스 안에는 여전히 수다스러운 것(?)들이 줄지어 앉아 있었고, 난 귀가 멍멍할 정도의 소음을 들으며 학교까지 가야 했다.

드디어 학교 도착! 교실로 들어서려는데 모든 시선이 날 향해 있는 게 느껴진다. 매번 이런 분위기도 이젠 질린다. 머리칼을 한번 쓸어 넘기기라도 하면 코피 쏟을 분위기다.

담임 선생님의 간단한 조회가 끝나고 1교시 수업이 시작되었다. 하지만 이현 놈은 엎어져 자고 주접놈과 요한 녀석은 쪽지까지 주고받으며 장난을 쳐댄다. 대체 생각이 있는 것들인지 없는 것들인지. 하지만 서재 녀석만은 날 실망시키지 않고 수업에 집중하는 모습이다. 역시 일급경호원의 프로다운 모습이다. 나도 서재 녀석한테 멍해 있지 말고 공부하자, 공부!

1교시가 무사히 끝났지만 2교시는 체육. 화장실 가서 체육복으로 갈아입고 온 나는 녀석들과 운동장으로 향했다.

"자~ 오늘은 이틀 전에 예고한 대로 100m 달리기 수행 평가를 치겠다! 모두 전력 질주하여 좋은 성적을 얻도록 해!"

남자 녀석들이라 그런지 운동에는 욕심이 많은 것 같다. 게다가 점수가 달렸다고 하니 놈들 눈에선 빛이 번뜩인다. 요한 녀석이 배시시 웃으며 내 팔을 붙들더니 입을 연다.

"둘리야, 오늘은 엎어지지 말구 잘 뛰어야 해~"

"네 걱정이나 해."

순간 그날의 창피함이 떠오르고야 말았다. 서재가 체육 선생님께 말해서 다음에 시험 보게 해준다는 걸 극구 사양했다. 상대가 없으면 오히려 기록이 떨어지기 때문이다. 무릎 조금 까진 고통쯤은 달리는 동안 잊을 수 있다. 문득 얼마 전 나 때문에 넘어져 무릎이 까져 밴드를 사 오라고 고래고래 소리치던 유란 씨의 얼굴이 떠올랐다. 원수 같긴 해도 친구라고 생각은 나는군. 어쨌든 그날의 수행 평가가 시작되었다. 다리 짧은 놈이든 긴 놈이든 눈썹이 휘날릴 정도로 고속 질주하는 반 아이들. 여전히 무관심한 듯 멍하게 앞만 바라보고 있는 이현 놈. 저놈의 머리는 해부해 볼 가치가 있다.

드디어 서재의 조가 출발선에 섰다. 서재가 뛰는 모습을 다시 보려니까 벌써부터 심장이 두근거리고 있다. 쑥스러움을 무릅쓰고 난 서재를 위해 조심스럽게 입을 열었다.

"서재, 화이팅!"

그러자 서재가 나를 살짝 돌아본다. 순간 얼굴이 붉어졌다. 서재가 봤으면 어쩌지? 변함없이 부드러운 미소로 답하는 서재. 유란아, 나 아무래도 널 배반할 거 같다~

드디어 옅은 갈색 머리칼을 거칠게 휘날리며 서재의 긴 다리가 질주를 시작했다. 멋진 영화의 한 장면을 보는 것 같다. 그 짧은 순간이 마음속에 새겨지고 있었다. 정말 빠르구나. 어쩜 그렇게 멋질 수가 있니. 멍한 내 정신을 깨워주는 요한 녀석.

"둘리야, 빨리 와. 이제 우리 차례야. ^-^"

커다란 눈을 깜빡이며 나를 챙기는 요한이가 조금 귀엽구나. 괜스레 요한 녀석을 노려보며 출발 위치로 가는데 요한 녀석이 또 장난스레 한마디 내던진다.

"둘리야, 너 나 따라오다가 넘어지면 안 되니까 나도 천천히 달릴게~"

"필요없어! 동정 따윈 더 싫어! 그냥 달려. 내 실력으로 널 따라잡아 줄 테니."

"ㅜㅜ 우잉. 둘리는 요한이가 그렇게 미워? 왜 동정이라고 생각해?"

"얘야, 그런 걸 보고 동정이라고 한단다. 징징대지 말고 너나 출발 위치에나 잘 서지 그러니."

곧 출발 신호가 울리고 난 녀석들과 함께 고속 질주가 시작되었다. 역시나 내 옆을 씽~ 하고 지나가는 녀석이 있었으니,

"제, 제길!!"

내 옆을 지나쳐 엄청난 거리 차이를 벌리며 달려가는 놈이 요한이리라 예상했던 것과는 달리 이현 놈이다. 뭐, 뭐야, 저 자식? 엊그제는 주머니에 손 넣고 폼만 재더니 엄청 빠르잖아! 저 새끼 육상 선수 해도 되겠네. 순간 녀석의 뒷모습을 보며 잡생각이 마구 스치고 있었다. 시원스런 블루 아이즈가 날카롭게 빛나고 머리칼뿐만 아니라 진

한 눈썹까지 휘날리며 달리는데 아주 조금이지만 멋있다고 내 마음이 인정해 주고 있었다. 그나저나 배시시 웃으면서 일부러 내 뒤로 달려주는 요한 녀석! 벌써 저만치 골인 지점을 통과한 이현 놈. 괜스레 울컥해서 달리는 도중 고래고래 소리쳤다.

"야!! 이거 시험이야! 너, 일부러 나 봐주고 그러면 왕복 땅콩 오백 대다!"

"ㅜㅜ 우잉? 둘리야, 정말 미, 미안해~"

내 말이 떨어지기가 무섭게 초록 머리를 휘날리며 내 옆을 휙~ 하니 지나가 버리는 요한 녀석. 치, 치사하다!!

결국 난 태어나 처음으로 달리기 시합에서 3등이라는, 그것도 세 명 중 3등이니 꼴찌라는 엄청난 불명예를 안게 되었다. 제길, 남자 녀석들이라 확실히 다르군. 저 녀석들이 지나치게 빠르다. 가까스로 골인한 내게 요한 녀석이 숨을 헐떡이며 다가오더니 걱정스런 눈길을 보낸다.

"둘리야, 미안해. 그냥 져주려고 했는데."

"시끄러워."

"미안해. 다음에 달리기 시합하면 져줄게."

"그게 더 열받아, 이놈아!! 됐으니까 그만 징징대."

"둘리야, 둘리야, 화난 거지? 그치?"

아아, 이놈 좀 저리 치워보게나. 안 그래도 더워 죽겠는데 팔에 매달려 울먹거리는 걸 보니 환장하겠다. 숨을 고르며 주위를 둘러보니 이현 놈도 인간은 인간인지 달리고 난 후엔 약간 지친 모습이었다.

구부정하게 무릎을 굽히고 허리를 숙인 채 힘이 들었는지 시원한 블루 아이즈를 살짝 찌푸리는 이현 놈. 하늘거리는 녀석의 머리카락에선 땀이 한 방울 한 방울 떨어지고 있었다. 조각 같은 녀석이다. 한순간 멍한 나를 깨워준 건 역시 요한 녀석.

"둘리야, 우리 현이 멋있지? 그치? 근데 둘리가 얼굴 빨개지니까 이상해."

"빠, 빨개지긴 누가 빨개!"

"둘리야, 진짜 빨개~"

"시, 시끄러워!!"

나도 모르게 얼굴이 빨개졌나 보다. 뭐야, 난 서재 녀석이 좋다구. 근데 왜 저따위 녀석을 보고 얼굴이 빨개지는 거야? 내가 미쳤나 봐.

"둘리는 서재도 좋아하고, 현이도 좋아하나 봐? 그럼 요한이는? 응? 요한이는 어때?"

"–_–+ 시끄럽다니깐."

"훌쩍. 설마 요한이는 싫은 거야? 응? 그런 거야?"

"아~ 미치겠네! 그런 거 아니야! 너도 좋아. 아주 좋아 죽겠어!"

내 말 한마디에 금세 환해지는 요한 녀석. 방방 뛰며 서재 녀석에게 뛰어가는 요한 녀석의 뒷모습. 아무리 봐도 네놈이 둘리구나. 반어법이란 걸 전혀 모르는 녀석 같으니라고. 하긴 사실 저놈이 싫지는 않다. 하는 짓이 철부지라 어이없을 뿐이지.

비록 꼴지는 했지만 수행 평가에 만점을 받은 걸 보면 역시 내 달리기 실력이 보통은 넘는다는 소리라구!

기다리고 기다리던 점심 시간. 우리의 멋쟁이 신사 분이 오셔서 맛난 도시락을 건네주고 유유히 사라진다. 오오~ 당신을 밥신으로 임명합니다. 신이시여, 감사합니다아~ 벌써부터 군침을 잔뜩 흘리는 나를 보며 주접놈이 시비를 건다.

"오늘은 나도 배고프니까 안 줄 거야."

"치사하다, 이놈아!"

"미리 말했어, 내 밥 빼앗아 먹지 마."

"그래, 알았어!! 치사해, 진짜!"

젓가락을 빨면서 틱틱거리는 게 짜증났는지 3, 4교시 내내 자던 이현 놈이 일어나서 날 보며 한숨을 푹~ 내쉰다. 어떻게 자다 일어난 부스스한 모습까지 잘생겼냐. 진짜 짜증나는구나.

도시락을 펼쳤는데 웬 분홍색 편지가 들어 있다. 나는 깜짝 놀라 호기심 어린 시선으로 편지를 바라보는데 녀석들은 이미 익숙하다는 듯 대화를 주고받는다. 먼저 서재의 부드러운 음성으로 시작한다.

"어, 이런 거 받아주지 말라고 최 경호원에게 말했는데 왜 받아왔지?"

그러자 주접이 맞장구를 친다.

"맞아. 수십 통이 넘는 팬레터 짜증나서 경호원 아저씨한테 부탁받으면 모두 버리라고 했는데."

요한 녀석도 거들고 나선다.

"웅~ 아저씨가 한 장은 깜빡하고 안 버렸나 봐~ 헤헤."

다시 주접 녀석이 편지 봉투를 쥐더니 한마디 툭 내뱉는다.

"아씨, 몰라. 버려. 귀찮아. 난 직접 꼬시는 게 더 좋아. 흐흐."

네놈이 그렇지. 얼핏 봉투를 보니 아주 정결하고 깔끔하게 쓴 예쁜 글씨체다. 한데 그 밑으로 믿을 수 없는 글귀 하나. 난 낚아채듯 주접 녀석이 버리려던 봉투를 집어 들어 황급히 펼쳐 보았다. 아니나 다를까, 남자를 무서워하는 겁보, 나의 친구 희연이의 글씨체가 분명했다. 이름도 동일하고… 설마 희연이가 이현 이놈을??

To. 이현님께.

안녕하세요? 저는 지안여상에 다니고 있는 김희연이라고 합니다. 며칠 전 같은 버스에 타면서부터 이현님을 알게 되었는데요, 동갑이란 걸 알면서도 이현님의 분위기에 쉽게 말이 놓이질 않네요.

그동안 쭈욱 님을 지켜보면서 저도 모르는 감정에 하루하루 애를 태우고 있답니다. 좋아하는 감정이라는 걸 뒤늦게 깨닫고 무척이나 소극적인 성격임에도 불구하고 편지로나마 이렇게 제 마음을 전해봅니다. 이현님께 부담이 될까 싶기도 했지만요. 전 아무것도 바라지 않아요. 그저 저의 마음을 알아주시기만 하면 됩니다. 가만히 지켜보기만 할 테니 아무런 방해는 되지 않을 거예요.

오늘도 님만의 멋진 하루 보내시길 바랄게요.

p.s. 동화 속 주인공이 되어 산신령을 만나 한 가지 소원을 빌

수 있게 된다면 이현님을 오래도록 볼 수 있게 해주세요, 라고 빌 겁니다.

헐! 희연아, 농담이지? 그치?

희연이의 편지를 보고 깜짝 놀란 나는 밥이고 뭐고 아무 생각이 들지 않았다. 안색이 하얗게 변한 나를 보고 서재가 걱정된다는 듯 조심스럽게 말을 건넸다.

"휘야, 왜 그래? 아는 애야?"

요한 녀석도 내 팔을 흔들며 커다랗고 예쁜 눈망울을 깜빡이며 묻는다.

"둘리야, 왜 그래? 아는 애야?"

난 잠시 망설이다 편지를 다시 곱게 접어 현이 녀석 앞으로 내밀었다. 그리곤 어색하게 웃으며 말을 했다.

"내가 이런 애를 어떻게 알아? 와~ 누군지 몰라도 되게 간절하다. 현이 널 많이 좋아하나 봐~"

하지만 이현 녀석은 편지를 거들떠보지도 않는다. 네놈이 그럼 그렇지. 그럴 줄 알았다, 이놈아. 하지만 뜻밖에 희연의 행동 때문에 난 적지 않게 당황하고 있었다. 희연이는 남자를 무서워하는데. 겨우겨우 마음속을 채운 녀석이 싸가지 이현이라고? 우리 희연이 고생깨나 하게 생겼구만. 그리고 미련하게 지켜만 보겠다는 건 또 뭐야! 걱정마, 희연아. 내가 알게 모르게 많이 도와줄 테니까! 나한테 맡겨!

얼른 도시락을 집어 들고 드디어 식사에 몰입하려는데 용구 선배

란 놈은 왜 또 기어온 거야! 저 자식은 밥도 안 먹나! 어제 이현 놈한
테 몇 대 맞은 탓에 상태가 온전해 보이지 않는다. 특히 턱엔 심하게
멍이 들어 부어올라 있었다. 그 몸을 이끌고 여기까지 오느라 대단히
수고가 많다만 제발 먹는 데 방해하지 말란 말이야!

"이현, 네 이놈!! 오늘 너 뒈졌어! 이씨!"

이현 놈은 여전히 인상을 팍팍 써댄다. 정말 더럽게 말도 없는 자
식. 모든 걸 인상과 눈빛으로 표현한다. 국어를 덜 배운 게 틀림없다.
말을 안 하고 답답해서 어떻게 사나.

저벅저벅 우리 쪽으로 다가와 하얀 종이를 펼쳐 보이는 용구 놈.
모두들 아니꼬운 표정으로 그 종이를 바라봤다. 요한 녀석은 서재 팔
에 붙들려 벌벌 떨기 바쁘고, 주접놈은 미간을 살짝 비틀며 첫 구절
을 소리 내어 읽었다.

"고.소.장??"

주접놈의 목소리에 피식 재수없게 웃어 젖히더니 말하는 용구 놈.
같은 비웃음이라도 용구 놈과 이현 놈은 천지 차이구나. 왕자와 거
지.

"그래, 나 이현 저 새끼 고발할 거다!!"

하지만 이현 놈은 여전히 무관심이다. 이 상황에서도 밥알을 입속
으로 잘도 밀어 넣고 있다. 아무런 미동도 없는 이현의 행동이 괘씸
했는지 다시 한 번 큰 목소리로 말하는 용구.

"이현, 이 새끼야! 내가 널 고발할 거라고!! 듣고 있냐? 앙?"

그때 피식 웃어버리는 건 서재였다. 헛! 서재야, 방금 비웃은 거

니? 어쩜 그 모습까지 멋있을 수가 있냐.

"용구 선배, 지금 유치하게 뭐 하는 짓입니까?"

역시 적에겐 냉담한 목소리를 내는 서재. 그런 서재의 목소리가 거슬렸는지 용구의 못생긴 면상이 더욱더 심하게 일그러진다.

"뭐라? 유치하게? 민서재 너 말 다 했냐? 이 자식이 죽고 싶어서 완전 겁을 상실했구만."

내가 보기에 겁을 상실한 건 용구 네 쪽인 거 같구나. 녀석들 시선을 봐라. 전혀 주눅 든 기색이 없잖아. 아, 물론 요한 녀석은 제외시켜 줘라. 이쪽 패밀리에선 희연이와 같은 존재니까.

"용구 선배, 선배는 현이를 그렇게 겪고도 모르시겠습니까? 그 따위 고소로 겁낼 현이가 아닙니다. 그만 하고 돌아가십시오. 선배들은 식사도 안 하십니까?"

서재 넘 멋있어. 어여 가라, 이놈들아. 이 누님 식사 좀 하자.

하지만 용구 놈은 그 작은 눈에 힘을 꽉 주며 다시 난동을 피워댄다. 괜스레 옆에 있는 책상을 발로 차 엎어버리며 멋있는 척 인상을 쓰고 있었다. 그 모습에 더 이상 참고 있을 수 없어서 내가 나섰다. 더 이상 나의 식사 시간을 방해하면 정의의 이름으로 널! 용서치 않겠다!!

"이봐, 호모, 힘 자랑은 네 교실 가서 하거라."

그러자 용구 놈이 그 안 생긴 면상을 내게 들이밀더니 눈을 부라린다.

"어이, 이쁜 놈, 방금 뭐라고 지껄였냐?"

"이젠 귀까지 먹었냐? 꺼지라고."

요한 녀석이 그 커다란 눈을 더욱 커다랗게 깜박이며 존경스러운 눈빛으로 나를 바라본다. 주접놈도 그런 내 모습에 다소 놀란 모양이다. 서재는 가만히 나를 지켜보고, 이현 놈은… 말하기도 싫다. 여전히 밥 처먹는다! 뒷골이 땡겼는지 목뒤를 집으며 짧은 한숨을 연신 내쉬는 용구 놈.

"아, 아이고, 뒷골이야. 저, 저, 저 기생오라비같이 생긴 게 뭐라고 지껄인 거야?"

"재방송도 세 번이면 지겹다. 꺼져라."

더 이상 참지 못하겠다는 듯 거칠게 내 멱살을 잡아 올린다. 난 녀석을 보며 피식 웃어주었다. 그러자 용구 놈의 눈이 또 어설프게 커진다.

"이 비실비실한 새끼가 감히 나한테 그 따위 오만한 말을 지껄여?"

"야, 너 비실비실한 나한테 뒈지게 맞아볼래? 이거 안 놓냐?"

인상을 팍 쓰자 용구 놈은 꽤나 황당했나 보다. 그리고 돌이킬 수 없는 한마디를 내뱉고야 만다.

"이 계집애 같은 자식이!"

"계집애라고 한 거 맞지?"

순식간에 내 눈은 평소의 눈에서 반으로 오그라들었다. 미간이 가운데로 몰리면서 살기로 빛나는 눈동자에 용구 놈의 면상을 담았다. 내 눈빛이 섬뜩했는지 순간 표정이 굳더니 다시 한 번 입을 나불대는 용구 놈.

"뭐, 뭐야!! 계집애 같은 게 그 딴 식으로 노려봐서 어, 어쩔 건데!!"

난 순식간에 녀석이 잡은 멱살을 쳐내고 다시 내 손으로 놈의 목을 잡았다. 주접놈이 조심스럽게 중얼거린다.

"빠, 빠르다."

요한 녀석은 커다란 눈을 깜빡이는 걸로 모자라 입까지 떡 벌린다.

"나에게 있어서 두 번째 경고란 존재하지 않는다."

나의 마지막 말에 이어 용구 놈의 비명이 교실을 뒤덮었다.

"으악!"

아주 빠르게 녀석의 목을 휘감아 얼굴을 숙이게 한 뒤 무릎으로 녀석의 콧등을 찍어버렸다. 쌍코피를 터뜨리며 얼굴을 움켜지는 용구 놈을 뒷차기로 저만치 날려 버렸다.

쿠당탕탕탕탕!!

녀석이 나가떨어지는 소리가 거칠게 울려 퍼지고 놈을 따라온 녀석들이 잔뜩 겁먹은 표정으로 내 눈치를 살핀다. 그리곤 용구 녀석을 조심스럽게 일으키는가 싶더니 부들부들 떨고 있다.

"같은 꼴 당하기 싫으면 전부 다 꺼져."

내 말이 끝나기 무섭게 먼지를 휘날리며 후닥닥 사라지는 3학년 놈들. 저것들도 선배라고. 창피하다, 창피해. 아직까지 살기가 덜 풀린 내 눈이 무서웠는지 요한 녀석이 나를 쳐다보며 어깨를 잔뜩 움츠린다.

“두, 둘리, 무서워.”

주접 녀석도 얼빠진 표정으로 나를 바라보고 있었다. 서재가 가만히 미소를 지으며 내 어깨를 한 번 툭 친다.

“휘야, 잘했어.”

서재의 말 한마디에 금세 본래의 모습을 찾은 나. 서재가 나 잘했대~ 젠장, 요한 녀석 닮아가잖아. 현이 저 무관심한 놈은 그저 묵묵히 밥만 먹을 뿐이다. 저놈도 은근히 식충일지 몰라. 3학년 선배들의 출연으로 잠시 분위기가 살벌해지기도 했지만 학교 생활에서의 별미인 점심 시간을 녀석들과 함께 나름대로 평화롭게 보내고 있었다.

점심 시간보다 더 즐거운 하굣길. 요한 녀석이 또 다짜고짜 내 팔을 붙들며 말을 건넨다.

“둘리야, 우리 오늘 놀러간다~”

“놀러가다니? 그게 무슨 소리야?”

신나하며 내게 말하는 요한 녀석에게 되물었다.

“오늘 아웃사이드에서 술 먹을 거야.”

“우리 다?”

“응.”

아웃사이드 하니까 내 생일날이 생각난다. 그날 이후로 부모님도, 친구들도 제대로 보지를 못했네. 얼굴이 굳어진 날 보고 요한 녀석은 갸우뚱하며 날 흔든다.

“둘리야, 왜 그래? 둘리는 술 싫어해?”

"어? 학생이 술 좋아하는 게 미친 거지."

"둘리는 그럼 콜라 마셔~"

"어린애 취급하지 마! 너보다 강해."

"우잉~ 둘리는 왜 만날 요한이한테만 뭐라 그래?"

내 말에 금세 상처받았는지 서재 녀석에게 눈물을 뿌리며 달려간다. 미쳐.

막 교문을 빠져 나와 녀석들과 정류장으로 향하는데 여전히 깔깔대고 있는 유란 씨와 희연이가 우리 앞을 지나쳐 간다. 다행인지 아닌지 둘 다 날 알아보지 못하고 희연이는 이현 놈을 힐끔 바라보더니 얼굴을 붉힌다. 단단히 빠졌군. 그 순간 편지를 거들떠보지도 않고 휴지통에 처박아 버리던 이현 놈의 모습이 아련히 떠올랐다. 희연아, 그냥 포기해라. 왜 하필 저런 싹퉁놈을 좋아하고 그러니. 그리고 그럴 일은 없겠지만 저 싸가지와 사귀게 된다 하더라도 넌 우울증에 걸려서 버릴 거야. 저 자식은 말을 안 해, 말을.

잠시 내 친구들인 유란 씨와 희연이를 보면서 걱정하는 사이 녀석들과 어느새 버스에 올라타고 있었다. 복잡한 하굣길 버스 안. 오늘따라 유난히 사람들이 더 많은 것 같다. 뒷자리를 향해 사람들을 비집고 안으로 들어가는 게 쉽지가 않다. 사람들이 꽉 차서 한 발 움직이는 것도 힘들었기 때문이다. 하는 수 없이 사람들 사이에 낀 채로 서 있게 되었다. 주접놈이 갑갑한 걸 못 참고 소리를 꽥 질러댄다.

"아이 씨!! 전부 다 내려!"

처음엔 우리들보고 하는 말인 줄 알았으나 녀석의 삿대질을 보고는 우리가 아닌 주위 사람들에게 하는 말임을 알았다. 이 사람 저 사람에게 삿대질을 해가며 마구마구 소리를 지르는 주접.

"전부 다 꺼지라고!! 지하철을 타든지!! 에이씨~ 갑갑해 뒈져 버릴 거 같아!! 이 무더운 여름날 전부 버스에서 숨 막혀 죽고 싶어? 앙?"

주접놈의 호령에 사람들은 움찔움찔하지만 눈치만 볼 뿐 누구도 내릴 생각은 하지 않는다. 더욱 큰 소리로 외치는 주접놈.

"야! 니들 이렇게 다닥다닥 붙어서 덥지도 않아? 내리라고!! 무슨 이열삼열하자는 거야? 앙!"

그때 요한 녀석이 주섭 놈을 살짝 잡아당기며 나지막이 한마디 한다.

"주섭아, 이열치열이야."

-_-;; 아, 차라리 내가 내리고 싶다.

파란 침묵

제5장

파란 침묵

또다시 요한 놈과 주섭 놈의 실랑이가 벌어지려는 찰나, 버스가 요
란한 소리를 내며 급정거를 하는 바람에 사람들의 몸이 순식간에 앞
으로 기울었다. 그 탓에 서로의 발을 밟은 사람, 다른 사람에게 안겨
버린 사람 등 참으로 가관이다. 그중에 가장 심각한 가관은 우리의
앞쪽에 있던 희연이와 유란 씨 중에 희연이가 무뚝뚝한 인상으로 서
있던 이현 놈에게 살짝 안겨 버린 것이었다. 헉! 희연의 얼굴이 심하
게 붉어지고 이현 놈 얼굴은 심하게 일그러졌다. 연신 죄송합니다를
연발하는 희연이.

"죄, 죄송합니다. 죄송해요."

"죄송이고 뭐고 떨어져."

금방이라도 울 것 같은 표정의 희연이는 놈에게서 떨어지려 하지만 사람들이 너무 많아 쉽지 않은 모양이다. 물론 속으로는 좋겠지만. 어쩔 수 없이 붙어 있는 희연이의 상황을 깨달았는지 이현 놈이 신경질적으로 반대 편으로 돌아선다. 순간 녀석의 바로 뒤에 있던 나와 마주하게 되고 얼떨결에 난 녀석에게 거의 안기다시피 한 요상한 포즈가 되고 말았다. 녀석과 너무 밀착되어 있는 것 같단 생각에 기분이 묘하다. 하지만 여기서 꽥~ 하고 소리를 지르면 유란 씨와 희연이가 눈치 챌 것 같아 그냥 고개를 푹 숙이고 가만히 녀석의 심장소리만 듣고 있다. 그 순간 다시 한 번 버스가 급정거를 하고 녀석을 헐뜯느라 제대로 잡고 있지 않은 몸의 균형을 순식간에 잃어버렸다.

"아악―!!"

녀석에게 심하게 쏠리며 품에 쏘옥 안기게 된 나. 후닥닥 떨어지려 했지만 사람들 모두 중심을 잃고 우왕좌왕하는 터라 꼼짝할 수가 없다.

"미, 미안."

녀석의 눈치를 보며 살짝 내뱉은 나의 음성이었다. 그러자 이현 놈이 갑자기 긴 팔을 뻗어 버튼을 누르더니 다른 녀석들에게 말도 하지 않고 다음 정류장에서 나를 끌고 내린다. 이, 이 자식이 왜 이래? 자기한테 좀 안겼다고 패려고 그러나? 하지만 나도 어쩔 수 없었다구!! 서재가 아닌 게 애석하다구, 자식아!!

내리자마자 냉정하게 내 팔을 뿌리치는 이현 놈. 나도 네놈 팔에 붙잡혀 있는 거 좋지 않았어! 이거 왜 이러셔! 어찌 되었든 살짝 불안

한 마음으로 녀석을 살피는데 녀석의 시원한 블루 아이즈는 여전히
냉랭하기만 했다. 순간 녀석의 하얗고 긴 팔이 올라가자 때리는 줄
알고 난 눈을 질끈 감았다. 그런데 벌써 한 대 맞고도 남을 시간인데
아무런 고통이 느껴지지 않자 살며시 눈을 뜨자 어이없다는 듯 나를
바라보는 이현 놈의 시선. 그런 놈 앞에는 택시 한 대가 서 있었다.

"병신, 타."

뭐, 뭐야? 택시 잡는 거였어? 그럼 그렇다고 말을 하지, 사람 무안
하게. 녀석과 택시를 타고 집으로 가는 내내 익숙한 침묵이 흘렀다.
보통은 어색한 침묵이라 해야 정상이지만 워낙 이 자식이 말이 없기
에.

어렸을 때 무뚝뚝하면서 은근히 자상한 사람이 멋지다고 생각했
다. 근데 이놈은 진짜 무뚝뚝의 수준을 벗어나 싸가지의 결정체다!
내가 어쩌다가 제 몸에 좀 닿았다고 바로 뛰쳐 내려와서 택시 타는
걸 보라. 내가 그렇게 싫으냐? 참나~

혼자 구시렁대는 사이 벌써 저택이 눈앞에 보인다. 택시를 타고 온
덕에 서재보다 훨씬 먼저 도착하게 되었다. 녀석들에게 괜스레 미안
한 감정이 생겼다. 미안~ 난 잘못없어. 이 새끼가 갑자기 날 끌고 내
린 거야. 뻘쭘하게 이현 놈과 저택 안으로 들어서려다 내가 녀석에게
슬쩍 말을 걸어본다.

"아까 요한이가 그러던데 오늘 아웃사이드에서 술 먹는다며?"

"어."

무시당할 줄 알았는데 그래도 대답해 줘서 눈물나게 고맙다, 아

주!! 녀석하고 단둘이 있을 때 희연이를 밀어주자는 생각에 다시 한 번 대화를 시도했다.

"야, 넌 어떤 스타일의 여자를 좋아하냐? 깜찍? 발랄? 아님 청순가련? 엽기? 어떤 쪽이 좋아?"

한심하다는 듯 나를 스윽 내려보더니 한다는 소리가,

"여자는 질색이야."

"뭐라? 야! 네가 뭐라도 되냐? 세상엔 성이 남자와 여자밖에 없는데 여자가 싫으면 넌 남자하고 결혼할 거야?"

"시끄러워."

"그래, 네놈이 웬일로 그 말을 안 하나 했다. 떠들어서 미안하다, 미안해!"

내 말은 들은 척도 안 하고 저택 안으로 휙 모습을 감춰 버리는 싹퉁 이현. 희연아, 아무리 생각해도 저놈은 무리야. 여자가 싫다잖아~ 게다가 저런 놈하고 사귀어봤자 맘고생만 한다구! 휴, 어쩌다가 저런 싹퉁을 좋아해 가지고 친구 마음을 미어지게 만드니.

녀석의 뒤를 따라 저택 안으로 들어서려는데 누군가가 나를 불러 세운다.

"휘리 양."

휘.리. 양?? 날 그렇게 부르는 사람이 이 저택에 있나? 황당한 마음에 서둘러 뒤를 돌아보니 날 경호원으로 채용해 준 그때 그 대장경호원이 살짝 미소 짓고 있었다.

"어? 대장님, 안녕하시와요?"

내 말투가 조금 황당했는지 귀엽다는 듯 바라보는 대장 아저씨.

"도련님 경호는 잘하고 있나?"

"그럼요, 잘하고 있지요~ 재수가 좀 없어서 그렇지."

내 말을 이해 못하겠다는 듯 갸웃거리는 대장 아저씨의 이해를 돕기 위해 계속해서 말을 이었다.

"그러니까 도련님이 워낙 문제를 일으키지 않아서 할 일이 없다~ 뭐 그런 뜻이죠."

"거참, 신기한 일이군. 휘리 양이 오기 전까진 문제투성이었는데 말이지."

"문제투성이라뇨?"

이번에 말뜻을 이해 못한 건 내 쪽이었다.

"도련님이 최근 들어 조용하신 걸 보니 마음을 다잡은 것 같군. 그럼 수고해."

그렇게 알 수 없는 말만 잔뜩 늘어놓고 사라져 버리는 대장님. 이현 놈같이 말없는 놈이 그렇게 사고를 치고 돌아다닐 것 같진 않은데. 뭐~ 차차 알게 되겠지.

내 방으로 올라가 정장으로 갈아입었다. 집 안에서도 항상 정장을 입어야 하는 경호원들의 기본 수칙. 정말 불편하고, 덥고, 짜증나지만 경호원이란 게 어디 쉬운 일이던가? 구시렁대면서도 열심히 정장을 챙겨 입고 있었다. 옆방 문이 달칵거리는 걸 보니 서재가 도착했나 보다. 난 튕기듯 방문을 박차고 나가서 환하게 웃어 보였다.

"서재야, 왔어?"

"응. 아까 현이랑 둘이 내렸지? 어디 가는 줄 알았는데 집에 왔
네?"

"내가 그 자식이랑 가긴 어딜 가~ 버스 안에 사람이 많은 탓에 내
가 자기랑 좀 붙어 있었다고 바로 내려 택시까지 타는 거 있지? 진짜
재수없지 않아?"

"휘야, 넌 아직 멀었다."

"응? 뭐가?"

"그런 게 있어. 오늘 아웃사이드에서 애들하고 술 먹기로 한 거 알
지?"

"응, 이현 놈이 워낙 상냥하게 대답해 줘서 알고 있지."

"휘야, 넌 참 재밌는 친구야."

순간 얼굴이 붉어졌지만 마음 한구석이 저려온다. 재밌는 친구라.
좋은 여자라고 칭찬해 줬으면 좋을 거란 생각을 하는 내가 어색해지
고 있었다. 애써 붉어진 모습을 감추려 말을 돌렸다.

"몇 시까지 준비하면 되는데?"

"애들하고 아홉 시까지 만나기로 했으니까 지금 현이랑 같이 출발
하면 될 거야. 잠깐만~ 나도 옷 좀 갈아입고."

그러면서 싱긋 웃는 서재. 어찌 저렇게 멋있을 수가 있담? 같은 놈
인데도 이현 놈이랑 엄청나게 비교된다! −_−+ 이현은 생각만 해도
미간부터 찌푸려지는데 서재를 생각하면 나도 모르게 입가에 미소가
지어지니 말이다. 서재 방 앞에서 다리를 이쪽저쪽 굴리며 구시렁대
고 있는데 낯익은 그림자가 다가온다.

"야."

저음인 이 목소리. 고개를 들어 확인하니 역시 블루 아이즈 싹퉁 현이었다. 이놈아! 너만 무뚝뚝한 줄 알아? 나도 할 수 있어. 똑같이 대답해 주마.

"왜?"

"서재는?"

"방 안에."

퉁명스럽게 한 단어 한 단어 내뱉자 녀석의 미간에 심하게 주름이 잡힌다. ㅋㅋㅋ 통쾌하다, 이놈아. 너도 알겠지, 이런 식으로 성의없게 대답하는 게 얼마나 사람을 기분 나쁘게 하는 건지. 하지만 그 다음으로 녀석이 던진 말은,

"비켜."

서재 방문 앞에 기대 있던 나는 내 몸을 튕기듯 세워서 비켜주었다. 그러자 서재의 방문을 벌컥 열고 들어가는 이현. 순간 열린 문 사이로 서재의 벗은 윗몸을 보고야 말았다. 징그럽지 않을 정도로 잘 만들어진 근육과 약간 마른 듯하면서 균형 잡힌 몸매. 우윳빛 피부에 눈이 부실 지경이다. 나도 모르게 잠시 멍해져 얼굴이 붉어져 있는데 이현 놈이 한마디 툭 던진다.

"서재야, 쟤가 너 훔쳐본다."

헉!! 입술을 삐뚤어져도! 아, 아니지 입은 삐뚤어져도 말은 바로 하랬다고 저, 저 자식이 지금 뭐라고 지껄이는 거야? 황당한 나머지 입을 떡 벌리고 고개만 절레절레 흔드는 나를 보며 서재는 여전히 미소

를 띠고 말한다.

"그래? 영광인데?"

헉!! 오, 마이 갓~ 신이시여, 오늘 서휘리 코피 쏟으면서 쓰러집니다. 오오오오, 아까부터 계속 서재의 미소 띤 얼굴이 맴돌아 정신이 하나도 없다.

이현 놈과 서재, 그리고 내가 아웃사이드로 향하는 길에 나만 멍~해서 몇 번이나 넘어질 뻔했다는 사실. 이 모든 게 자신의 탓인지도 모르고 걱정스러운 듯 물어오는 서재.

"휘야, 왜 그래? 어디가 안 좋아? 계속 멍~하네."

"어? 아, 아니야~ 그냥. 애들 만나서 놀 걸 생각하니까 너무 좋아서 그러지."

"휘야도 참~"

서재의 미소 좀 어떻게 해봐~ 쓰러질 거 같아, 진짜. 그때 이현 놈이 나를 슬쩍 쳐다보더니 한마디 툭 내던진다.

"경호원이 멍해서야, 원."

"걱정 마, 네놈은 철저히 보필해 줄 테니까! 네게 무슨 일이 생기면 나도 곤란해. 이거 왜 이러셔."

"시끄……."

녀석의 말이 끝나기도 전에 얼른 내가 받아쳤다.

"시끄럽다고? 알았어, 알았어."

빈정대며 녀석을 향해 씨익 비웃었는데 녀석이 끝까지 내 심장에 비수를 꽂는다.

"좋단다, 병신."

좋았던 기분이 저 자식 때문에 망가지고 있다. 하지만 서재는 뭐가 그렇게 흐뭇한지 이현 놈과 나를 번갈아 보며 피식 웃고만 있다.

아웃사이드에 도착한 후 거대한 술자리가 시작되었다. 주접놈, 요한 놈과 난 부어라 받아라 하며 한참 술을 마시고 있는데 저쪽 구석에 앉아 있던 이현의 눈길이 느껴졌다. 흐음, 날 왜 그리 쳐다보나. 하지만 별 상관 하지 않은 채 마시던 술을 계속 마셨다.

하지만 녀석과 자꾸 마주치는 시선 탓에 나도 모르게 계속 술잔을 들이부었더니 머리가 좀 어지러운 듯하다. 그런 내 모습이 걱정됐는지 요한 녀석이 또 징징대기 시작했다.

"둘리야, 왜 그렇게 많이 마셔? 우리 둘리 그러면 취해. 취하면 안 되잖아~ 웅?"

날 걱정스런 눈빛으로 바라보는 건 요한 녀석만이 아니었다. 소프트왕자 서재도 나를 배려하고 나섰다.

"휘야, 왜 그렇게 많이 마셔? 오늘 내가 대신 당직 서야겠네?"

순간 미안한 마음에 정신이 번쩍 들어 술잔을 내려놓았다.

"아니야, 서재야. 걱정 마~ 나 아직 멀쩡해. 게다가 오늘 당직은 내가 하는 날이잖아. 서재 너는 푹 쉬어."

최대한 혀가 꼬인 발음이 나오지 않도록 노력했다. 하지만 눈은 조금씩 초점을 잃어가고 있었다. 오랜만에 먹는 술이라 그런지 쓰긴커녕 달구나. 쩝. 난 타고난 술꾼인가 보다.

그때 갑자기 아랫배에서 신호가 오며 얼른 화장실로 뛰어가라고 대뇌에서 명령을 내리고 있었다. 자리에서 슬쩍 일어나 화장실로 가려는 찰나 요한 녀석이 그런 날 발견했다. 헉!!

"둘리야~ 어디 가? 웅? @ㅁ@"

"화장실."

"웅? 화장실? 나두~ 요한이두 화장실 갈래."

"그러든지."

어느새 술이 취한 녀석은 내 팔에 앵겨 붙어 우리 둘은 화장실에 도착했다. 그러나!! 녀석은 남자 화장실, 난 여자 화장실로 가는 게 맞는 이치거늘 녀석은 내 팔을 놓지 않는다. 안 그래도 급해죽겠는데 이 자식이 왜 이래?

"야, 놔. 이제 넌 남자 화장실로 가. 난 여자 화장실에 들어가야 하니까."

"웅? 둘리야, 왜 여자 화장실에 가? 너 남자 화장실 가잖아~"

"뭐래, 학교에서야 어쩔 수 없이 그러지만 원래 난 여자라구. -_-;"

"시로시로~ 둘리랑 같이 화장실 갈래. 웅?"

내 팔을 이리저리 흔들며 매달리는 요한 녀석. 이놈 아무리 취했다 하지만 정말 어이가 없다. 아랫배엔 점점 힘이 들어가고 너무 긴박한 상황이다.

"야! 이거 안 놔? 나 급하단 말이야!"

"둘리, 급해? 요한이도 급해. 그러니까 빨리 같이 들어가자. 웅?"

"미쳤냐!! 내가 왜 네놈이랑 화장실을 같이 들어가? 술은 곤드레만드레 취해서는 못하는 소리가 없어, 아주!"

“ㅠ0ㅠ 우엥~ 둘리는 요한이가 싫은 거지? 그치? 아까 좋다고 한 것도 다 거짓말이지?”

아, 환장한다는 단어는 이럴 때 가장 적합한 말이라고 생각한다. 정말 미치고 팔짝 뛸 지경이다. 난 나대로 급한데 이 녀석은 내 팔을 붙잡고 놓을 생각도 않는다. 그때 나타난 서재. 역시 난감할 때 도와주러 오는 건 서재다. 서재야, 도와줘. 나 급해~ 하는 애절한 눈빛으로 서재를 바라보자 서재도 난감해하는 내 표정을 읽었는지 부드러운 미소로 입을 연다.

“한아, 이리 와. 나랑 같이 가면 되잖아.”

그러자 금세 서재 녀석의 팔에 앵기며 나에게 팔을 휘휘 젓는 요한 녀석.

“둘리야, 화장실 잘 갔다 와~”

그런 후 요한 녀석은 서재와 남자 화장실 안으로 휙 하니 들어가 버렸다. 어이없다는 듯 바라볼 틈도 없이 대뇌에서는 싸라, 싸! 하는 명령을 반복할 뿐이었다. 얼른 화장실로 들어가 시원하게 볼일을 보고 손을 씻고 거울을 바라봤다. 짧게 잘린 머리. 윗단추 하나를 풀어 놓은 셔츠. 술기운에 볼이 발그레한 게 꼭 볼터치한 것 같은 느낌이 든다. 쌍꺼풀 짙은 내 눈동자가 약간 풀린 듯 반쯤 감겨 있었다. 긴장이 풀린 탓일까. 점점 정신이 몽롱해져 오고 거울의 내 모습을 관찰하며 피식 웃고 있는데 몸이 점점 말을 듣지 않는다.

잠시 후 누군가가 세면대에 쪼그려 앉은 채 정신을 못 차려 버벅거리고 있는 나를 발로 툭툭 건드린다. 손으로 건드리거나 다정하게 이름을 불렀다면 서재였을 테고, 내 팔에 앵겨 붙으며 연신 '둘리야'를 외쳤으면 요한 녀석이었을 텐데 발로 걷어차는 싸가지를 보니 이현 놈 같은데? 아닌가? 확인하려고 자꾸만 감기는 눈꺼풀을 겨우 들어 올려 고통을 주는 놈의 발부터 머리로 천천히 고개를 들었다. 역시나 예감적중. 이런 싸가지를 가진 놈이 그리 흔치 않거든.

"야, 왜 여기 엎어져 있냐? 취했냐?"

"취, 취하긴 누가 취해! 그리고 여긴 여자 화장실인데 네가 왜 들어와? @ㅁ@"

멀쩡하다며 일어서려고 하는데 자꾸만 현기증이 나서 일어서는 게 쉽지가 않다.

"누가 너 예뻐서 찾으러 온 줄 알아? 요한이하고 주섭이가 뻗어서 서재가 둘 다 데려다 주러 갔어. 그런데 그 후 한 시간이 지나도 네가 안 오길래 화장실 바닥에 자빠져서 뇌진탕 걸려 뒈진 줄 알고 할 수 없이 왔다."

저 자식은 걱정했다는 말을 저딴 식으로밖에 표현 못한다. 아, 아니지. 지금 저 자식이 나를 걱정했단 소리야? 그렇다면 조금 감격이… 헐! 아니지, 아니야! 감격은 무슨 감격? 한 시간이나 지난 후에야 날 찾으러 온 걸 보면 하도 안 오니까 이것이 미쳤나? 하는 생각으로 온 거지. 그래, 그러면 그렇지. 네놈은 그렇게 생각할 놈이다. 반쯤 풀린 눈으로 아무 대꾸 못하고 연신 녀석을 노려보는데 놈이 내 팔을 끌어당겨 일으켜 준다.

"놔! 나 혼자서 일어설 수 있어!"

거의 다 일으켜 세워줬을 때쯤 내 말에 나를 확 놔버리는 이현 놈. 그 탓에 난 차디찬 화장실 바닥에 엉덩방아를 찧어야 했다.

"아악!"

"네가 놓으래서 놨다."

"야, 그렇다고 이렇게 갑자기 놓으면 어떡해! 내가 중심을 못 잡잖아!!"

"그럼 중심 잡고 놓으라고 하든지."

아, 저 싸가지 말발에 대꾸해 봐야 나만 손해지. 엉덩이를 툴툴 털어내며 일어나려고 안간힘을 썼지만 몸이 말을 듣지 않는다. 제길, 역시 너무 많이 마셨어. 한심하게 나를 내려다보는 이현 놈의 블루 아이즈. 술기운 탓인지 오늘따라 유난히 더 섹시하게 빛나고 있다. 비틀거리며 화장실 바닥을 헤매는 나를 보며 한마디 건방지게 툭 내뱉는 이현 놈.

"하루 종일 거기 있을 거냐?"

"우씨! 사, 상관 마!!"

"그러든지."

그러면서 내게 등을 보이며 돌아선다. 녀석이 막 화장실을 나가려는 순간,

"자, 잠깐!! 잠깐만 기다려."

녀석은 내 부름을 듣고 고개만 살짝 옆으로 돌려 여전히 건방진 눈빛으로 나를 내려다본다.

"뭐야?"

“술을 좀 많이 먹어서 그러는데 조, 조금만 잡아줘.”

뻔뻔스러울 정도로 잘도 주절거린 말이었다. 녀석은 기가 찬지 멀뚱히 나를 노려볼 뿐이다.

“뭐 하고 있어! 일으켜 달라니까!”

괜히 녀석의 시선이 무안해서 버럭 소리를 지르자 겨우 입을 떼는 싹퉁 현.

“아깐 놓으라며?”

“아, 아깐 아까고 지금은 지금이지!”

내가 생각해도 참 어이없는 발언이다. 아까라고 해봐야 불과 몇 분, 아니, 몇 초 전인 것을. 뻔뻔스런 내 발언에 기가 찼는지 이현 놈이 마지못해 내 쪽으로 몸을 돌린다. 재수는 없지만 녀석이 손을 내밀면 그 손을 잡고 일어나야겠단 생각에 살짝 눈치를 보고 있는데 녀석은 손 내밀 생각은 하지 않고 화장실 안을 두리번거린다. 그러더니 여자 화장실 맨 끝 칸으로 터벅터벅 걸어가는 게 아닌가? 황당한 나머지 녀석의 행동만 보고 있는데 녀석이 마지막 칸을 발로 쾅 찬다. 보통 화장실의 마지막 칸은 청소 도구함으로 사용되고 있다. 이곳도 예외는 아니었다. 녀석이 하수구가 막혔을 때 사용하는 뻥뚫어를 들고 내 쪽으로 슬슬 걸어온다. 대체 저걸 어디에 쓰려고 그러는지 의도가 전혀 파악되지 않아 잔뜩 인상을 찌푸리며 고개를 갸웃거리는데 녀석이 뻥뚫어를 내게 내민다. 그것도 막대기 부분이 아닌 뻥뚫어의 고무 쪽으로.

“-_-+ 뭐, 뭐야. 이걸 나더러 어쩌라고.”

“잡아.”

“뭐? 내가 이걸 왜 잡아? 설마 일으켜 줬으니까 여기 하수도를 다 뚫어라, 뭐 그런 건 아니겠지.”

“병신.”

또 병신이란다. 난 이 자식한테 하루에 다섯 번 이상은 꼭 이 소릴 듣는 것 같다. 아무리 생각해도 절대 기분 좋은 단어는 아니다. 아직까지 녀석의 의도를 파악하지 못하고 시큰둥하게 녀석을 바라보자 녀석이 막대기를 살짝 흔들며 건방진 입을 연다.

“잡으라고!”

“야! 막대기 쪽도 아니고 이런 고무 쪽으로 내밀면 어딜 잡으란 말이야!!”

그러자 녀석의 미간에 주름이 살짝 잡히더니 신경질적으로 내뱉는다.

“야, 고무 약간 윗부분을 잡으면 될 거 아냐!”

녀석의 아주 고맙고, 눈물나는 녀석의 배려에 오만 인상을 동원하여 얼굴에 주름을 가득 잡은 후 고무 꼭대기 쪽을 양손으로 꼬옥 쥐었다. 그러자 날 일으켜 주려는 듯 힘을 주어 잡아당기는 이현 놈. 드디어 녀석의 의도를 파악했다. 내가 아까 놓으라고 했다고 내 몸에 손대기 싫다, 이거다. 그래서 이런 허접한 막대기를 이용해서, 그것도 뻥뚫어를 이용해서 나를 일으켜 주려는 놈의 상당한 배려. 눈물겹다 못해 아주 반 죽여놓고 싶다.

몸을 거의 다 일으켰을 때쯤 무언가 놓치는 느낌. 푸승~ 하는 소리와 함께 막대기는 이현 놈 손에, 막대기에서 이탈한 고무는 내 손에…… 한마디로 나는?? 다시 한 번 꽈당 소리를 내며 엉덩방아를 찧었고 그와 동시에 내 등 뒤에 있던 벽에 머리를 꽈당 부딪쳤다. 안 그래도 술 기운 때문에 머리가 어질어질한데 부딪치기까지 하니 정신이 더 없다. 여전히 내 손엔 뻥뚫어 고무가 꽉 잡혀 있다. 이현 놈도 황당했는지 막대기를 뻘쭘하게 들고 있다.

"아으… 아, 아파. 제기랄!"

막대기에서 빠져 버려 얌전히 내 손에 쥐어져 있는 그 뻥뚫어 고무. 머리의 고통과 함께 원망을 가득 담아 뻥뚫어 고무를 바닥으로 확 내팽개쳤다. 요란한 소리를 내며 굴러가는 뻥뚫어 고무. 고무가 떼구루루 굴러서 착지를 할 때까지 응시하던 이현 놈의 블루 아이즈가 다시 내 쪽을 향한다.

"병신, 꼴값한다."

녀석이 욕을 하든 말든 머리와 엉덩이가 너무 아파 대꾸할 힘조차 없었다. 머리를 움켜쥐고 양발을 가슴 안쪽으로 당기며 고개를 숙인 채로 머리를 연신 문질러 대자 녀석이 당황했나 보다.

"야, 괜찮냐?"

녀석이 생각하기에도 내가 벽에 머리를 박을 때의 소리는 굉음에 가까웠을 것이다.

"아으, 진짜 아파."

땡그랑! 탕탕!

하는 막대기가 바닥과 거칠게 맞닿는 소리가 들린 후 부드러운 손이 내 팔을 감싸 올린다. 눈은 그렇게 차갑고 냉랭하기 짝이 없는데 손만큼은 따뜻한 녀석. 그렇게 녀석의 도움으로 겨우 몸을 일으키자 술기운과 벽에 머리를 부딪친 충격으로 갑자기 현기증이 밀려오면서 온몸에 힘이 풀려 그만 녀석에게 안기는 꼴이 되고 말았다. 이러면 안 되는데. 녀석의 품이 매우 따뜻하다 느껴졌지만 서둘러 녀석을 밀쳐 내고 정신을 차려야 한다고 생각했다. 그러나 몸은 아까부터 뇌의 명령을 전혀 수행하고 있지 않았다. 정신은 갈수록 혼미해지고 이현 놈의 싸가지없는 한마디를 마지막으로 그대로 놈의 품에서 눈을 감고야 말았다.

"병신."

내 방 가득 병신이란 단어가 벽에 빽빽하게 낙서되어 있고 침대 위에는 '병신과 다른 한 글자를 찾으시오~' 라고 적혀 있는 작은 메모지 하나가 눈에 띈다. 정말 빼곡히 적힌 병신이란 글자 속에서 다른 한 단어를 찾기 위해 눈을 부릅뜨고 열심히 찾았다. 그 결과 겨우겨우 찾아낸 글자. 찾았다! 찾았어~ 모두 병신이라고 적혀 있는데 저기 한가운데에 보이는 다른 글자.

"등신! 등신이다, 등신!"

기쁨의 환호를 지르며 눈을 확~ 떴는데 나를 한심하게 내려다보는 이현 놈의 푸른 눈이 내 시야에 포착됐다. 뭔지는 몰라도 미간에 주름을 상당히 잡고 있는 이현 놈을 보자 괜스레 불안했다. 녀석이 기어코 그 건방진 입술을 연다.

"누가 등신이라는 거야."

그제야 주변을 둘러보고 달리는 택시 안에 몸을 싣고 있음을 알게 되었다. 꿈을 꿔도 뭐 그 딴 꿈을 꾼다냐. ㅠoㅠ 이게 다~ 저 싸가지 없는 놈이 하도 병신 병신 해서 그런 거라구! 이따금씩 등신이라고도 하니 내가 그런 꿈을 안 꾸게 생겼냐고!! 아아, 하루도 이놈하고 편하게 지낼 날이 없구나.

오늘은 신나는 토요일. 버스에 올라타자마자 뒷자리에 앉아 있는 내게 힘차게 달려오는 요한 녀석.

"둘리야~"

철없는 아이를 보는 듯한 느낌. 점점 녀석들에게 익숙해져 가는 탓에 저 모습이 새삼 귀엽게 느껴져서 나도 모르게 피식 웃어 보였다. 요한 녀석이 내 옆으로 바짝 다가와 앉더니 막대 사탕 하나를 불쑥 내민다.

"아침부터 웬 사탕?"

사실 녀석이 준 사탕이 상당히 반가웠으나 괜스레 이미지 관리한답시고 말을 툭 내뱉었다. 여전히 천연덕스럽게 웃으며 내 손에 막대 사탕을 꼬옥 쥐어주고 입을 여는 요한 녀석.

"둘리야, 나 이거 둘리 주려고 어제 우리 할머니가 준 거 안 먹고 들고 온 거야~"

"고맙다. 잘 먹을게."

그 맑고 예쁜 눈을 반짝이며 새치름한 입술을 조잘대는데 어찌나 귀엽던지……. 막대 사탕을 챙겨 넣었다. 그런 내 모습이 기뻤는지 금세 또 장난을 치려 드는 요한 녀석. 완전 어린애다.

"둘리야, 우리 게임하자."

"게임? 무슨 게임?"

"끝말잇기 게임 어때? 지는 사람이 이기는 사람 소원 들어주기. 웅?"

녀석의 제안을 거절하자니 버스 안에서 또 징징댈 것 같고, 등굣길이 좀 지루하기도 해서 녀석의 제안을 받아들였다.

"좋아. 나부터 할까, 아님 너부터 할래?"

"둘리가 먼저 해~"

"좋아~ 첫판부터 물먹이기 없기지?"

커다란 눈망울을 깜빡거리며 커다랗게 고개를 끄덕이는 요한 녀석. 새하얀 녀석의 피부가 오늘따라 더 여리게 보인다.

"좋아~ 그럼 음… 버스."

내 말이 끝나자 금세 대답을 하는 요한 녀석.

"스머프."

"오오~ 그럼 난 프라이팬!"

"팬더곰~ ^0^"

"곰탕."

"탕수육~"

"육계장."

"장거리."

푸하하하! 요한 녀석, 장거리라고 한 걸 후회하게 해주마~ 난 슬쩍 입가에 사악한 미소를 띠며 냅다 소리쳤다.

"ㅋㅋㅋㅋ 리틈!!"

"헉! 씨잉, 둘리, 미워!"

금세 울상을 짓는 불쌍한 요한 녀석. 또 징징대려고 폼 잡는다.

"야야~ 그러게 누가 '리' 자로 끝내래?"

"다시 해!"

억지를 피우기 시작하는 요한 녀석. 버스 안에서 소란 피우기 창피
했으므로 다시해 주기로 했다. 이번엔 쉽게 끝내야지.

"그럼 시작한다. 이번엔 다시 하는 거 없다~"

"웅. 이번엔 요한이가 둘리 이길 꼬야~"

자식, 귀엽게 미소 짓는다. 하지만 난 잔인한 단어를 나열할 생각
이다.

"출발은 역시 가볍게. 음~ 기차."

"그럼 요한이는 차표~"

"표범!"

"웅~ 범죄자."

"자전거!"

"요한이는 거머리."

요녀석 아까 당하고도 또 '리' 자로 끝맺음한다. 하지만 아까와 같
은 방법을 써먹긴 천하의 서휘리가 할 짓이 아니었으므로 금세 골탕
먹일 생각을 고쳐 먹었다.

"그럼 난 이빨."

그러자 그때까지 잠자코 우릴 지켜보던 주접놈이 마구 비웃더니 끼어든다.

"ㅋㅋㅋ 야, 서휘 너 바보구나?"

"아니, 왜?"

내가 바보란 말을 들어야 할 이유가 없다고 판단하고 바로 녀석에게 되묻자 녀석은 여전히 낄낄대며 나를 향해 비웃음을 쏟아내고 있었다. 이내 내가 바보가 되어야 했던 주접놈의 황당한 이유를 들을 수 있었다.

"야! 분명히 요한이가 거머리라고 했는데 네가 이빨이라고 했잖아."

"그러니까 그게 왜?"

"거머리는 '리' 자인데 넌 이빨의 '이'를 사용했잖아. ㅋㅋㅋ 바보."

어이가 없다. 고등학생이나 된 놈이 두음법칙을 모르다니. 중학교 2학년 정도만 되어도 다 깨우친다는 우리 한글의 법칙. 정말 할 말을 잃었다. 어이가 없어서 말을 잇지 못하는 나 대신 요한 녀석이 주접놈을 타이르려고 나선다.

"주섭아, 그건 두음법칙이라고 해서 'ㄹ' 발음이 'ㅇ' 발음으로 바뀔 수도 있어. 그건 인정되는 발음이야."

그러자 무안했는지 주절거리며 딴청 피우는 주접놈. 오늘따라 은근히 귀엽다. 어쨌든 주접놈 때문에 요한 녀석과의 끝말잇기 게임은 흐지부지 끝나 버렸다.

그사이 버스는 학교에 도착했다. 서둘러 버스에서 내려 학교로 향했다. 토요일이라서 그런지 괜스레 기분도 좋고, 녀석들이 시끄럽게 떠드는 장난을 오래 안 봐도 된다는 생각에 마음에 평안을 찾는다. 다른 녀석들도 마찬가지인 걸까? 녀석들의 얼굴에 기분 좋은 미소가 한가득 열려 있다. 물론 그렇지 않은 놈도 한 마리(?) 있다. 누구겠는가? 별로 설명하고 싶지도, 묘사하고 싶지도, 등장시키고 싶지도 이현이다. 물론 내 의사대로 등장이 안 되는 건 아니지만(ㅋㅋ 작가 맘이다).

어쨌든 녀석들과 교실 안으로 무사히 들어왔다. 곧 조회가 시작되었고 뒤이은 1교시 수업도 일찍 끝나는 듯한 느낌을 받았다. 제각기 다른 생각 속에 수업은 계속해서 진행되고 2교시 수업이 마치자 이현 놈과 주접이, 그리고 소프트왕자 서재까지 어디론가 사라져 버린다. 나한테 한마디 말도 없이 사라지는 게 섭섭하긴 한데 화장실에 가려니~ 하고 이내 신경 쓰지 않았다. 정말로 무슨 일이 있다면 요한 녀석을 빼놓았겠어? 쉬는 시간이라고 내 팔에 앵겨 금세 장난치려 드는 요한 녀석이 나를 향해 알 수 없는 말을 해댄다.

"둘리야, 애들 이번 주 타깃 잡으러 가나 보다. 그치?"

"이번 주 타깃? 무슨 말이야?"

"아아~ 둘리는 잘 모르겠구나. 매주 토요일은 애들이 무섭게 변하는 날이야."

"어째서?"

"음, 현이가 주마다 돌아가면서 다른 학교의 일진들을 잡아다가

때찌해 주는 날이거든."

"뭐?!"

너무 황당한 나머지 요한 녀석을 뚫어져라 쳐다보며 이현 놈의 얼굴을 살포시 떠올리고 있었다. 그러다 이내 콧방귀를 끼면서 중얼거렸다.

"웃기고 있네. 지가 무슨 정의의 기사냐? 왜 남의 학교까지 기어가서 시비를 걸어? 걔 대체 왜 그런다냐?"

그러자 요한 녀석이 순식간에 심각한 표정으로 바뀌더니 천천히 내 이해를 돕는다.

"현이는 늘 그래. 한 번씩 이런 식으로 문제를 일으켜서 스트레스를 푸나 봐."

"그 자식 스트레스 해소 한번 거칠게 하네. 그래, 그래서 지금 저 세 놈은 상의하러 가는데 넌 왜 안 가?"

내 물음에 금세 눈물을 반쯤 머금고 훌쩍거리는 요한 녀석.

"요한이는 그런 거 무서워서 안 가. 집에서 할머니랑 노는 게 더 재밌어."

"효자네."

요한 녀석과 이런저런 이야기를 나누면서 이현 놈의 어이없는 행동에 대해 의문을 풀어가고 있는데 녀석들이 어느새 자리로 돌아와 앉는다. 오늘 싸움이 있기 때문에 주접놈의 눈빛도 평소와 달리 진지했던 건가? 서재라면 그런 행동을 하는 이현 놈을 말릴 법도 한데 어째서 같이 그런 짓을 하는 거지? 이해할 수 없어서 나도 모르게 서재를 향해 시선을 너무 오래두었나 보다.

"왜 그래? 내 얼굴에 뭐 묻었어?"

부드러운 눈동자를 크게 뜨며 날 똑바로 보고 말하는 서재. 난 깜짝 놀라 서둘러 팔을 휘휘 저으며 입을 열었다.

"어? 아, 아니야, 아무것도."

그러면서 다시 똑바로 자리를 잡았지만 이내 물어봐야겠다는 생각에 다시 용기를 내서 입을 열었다.

"저기 서재야, 잠깐 나 좀 봐."

그렇게 말을 두고 얼른 뒷문으로 빠져나왔다. 서재가 서둘러 내 뒤를 따라 나오고 우리 둘은 계단에 나란히 앉았다. 호기심 가득한 눈빛으로 내가 먼저 어색한 침묵을 깨뜨렸다.

"저기… 갑자기 불러서 미안."

"아니야. 뭐 궁금한 게 있는 것 같은데 물어봐."

"오늘 중요한 일있다며?"

"중요한 일?"

잠시 생각하는 듯 보이는 서재가 이내 환하게 웃으며 답한다.

"아아~ 대한공고랑?"

의외로 아무렇지 않은 듯 쉽게 대답하는 서재에게 놀라 눈꺼풀을 빠르게 깜빡이자 서재는 소프트한 미소를 띠며 다시 한 번 입을 열었다.

"휘야, 네가 무슨 생각 하는지 알겠다. ^^ 어째서 그런 일을 하냐는 거지? 또 경호원으로서 말리지는 않고 동참하는 내가 이해도 안 되고. 맞지?"

역시 내 생각을 멋지게 꿰뚫고 있는 서재였다. 가만히 고개를 끄덕이자 서재가 잠시 망설이는 듯 주저하더니 천천히 음성을 퍼뜨렸다.

"현이… 겉보기엔 강해 보여도 아픔이 많은 애야."

가만히 서재를 응시했다. 계속해서 들려오는 서재의 음성.

"네가 몰라서 그렇지, 원래 현이는 무뚝뚝하지만 속으론 누구보다 정이 많은 아이였어. 지금처럼 마음의 문을 꼭꼭 닫기 전엔 말이지. 뭐랄까, 현이가 아파할 수밖에 없는 집안 환경에 대해 반항하는 방법은 이것뿐이라고 해야 하나? 사고까지 쳐가면서 아버지 눈에 거슬리는 행동을 벌이는 거야. 그것만이 아직은 어린 우리 나이에 현이가 아버지를 향해 할 수 있는 유일한 반항이니까. 물론 경호원으로서 그걸 막아야 할 의무가 있지만 현이가 부탁했어. 하나밖에 없는 이 방법까지 막으려 든다면 정말 세상 살기 싫어질 것 같을 테니 이것만큼은 내버려 두라고. 이것 외의 다른 건 뜻대로 따를 테니 스트레스 풀 기회는 달라고 그러더라."

스트레스 푸는 것도 요상한 놈 같으니.

"그, 그래서 다른 학교 일진 애들을 묵사발 내는 걸로 스트레스를 푼다고?"

"그래. 그렇게까지 말하는 현이를 보면서 얼마나 갑갑하고 답답하면 저럴까. 아니, 얼마나 아버지의 사랑이 그리웠으면 저렇게 해서라도 아버지의 관심을 받으려고 할까, 하는 뭐 그런 동정까지 들 정도였어."

서재의 슬픈 눈빛을 보면서 나도 왠지 측은한 마음이 들고 있었다. 뭐, 사람이야 늘 이런저런 아픔을 담고 살아가니까. 생각하는 게 서로 조금씩 다를 뿐이지 아픔에서 벗어나고 싶어하는 마음은 누구나 같은 거니까. 결국 난 녀석을 이해하기로 하고 동참할 것을 결심했다. 그리고 곧 내 의지를 서재에게 알렸다.

"그럼 나도 끼워줘. 나도 거기 가서 스트레스 한번 풀어보게."

깜짝 놀란 시선으로 나를 바라볼 줄 알았는데 의외로 서재는 쉽게 승낙했다.

"그래, 너도 가까이에서 지켜봐, 현이가 얼마나 큰 아픔 속에 살고 있는지."

마지막 말의 뜻은 이해하기 힘들었다.

서둘러 교실로 돌아와 자리를 잡았다. 자리에 앉자마자 내 팔에 질질 매달리는 요한 녀석.

"둘리야, 서재랑 단둘이 어디 갔다 왔어? 요한이 두고 둘이서만 데이트한 거야? 웅?"

울상 짓는 녀석을 무시한 채 앞만 응시하자 계속해서 매달리는 요한 녀석이었다.

"둘리야, 무안해서 내 말 무시하는 거지? 그치? 우엥~ 둘리, 미워 미워~ 대체 서재랑 단둘이 나가서 뭐 한 거야? 응?"

여전히 무시한 채 애꿎은 책만 뒤적이고 있자 요한 녀석이 급기야 헛소릴 마구 해댄다.

"둘리야, 서재랑 둘이 나가서 뽀뽀했지? 그치?"

콩!

　너무 당황하고 황당한 나머지 내 손이 반사적으로 요한 녀석 머리 위에 내려앉았다. 그랬으면 얼마나 좋아, 이놈아. <u>흐흐흐</u>. 하지만 그럴 일은 아직 없네, 이 녀석아! 누구 염장 지르는 거야?

　"시끄러워. 무슨 헛소리를 하는 거야!"

　내가 녀석을 향해 소리치자 나에게 맞은 부분을 부여잡고 그 커다란 눈에 눈물을 머금더니 서재에게 또 앵겨 버리는 요한 놈. 오오, 신이시여. 어찌 저놈을 사내아이로 태어나게 하셨사옵니까? 여자였으면 남자들이 서로 달려들어 좋아라 했을 것을. 잠시 신을 원망하는 사이 3교시는 시작되었고 오늘 있을 일에 대해 멍하게 생각하는 동안 수업 시간은 순식간에 끝나 버렸다.

　반 친구들이 하나둘씩 가방을 메고 교실에서 나가고 드디어 교실에는 덩그러니 현's만이 남았다. 말이 없던 이현 놈이 웬일로 먼저 입을 뗀다.

　"대한공고에 송사리놈 있지?"

　저놈이 개그를 할 리는 없는데 웬 송사리??

반복이 없는 나날들

제6장

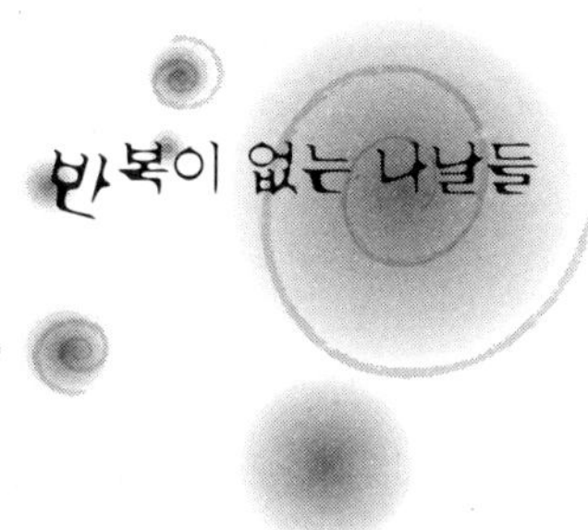

　　우리들은 나란히 버스에 올라타고 있었다. 무사히 대한공고를 빠져나왔지만 아무런 성과 없이 그냥 돌아가는 기분이란 참으로 허탈하다. 아, 나에겐 성과가 있었다. 더듬이 머리 한 녀석을 묵사발 내줬으니. 흔들리는 버스가 저택을 향하고 있는 동안 내 머리 속은 온통 송사리놈이 현이 녀석에게 '과연 무슨 말을 했을까?' 로 가득 차 있었다. 그런 내 마음도 모른 채 현이와 서재는 조용한 대화를 나누고 있었다.

　　"현아, 어째서 송원우의 제안을 받아들였어? 그놈 거물이야. 그대로 두면 지금보다 더 성장할 놈이라구."

　　"알아. 그래서 받아들인 거야."

"뭐? 현아, 사실 대한공고에 온다고 했을 때 다른 어떤 때보다 긴장한 게 사실이야. 왜인 줄은 너도 알잖아. 대한공고 애들은 일반 학교 애들하고 많이 달라. 숫자도 많고 송원우 그놈의 실력이 만만치 않아. 이런 말 하면 어떻게 들을지 모르겠지만 어쩌면 너랑 1:1로 붙어도 쉽게……."

"그만 해, 민서재. 날 화나게 하고 싶어? 잠자고 있는 내 자존심을 건들지 마."

"미안, 그런 뜻으로 한 건 아니야. 하지만 현아, 현실을 직시해야 해. 무조건 일을 크게 벌여놓고 쾌감을 얻는 것은 좋은 게 아니야."

"현실을 직시하는 네가 내 곁에 있음 되잖아. 그걸로 됐어."

"현아."

"그만 하자. 난 그놈을 조금 더 지켜볼 생각이야. 어쩌면 그런 놈과 좋은 친구가 될지도 모르잖아?"

"현이 너 설마 그놈이 맘에 든 거야?"

녀석의 대화에 집중하느라 너무 빤히 녀석을 쳐다보고 있었나 보다. 그 시선을 느꼈는지 이현 놈이 나를 가리키면서 한마디 툭 내던진다.

"야야, 민서재. 이상하게 말하지 마. 저 바보가 오해하잖아."

바보라서 미안한데 나 이상한 상상 안 했다, 요놈아! 네가 누굴 맘에 들어하든 말든 그게 무슨 상관이야? 아니지, 아니지. 저 자식 여자가 싫댔잖아? 실은 정말 남자를 사랑하는 거 아냐? 혼자 검지손가락으로 턱을 스윽 문지르며 고민하는 듯한 자세를 취하자 싹퉁 현이의 블루 아이즈가 조금 커지더니 이내 신경질적으로 말한다.

"야, 병신! 나 호모 아니다. 혼자 이상한 상상 하지 마. 죽는다!"

녀석이 당황해하는 모습을 보자 꽤나 재미있다는 생각이 들었다. 그래서 더욱 인상을 찌푸리며 빠르게 턱을 문질렀다. 물론 녀석을 의심스런 눈빛으로 쳐다봐 주는 것도 잊지 않았다.

"야, 너 진짜 죽고 싶냐? 그 딴 식으로 쳐다보지 마라. 죽는다."

"걱정 마라, 이 싸가지 도련님아! 너 같은 놈은 여자인 나도 싫은데 남자라고 널 좋아해 주겠냐? 너 혼자 열심히 좋아해 봐라, 이 싹퉁아!"

내 말에 다소 충격을 받았는지 무서운 눈길로 쏘아보더니 이내 창문가로 시선을 돌려 버린다. 여전히 씩씩대는 나를 진정시키려는지 서재가 입을 열었다.

"휘야, 그렇게 열 내지 마. 현이는 그런 뜻으로 송원우를 마음에 두고 있는 게 아니야."

"나도 알아. 설마 저놈이 송사린지 송원운지 하는 그놈을 좋아하겠어? 하긴 저놈이라면 못 좋아할 것도 없겠네. 여자가 싫다잖아."

비아냥거리는 내 말투가 거슬렸는지 옆모습을 보이던 이현 놈의 이마에 핏대가 살짝 선다. 놈이 열받은 것 같아 만족스러워하며 슬쩍 미소 지었는데 서재가 나를 말린다.

"그런 거 아니래두. 현이가 호모일 리 없잖아. 현이는 강한 상대를 좋아해. 그래서 친구를 사귈 때도 느낌이 강인하고 독한 녀석들 아니면 잘 받아들이지 않아. 뭐, 요한 녀석은 좀 예외지만."

그 말은 곧 송사리놈이 이현 놈도 인정할 만큼 강하다는 거잖아? 역시 나와 같은 느낌을 받았나 보군.

어쨌거나 버스에서 내린 우리들. 하루 종일 말도 없던 주접놈이 집으로 돌아가고 서재와 싹퉁 현, 그리고 나! 이렇게 셋이서 저택으로 향하는 길이다. 은근히 주접놈이 신경 쓰여 슬쩍 주접놈에 대한 얘기를 꺼내본다.

"저기, 오늘따라 주접놈 말이 없지 않았나? 평소에도 저러면 요한이 녀석이랑 붙어서 시끄러울 일 없을 텐데."

"주섭인 원래 예민해지면 말을 안 해. 오늘은 역사상 처음으로 우리가 접수하고자 마음먹었던 학교를 그냥 놔주고 돌아왔어. 그래서 더 말이 없었던 걸 거야. 그리고 주섭이가 평소엔 좀 웃겨도 일단 진지해지면 아무도 못 말려. 토요일마다 잔뜩 긴장하는 녀석이지만 내일 되면 다시 환해지니까 너무 걱정 마."

역시 내 말에 상냥하게 대답해 주는 건 서재였다.

"그렇구나. 주접놈 의외로 멋진 구석이 있었네. 하긴 사람은 누구나 한두 가지씩 비밀을 품고 살지. 또 미처 발견하지 못한 점을 갑자기 깨우치게 될 때도 많은 것 같아. 그럴 땐 사람이 쉽게 당황하거나 그 상황을 인정하기 어려울 때도 있지. 그래서 한순간만으로 그 사람을 알 수 없는 게 아닐까?"

그냥 멋대로 주절거렸는데 서재의 시선과 현이의 시선이 부담스러우리만치 반짝이며 나를 향한다. 서재는 그렇다 치고 이현 놈까지 왜 저렇게 쳐다보는 거야? 어울리지도 않는 말 해서 미안하다, 이놈아.

그만 째려봐라. 부담스럽게시리.

　저택에 들어온 우리들은 각자 방으로 들어가 씻고 옷을 갈아입은 후 약속이나 한 것처럼 식탁에 모여 앉았다. 역시 인간의 본능적 욕구 중 가장 참기 힘든 게 식탐인 것 같다. 어느새 맛있게 차려진 음식을 보며 침을 한 바가지로 흘리고 있는 내가 한심했는지 또 날 노려보는 블루 아이즈 싹퉁 현. 그 시선이 따가워서 한마디 툭 내던졌다.

　"뭐야? 뭘 그렇게 쳐다보냐? 내 얼굴에 뭐 묻었냐? 아아, 병신이라고 할 거면 미리 말하는데 하지 마라. 맛있는 음식을 앞에 두고 욕부터 먹기는 싫으니까. 물론 등신이라고도 하지 마! 바보도 싫어! 야, 이봐! 뭐 이런 거 다 하지 마!!"

　혼자 주절주절 다 말해 버리자 어이가 없었는지 이현 놈이 한다는 소리가,

　"시끄러워."

　저놈의 베스트 말발 중 하나! '시끄러워'를 잠시 잊고 있었다. 이놈의 머리로 어떻게 전교 1등을 지켜왔니, 휘리야. 너 정말 갈 데까지 갔구나.

　놈을 실컷 노려본 후에 시작된 식사. 어느새 세 그릇을 후딱 비워 버리고는 물을 벌컥벌컥 들이키고 있었다. 그사이 한 그릇을 깨끗하게 먹고 일어서면서 내게 말하는 이현 놈.

　"돼지."

　내가 돼지라구? 매번 모든 이들에게 살 좀 찌란 말 듣는 내가? 흠.

　밥을 다 먹고 난 후 방으로 돌아와 낮잠이나 한숨 푹 늘어지게 자

려던 찰나, 누군가 내 방문을 조심히 두드렸다. 저렇게 격식을 차리는 걸로 보아 절대 싹퉁 현이일 리는 없고.

"누구세요? 서재야?"

그러자 밖에서 소리가 들려왔다.

"응. 들어가도 괜찮아?"

난 서둘러 거울을 보며 옷매무새와 머리를 다듬고 말했다.

"응, 드, 들어와."

약간 긴장한 나의 음성을 전달한 지 몇 초 지나지 않아 내 방문이 휙 하니 열리고 소프트왕자 서재의 미소가 시야에 잡혔다.

"무슨 일로 왔어?"

내 물음에 예쁘게 웃는 서재가 대답했다.

"현이 방에 가자."

"뭐? 그놈 방엔 왜?"

"같이 게임하고 놀자."

"게임??"

싸가지 블루 아이즈 이현 놈을 생각하면 별로 가고 싶지 않지만 서재와 조금이라도 더 같이 있을 수 있다면 나한텐 더없이 좋은 기회 아니겠어?

군소리없이 서재를 따라 이현 놈 방 안으로 들어섰다. 소파에 거만하게 앉아 우릴 기다리던 이현 놈의 시선은 늘 그렇듯 시큰둥하다. 언제나 무표정하고 싸늘한 저 눈빛. 무엇보다 그 재수없는 말투. 자신이 말하는 게 재수없는 걸 아는지 몇 마디 안 하는 걸 보면 꽤 대견하다. 어쨌거나 서재와 나는 이현 놈이 앉은 소파에 마주 보듯 자리 잡고 앉았다.

잠시 후 탁자엔 포커가 펼쳐졌다. 게임하자는 게 이걸 말한 거였나? 녀석들의 엉뚱한 행동이 약간 당황스럽긴 했지만 곧 게임에 빨려들었다.

"자자, 도둑 찾기 게임을 할 건데 마지막에 걸린 사람한테 궁금한 거 물어보기 하자."

서재의 간단한 설명으로 시작된 게임은 정말 긴장의 도가니였다. 혹시라도 걸리면 진실게임이 시작되니까. 난 난감한 질문들이 오갈 테니 걸리지 않도록 신중하게 게임에 임했다. 그 결과 꼴찌가 된 건 이현 놈이었다.

"푸하하핫! 뭘 물어볼까나."

무척이나 신나하는 나를 노려보는 이현 놈. 아무리 그렇게 노려봐도 소용없다, 이놈아 난 질문할 건 질문할 거얏! 내가 고민하는 사이 서재가 먼저 현이에게 질문을 던졌다.

"현아, 지금 이 순간 소원이 있다면?"

이현 놈은 잠시 고민하는가 싶더니 이내 시큰둥하게 한마디 툭 내던진다.

"게임하다 안 걸리는 거."

참으로 네놈다운 소원이구나. 그 딴 걸 소원으로 빌다니. 하지만 서재는 그런 놈의 행동이 익숙하다는 듯 받아들인다. 그리고 내가 질문하기만을 기다리는 두 녀석. 한참 고민 끝에 궁금한 게 번뜩 떠올라 한 치의 망설임 없이 질문을 제시했다.

"야, 네 첫사랑 얘기 좀 해봐."

궁금한 나머지 잔뜩 긴장하고 녀석을 뚫어져라 응시했다. 서재도 이현 놈의 대답이 궁금했는지 녀석을 주시한다. 그러나 녀석이 던진 한마디는?

"시끄러워. 그런 거 없어."

그래, 이놈아. 네놈 입에서 상큼한 로맨스가 줄줄 나올 거라곤 생각도 안 했다! 역시 네놈은 남자가 좋은 거지? 다음에 또 걸리면 남자가 좋으니, 여자가 좋으니를 이걸 물어볼 테다!!

나의 각오는 빛을 발하고 있었다. 그리고 다음 판에도 역시 이현 놈이 걸려 버린 것이다. 미간에 심한 주름이 잡히는 이현 놈. ㅋㅋ 네놈 오늘 날 잡았구나. 이번 역시 서재가 먼저 현이에게 질문을 던졌다.

"현아, 만약에 다시 태어난다면 뭐가 되고 싶어?"

역시나 서재다운 착하고 침착한 질문. 현이 녀석을 곤란하게 하고 싶지 않았나 보다. 서재의 질문에 조금의 망설임 없이 불쑥 대답을 하는 싹퉁 현.

"지금 사는 것도 지긋지긋한데 다시 태어나긴 뭘 태어나. 그냥 죽을래."

오냐, 이놈아. 신께서 네놈을 다시 살린다고 그러시면 내가 뜯어말릴 거다! 대답을 마친 후 내 질문을 기다리는 이현 놈의 눈동자가 상당히 거북하다. 마치 '곤란한 질문을 하면 죽는다' 라고 말하는 것 같았다. 하지만 난 여전히 내 의지대로 말하고 있었다.

"야! 넌 남자가 좋아, 여자가 좋아? ㅋㅋ"

그러자 녀석 얼굴이 심하게 일그러진다. 어째 심하게 화가 난 것 같아 보인다만 난 그런 녀석을 보는 게 괜스레 즐거웠다. 녀석을 괴롭히는 것에 대한 통쾌함이 짜릿하게 전달되어 온다고나 할까? 흐흐. 성의없게라도 대답할 것을 기다리는데 서재의 휴대폰이 울린다.

"어? 미안. 나 전화 좀."

그러면서 전화를 받아 든 서재는 대장님이 부르니 잠시 후에 돌아오겠다는 말을 남긴 후 방을 나가 버렸다. 순식간에 뻘쭘해진 싹퉁현과 나. 그 뻘쭘함을 없애기 위해서라도 난 애써 아무렇지 않은 척 대답을 재촉했다.

"야, 뭐 해. 빨리 대답해. 내 질문에 대답 안 했잖아. 남자가 좋아, 아니면 여자가 좋아?"

내 얼굴이 뚫어져라 째려보던 이현 놈 이내 말없이 자리에서 일어난다.

"얼레? 야, 대답도 안 하고 어디 가!!"

녀석을 따라 나도 같이 일어났다. 녀석이 향하는 곳은 화장실이었고 나는 얼른 쫓아가 화장실 문을 가로막았다.

"대답은 해주고 가야지."

"시끄러워. 비켜."

"야, 게임은 게임이잖아. 괜히 화장실 가는 척하지 마. 화장실 안 가고 싶은 거 다 알아."

정말 짜증난다는 듯이 나를 내려다보는 싹퉁 놈. 이내 짧은 한숨을 내쉬더니 한마디 한다.

"야, 나 호모 아니라고 했지!"

"어? 그럼 여자가 더 좋다는 소리네. 그치? 맞지?"

"짜증나려고 한다. 비켜라."

"왜 대답 안 해? 그럼 남자 좋아하는 거라고 생각한다."

"니 맘대로 해."

"ㅋㅋ 알았어, 내 맘대로 할게. 넌 남자를 좋아하는 거였어! ㅋㅋ 이 호모야!"

쾅!!

내 말이 끝나기 무섭게 화장실 문을 주먹으로 쾅 내리찍는 이현 놈. 순간 살짝 긴장했지만 이내 정신을 가다듬고 녀석에게 소리를 질렀다.

"우씨! 깜짝이야!! 그러게 확실히 대답하지, 왜 성질이야! 그리고 멀쩡한 문짝엔 왜 구멍을 내냐!!"

"아니라고 했지."

"그래? 그럼 너 여자를 좋아하는 거네? 근데 넌 저번에 여자 싫다고 했잖아. 헷갈린다구. 증거를 대봐. 네가 여자를 좋아한다는 확실한 증거를 대보라구."

벙찐 표정으로 나를 내려보는가 싶더니 어이없다는 듯 또 한마디 하는 싹퉁 현.

"증거?"

희연아, 이 누님을 믿어줘. 너를 위해 이현 놈을 열심히 갈구는 중이야. 여자가 좋다고 하면 너랑 바로 연결해 줄게. 조금만 참아.

고개를 약간 갸웃거리며 뭔가를 생각하는 듯하더니 이내 다시 싸가지없는 눈으로 돌변해서 말한다.

"그 딴 거 없어. 비켜. 손 씻을 거야."

"게임하다 말고 갑자기 무슨 손을 씻는다고 그래. 증거를 대라구, 증거. 네가 여자를 좋아한다는 증거!"

"미안하지만 난 이 찜찜한 피를 당장 씻어야겠는데."

녀석의 말을 듣고서야 비로소 녀석의 주먹에서 피가 심하게 흐르고 있는 걸 발견했다. 아까 대한공고 녀석들이 던진 유리 조각에 베었던 부분을 치료하지 않아 심하게 부어올라 있었던 데다가 방금 화장실 문을 거칠게 내리찍으면서 상처가 더 깊어져 피가 심하게 흐르고 있었다. 순간 당황했지만 녀석에게 당황한 모습을 보이기 싫어 다시 한 번 소리쳤다.

"그러니까 확실히 여자를 좋아한다는 증거가 될 만한 걸 제시한 후에 손을 씻어. 안 그럼 나 못 비켜!"

화장실 문을 떡 가로막고 서서 녀석을 연신 노려봐 주었다. 그러자 녀석은 도저히 못 참겠는지 무시무시한 눈길을 쏘며 내 멱살을 잡아 올린다. 피가 터진 주먹 때문에 내 하얀 와이셔츠에 피가 흥건히 묻었다. 너무 소리를 질렀나? 녀석의 인내심에 한계가 드러났나 보다. 순간 한 대 맞을 것 같은 그 분위기에 질끈 눈을 감아버렸고 잠시 후 온몸으로 퍼진 느낌은… 진한 키스의 향이었다. 녀석의 입술이 내 입술에 닿는 순간 깜짝 놀라 질끈 감고 있던 눈을 번쩍 떴다. 그 순간 녀석의 서늘한 블루 아이즈와 정면으로 마주쳤고, 너무나 당황스럽고 황당한 나머지 그대로 굳어 조금도 움직일 수가 없었다. 차가운 녀석의 향기와는 달리 키스는 의외로 부드러웠다. 입 안 가득 따뜻한 알 수 없는 향이 가득 퍼지고 있었다.

녀석은 내 눈을 똑바로 응시한 채 키스를 마무리 짓더니 날 옆으로 툭 밀었다. 그리곤 화장실로 휙 하니 들어가 버린다. 옆으로 넘어져 엉덩방아를 찧은 나는 너무 놀라 잠시 멍하게 그 자세 그대로 주저앉아 있었다. 아직 느낌이 남아 있는 내 입술을 매만지며 너무도 가까이에서 보았던 놈의 블루 아이즈를 떠올렸다. 순간 얼굴이 확 달아올랐다. 이것이… 나에게 여자를 좋아한다는 증거를 댄 건가? 내가 증거를 대라고 한 거라서 뭐라고 할 수도 없고.

천천히 몸을 일으켜 소파에 몸을 기댔다. 녀석이 화장실에서 나오면 어떻게 대해야 할지 막막한 상황이었다. 순식간에 말라 버린 침을 모아 삼키며 아직까지 심하게 뛰고 있는 심장을 진정시키려 애썼다.

얼마 지나지 않아 녀석이 화장실에서 나와 소파에 자리를 잡고 앉는다. 난 너무나 민망한 나머지 녀석의 얼굴을 제대로 쳐다볼 수가 없는데 어째 녀석은 아무 일 없었다는 듯 늘 무표정한 모습 그대로다. 녀석의 눈과 마주칠 용기가 나지 않아 가만히 테이블 위를 바라보고 있었다. 내가 녀석 앞에서 당황할 일이 생기리라고는 꿈에도 상상도 못했는데. 머리 속이 하얗게 질리고 심장이 미친 듯이 고동친다. 이내 녀석의 차가운 음성이 내 귓가에 들려왔다.

"그렇게 토할 것 같은 표정 하고 있지 마라. 아무 감정 없이 한 거니까. 증거를 대라고 해서 댄 것뿐이야. 잊어라."

잊.으.라.고? 너 같으면 이 상황이 잊혀지겠니? 너란 놈은 아무 감정 없이 했을지 몰라도 내가, 내가 얼마나 놀랐는데. 얼마나 깜짝 놀랐는데. 저따위 놈에게 키스를 받고 왜 이렇게 심장이 뛰는지 도저히 이해가 되질 않아. 여전히 진정하지 못하고 백지장처럼 하얗게 질린 내 얼굴을 보더니 이현 놈의 음성이 다시 한 번 잔인하게 내 마음을 후벼 판다.

"그렇게 싫었냐? 아주 죽을 것 같단 표정이군. 가서 씻어라."

그렇게 말하더니 소파에서 일어나 고급스런 서랍장으로 향하는 이현 놈. 그때까지도 난 조금도 움직이지 못하고 녀석의 행동만 멍하게 지켜볼 뿐이었다. 서랍장을 이리저리 뒤지더니 구급약품을 꺼내 들곤 다시 소파에 기대앉는 싹퉁 이현. 나름대로 혼자서 소독도 하고, 연고도 바르고 있다. 이제 마무리로 붕대를 감으려 하는 것 같은데 오른손을 다친 거라 그런지 붕대를 감는 게 힘겨워 보인다.

말없이 녀석 옆으로 다가가 붕대를 잡아 들곤 녀석의 손에 단단히 감아주었다. 나를 바라보는 녀석의 푸른 눈. 순간 얼굴이 다시 달아오름을 느끼고 서둘러 몸을 일으켰다. 애써 아무렇지 않은 척하려고 한마디 툭 내뱉었다.

"그 손, 당분간 물에 안 닿게 하는 게 좋을 거야. 그리고 호, 호모 아닌 거 알았으니까 믿어주지. 그럼 잘 자!"

심장이 미친 듯이 고동치는 만큼 내 발걸음도 빨랐다. 서둘러 녀석

의 방을 빠져나와 내 방으로 돌아가 침대에 누워 이불을 머리끝까지
뒤집어썼다. 녀석의 키스. 자꾸만 생생하게 떠오르고 있었다. 인정하
기 싫지만 너무도 부드럽던 녀석의 키스가 왠지 자꾸만 머리에 맴돌
고, 심장이 제멋대로 뛰고 있다. 애꿎은 다리만 동동 굴러가며 그 상
황을 머리에서 지우려 열심히 노력했지만 그러면 그럴수록 녀석의
느낌이 더욱 확실히 살아나는 듯했다.

귀공자 바보!

제7장

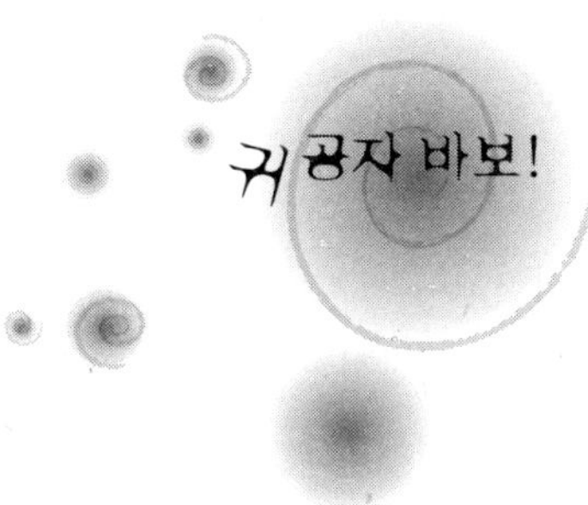

다음날, 아침 일찍부터 찾아온 요한 녀석과 주접이. 밖이 소란스러운 것 같아 복도로 나갔다. 그런데 이현 놈과 서재의 복장이 어디 외출할 것 같은 분위기를 물씬 풍기고 있었다. 요한 녀석과 주접놈이 실랑이를 벌이고 있는 사이 서재를 향해 내가 질문을 던졌다.

"어? 서재야, 어디 가?"

그러자 역시 소프트 미소로 먼저 답하는 서재.

"오늘 놀이공원 가기로 했어. 어제 말 안했나? 아, 말하는 걸 깜박했구나. 그래서 요한이랑 주섭이도 아침부터 우리 집에 온 거잖아. 휘야, 너도 얼른 준비하고 나와. 일층에서 기다리고 있을게."

놀이공원?? 이것들이 한두 살 먹은 어린애야, 그런 깜찍한 생각을 다 하게. <u>흐흐흐흐</u>. 내가 놀이공원을 좋아하는 건 또 어떻게 알았대? 너무 좋아.

한걸음에 방 안으로 뛰어들어 가 준비를 마치고 후닥닥 일층으로 내려오니 녀석들이 나를 반긴다. 물론 이현 놈은 빼고 말이다. 그 중에 요한 녀석이 제일 티 내면서 나를 반긴다. 내 팔에 앵겨 붙은 걸 보니.

"둘리야, 가자! ^○^"

"그놈의 둘리. 네가 더 둘리라니까!"

"아니야, 아니야. 휘야가 더 둘리야."

"그래, 입씨름하기도 귀찮다. 그냥 그렇다고 치자."

내 대답에 금세 환하게 미소 짓는 요한 녀석. 이놈의 정신 연령을 체크할 수 있다면 꼭 한 번 해보고 싶다.

어찌 되었든 시끌시끌하게 도착한 놀이공원에서 녀석들은 어린애마냥 입이 귀에 걸린다. 이현 놈은 여전히 무관심한 듯 주변을 조금 둘러볼 뿐이었다. 자유이용권을 사서 손목에 착 부착시킨 후 어떤 것부터 탈지를 연신 고민하고 있는데 요한 녀석이 징징대며 회전목마를 가리킨다.

"둘리야, 우리 저거 타자, 저거. 응? 말 타자, 말."

"야, 뭐 저딴 걸 타냐! 네가 유치원생이야? 싫어. 우리 바이킹 타자."

내가 녀석을 바이킹 쪽으로 끌고 가자 자연스럽게 서재와 주접놈, 싹퉁 현까지 따라온다. 눈물까지 찔끔 흘리며 싫다고 하는 요한 녀석을 붙잡아 매고 겨우겨우 올라탄 바이킹. 벌써부터 긴장의 파도를 탄다. 서재는 여전히 소프트한 미소를 머금고 있고 주접놈은 주변에 앉은 여자들에게 윙크하느라 정신이 없다. 요한 녀석은 고개를 내 어깨에 푹 묻고는 벌벌 떨기 바쁘다. 싹퉁 현은 어떻게 하고 있냐고? 흐흐. 말 안 해도 알 텐데? 기계가 움직이든지 말든지 그저 그 싸가지없는 냉랭한 시선으로 주변을 바라볼 뿐이다.

신나게 바이킹을 타고 더 흥분된 나는 청룡열차 쪽으로 녀석들을 끌었다. 무서울 것 같은 놀이기구만 골라서 타고 있는데 요한 녀석이 기구 몇 개를 타고는 오바이트를 해댄다.

"캑! 야, 이까짓 게 뭐가 무섭다고 속이 다 뒤틀리냐?"

내 말에 대꾸할 틈도 없이 연신 구역질을 해대는 요한 녀석의 얼굴이 평소보다 몇 배로 하얗게 질리고 있었다. 그 모습에 쪼오금 미안한 생각이 들어서 녀석을 벤치에 앉혀 놓고 다시 놀이기구 타는 데 열중했다. 서재도 더 이상 지쳐서 못 타겠다며 요한이 녀석 옆을 지키고 주접놈은 예쁜 여자를 발견했다 어쩐다 하더니 어디론가 사라지고 없었다. 이현 놈은 은근히 놀이기구 타는 게 좋았는지 다음으로 탈 놀이기구 앞에 줄을 서고 있었다. 뭐, 재수는 좀 없지만 뻘쭘하게 혼자 타는 것보다 같이 타는 게 낫겠다 싶어 얼른 녀석 옆에 같이 줄을 섰다. 역시 싸늘한 시선으로 날 내려다보더니 건방지게 한마디 툭 내던지는 이현 놈.

"애들은?"

"몰라, 다 안 탄대. 너랑 나만 신났나 보다."

“설마 너랑 둘이서 타야 되는 건 아니겠지?”

“아마 그럴걸? 근데 참고로 말하자면 나도 너랑 단둘이 타는 게 기분이 썩 좋진 않거든? 그러니까 그런 시선으로 보지 말길 바라. 부탁하마.”

아무 대꾸 없이 가만히 앞을 응시하는 싹퉁 놈. 아오, 차라리 혼자 타고 말지. 하지만 툴툴거리면서도 녀석과 함께 이곳저곳으로 신나게 놀이기구를 타고 다녔다.

“병신아, 이거부터 타자니까!”

“싫어! 저게 더 재미있을 것 같단 말이야. 빨리 저리로 가자.”

“시끄러워. 이거부터야.”

“저거부터 타자니까 그러네!! 빨리 이리 와!”

“싫어, 병신아!”

“그놈의 병신병신!! 병신이든 등신이든 난 저거부터 탈 거니까 고집 피우지 마!!”

녀석의 팔을 끌어당겨 겨우겨우 내가 원하는 놀이기구 앞에 줄을 맞춰 섰다. 그제야 내가 녀석과 팔짱을 껴서 끌고 온 걸 느끼곤 서둘러 팔을 뺐다. 순간 녀석도 뻘쭘해하는 걸 느낀 건 나만의 기분일까? 약간 야릇한 감정이 피어오를 때쯤,

툭툭!

자신의 팔을 마구 털어내더니 한마디 던지는 싹퉁 현.

“오늘은 특별히 팔을 소독하고 자야겠군.”

“야, 너 말 다 했냐? 누군 네 팔을 잡고 싶어서 잡았어? 네가 고집

을 피우니까 그렇지!!”

“시끄러워.”

아아, 정말 재수없지 않은가? 이놈은 정말 평범한 남자이길 거부한 놈 같다. ‘난 재수로 밥 말아먹었소’ 하고 광고하고 다니는 놈이라 해도 과언이 아닐 것이다.

이제 기구가 한 번만 더 돌아가면 우리도 탈 수 있겠단 생각에 마구 들떠 있는데 절대 마주치고 싶지 않은 그녀들이 어느새 우리 쪽으로 바짝 다가와 있었다.

“어? 오빠, 우린 역시 필연인가 봐요.”

요상한 저 셋팅펌 소녀. 이현 놈하고 같이 다닐 때부터 재수 옴 붙었을 줄 알았다, 우씨! 이럴 땐 안면 몰수!! 모르는 척하기 전법 실시!!

“누구세요?”

“어머! 오빠, 저 모르세요? 오빠의 여자 친구 1순위 후보 이은아라고 해요.”

“난 댁이 누군지 모르겠소만.”

애써 그녀들을 무시한 채 놀이기구에 몸을 실었다. 순간 새치기를 해서 같이 놀이기구에 올라타는 그녀들. 두 명씩 앉을 수 있게 된 놀이시설. 재수는 없지만 이현 놈과 나란히 앉으려는데 은아인지 셋팅아인지 하는 여자 아이가 내 곁으로 다가와 날 잡아당긴다.

“오빠, 저랑 같이 타요. 네?”

“싫어! 난 파트너가 있어.”

“누구요?”

“누구긴 저기 앉은 저놈…… 어라?”

이현 놈을 가리키며 돌아본 순간 이현 놈 옆에 자리를 잡고 벌써 안전벨트까지 착용한 셋팅 소녀의 친구. 대단하시구려. 뭐가 그렇게 좋은지 입이 귀까지 걸려서 얼굴까지 빨개진 그녀. 인상이란 이상은 다 구기고 있는 이현 놈의 표정도 가관이다. 괜스레 재밌겠다 싶어서 녀석 옆으로 다가가 슬쩍 달구는 한마디를 던졌다.

“오~ 멋진 파트너 생겨서 좋겠다, 이현?”

눈썹까지 꿈틀대더니 소리를 지르는 싹퉁 현이. 그 탓에 깜짝 놀라 심장이 멈출 뻔했다.

“야, 나 내릴 거야!! 이거 풀어!”

때마침 안전벨트를 잘 착용했는지 둘러보고 있던 안전요원이 이현 놈의 옆을 지나다가 깜짝 놀란 표정으로 말한다.

“손님, 뭐 불편하십니까?”

“어, 불편하니까 이거 풀어. 왜 한 번 잠기니까 안 풀어지는 거야.”

저저… 말하는 싸가지 하고는. 척 봐도 네놈보다 훨씬 나이가 많아 보이는 사람한테 반말이냐! 네놈은 그래서 더 재수가 없는 거야! 어쨌든 발광하는 녀석을 진정시키기 위해 벨트를 풀어주는 친절한 요원. 툴툴거리며 기계에서 내려오더니 내 손목을 잡고 어디론가 질질 끌고 가는 녀석. 벙찐 표정으로 우릴 바라보다 마구 쫓아오는 셋팅펌 패밀리를 향해 아주 싸늘하게 한마디 내뱉는 이현 놈이었다.

“쫓아오면 다 죽는다.”

순간 움찔해서 그 자리에 멍하게 서는 셋팅펌 패밀리. 그 모습이 안되어 보였지만, 그 덕에 귀찮은 애들이 안 따라붙어서 좋기는 하다. 근데 이 녀석 언제까지 내 손목을 잡고 갈 거야? 확 뿌리치려고도 했지만 잡고 있는 녀석의 손이 의외로 부드러워서 나도 모르게 그냥 이끌려 가고 있었다.

한참 끌고 가다 한 벤치에 걸터앉으면서 내 손을 확 뿌리치는 이현 놈. 이 자식이! 지가 잡아놓고 지가 거칠게 뿌리치는 건 또 뭐람? 녀석이 의자에 앉아 나를 노려보는 시선이 황당해서 냅다 소리를 쳤다.

"야!! 네가 질질 끌고 와놓고는 왜 노려봐!! 멋진 파트너 생겨서 좋겠네라고 말한 게 그렇게 기분 더럽냐?"

"어, 더러워."

"왜? 너 여자 좋아한다며? 나 같은 것보다야 그런 여자가 옆에 있는 게 더 좋지 않아?"

"시끄러워. 그렇게 좋으면 너나 앉아."

"앉으려고 했는데 네가 끌고 왔잖아!"

사실 셋팅펌 소녀에게서 벗어나게 해준 놈에게 상당히 고마웠지만 이 상황에 녀석에게 쏘아붙일 건수는 이것밖에 없었다.

"그럼 도로 가든지."

정말 제멋대로인 녀석. 자기가 끌고 와놓고 이젠 가란다. 황당함과 재수를 벗어나 이젠 싸가지의 신선이 되었구나, 네놈은.

"됐다, 됐어. 너랑은 일 분 이상 말하면 혈관이 터질 것만 같아. 안 덥냐? 음료수 사 올게. 뭐 마실래?"

그래도 미운 정은 있는지라 혼자 음료수 마시기 뻘쭘했으므로 녀석을 배려해서 질문했다.

"랜덤."

"랜덤? 랜덤은 또 뭐냐?"

"아무거나라고, 병신아."

이 자식이 정말 보자 보자 하니까.

"야! 그 따위 말을 내가 어떻게 알아!! 그거 어디서 나온 말이야!! 그 딴 어설픈 영어 하지 말란 말이야. 수업 시간엔 공부도 지지리 안 하고 엎어져 자는 놈이 뭐가 잘났다고 엉터리 영어야!!"

"등신아, 스타 크래프트 하다 보면 알게 된다."

제길. 무시하고 음료수나 사러 가자. 녀석을 두고 음료수를 사기 위해 간이 매점으로 발길을 재촉했다.

지나치게 상냥한 매점 아가씨가 나를 향해 미소 짓는다.

"어서 오십시오. 어떤 걸 드릴까요?"

"콜라 두 잔 주세요."

"네, 이천 원입니다. 여기 있습니다."

"네, 수고하세요. ^ㅡ^"

목이 너무 탔는데 음료수를 건네받자 기분이 좋아 꽃미소를 날려 주자 상냥한 아가씨의 얼굴이 빨개져서 기절 직전이다. 이럴 땐 '나 여자예요' 라고 한 번쯤 외쳐 주고 싶다.

어찌 되었든 음료수 두 잔을 들고 서둘러 녀석이 있는 벤치로 돌아왔다. 여전히 거만한 포즈로 앉아 있는 이현 놈이 보이고 그 앞에 어떤 꼬마 아이가 울며 서 있었다. 가까이 다가가 상황을 지켜보자니 정말 웃겨서 말도 안 나온다.

"엉엉. 형아, 길을 잃어버렸어요. 길 찾아주세요. 네? 우엥."

"시끄러워."

"우리 엄마 어디 갔어요, 형? 우리 엄마 찾아주세요, 네? 엉엉."

"시끄럽다고."

"엉엉엉. 엄마, 꺼이꺼이. 엄마, 엉엉."

굳세게 울어대는 꼬마 아이와 점점 심하게 미간에 주름이 잡히는 이현 놈. 으이그, 내 팔자야. 저러다 애 한 대 치겠다? 서둘러 녀석과 아이에게로 다가갔다.

"아가야, 왜 울어? 엄마 잃어버렸어?"

그러자 귀엽게 눈물을 훔치며 고개를 끄덕이는 귀여운 남자 아이.

"알았어, 누나… 는 아니고 형이 엄마 찾아줄게. 울지 마."

말실수할 뻔한 걸 겨우 수습하고 꼬마 아이에게 손을 내밀자 귀여운 그 아이가 내 손을 덥석 잡고 눈물을 닦고 있다. 그 모습을 멍하게 지켜보는 이현 놈. 뭐 저런 눈으로 쳐다본다냐? 재수없는 놈.

녀석에게 콜라 두 잔을 맡겨놓고 안내소로 아이를 데려갔다. 방송이 흐른 후 한참이 지나서야 한 아주머니가 달려오셨고 아이를 데려가는 모습을 확인한 후에 다시 녀석에게로 달려갔다. 녀석이 보고 싶어서? Oh, No!! 절대! Never다. 목이 말랐다. 아까부터 너무너무 목이 탔다.

서둘러 도착한 벤치엔 얼음을 으드득으드득 씹고 있는 이현 놈이 보였다. 외롭게 옆에 놓인 다른 콜라 컵을 쥐자 어째 매우 가볍단 생각이 들었다. 동시에 미간에 예쁘게 임금 왕 자를 새겨 넣고 녀석을 노려보며 냅다 소리쳤다.

"야! 네가 다 먹었지!"

아무렇지 않게 대답하는 이현 놈.

"어."

"뭐, 뭐라? 야, 다 먹으면 어떡해! 나 목마르단 말이야!!"

"시끄러워. 늦게 온 게 잘못이지."

"뭐시라? 나보고 돼지라더니 네가 더 돼지다 뭐! 그럼 네가 먹던 거라도 빨리 내놔!!"

녀석은 여전히 건방진 눈으로 날 보더니 자신이 들고 있던 컵을 내려놓는다. 얼른 집어 들었는데 역시나.

"야! 이것도 다 먹었잖아!"

"사다 먹어."

"뭐라? 야, 이거 내가 사 온 거잖아! 무지무지 목마른 거 참고 길 잃어버린 애 데려다 주고 왔는데 다 먹으면 어떡해!"

"늦게 왔잖아."

"뭐? 그럼 애가 막 울고 있는데 시끄럽다고만 하는 네놈하고 나하고 같을 줄 알았냐? 그 애 엄마가 오는 건 보고 와야 할 거 아냐!"

"알 게 뭐야, 그 딴 거."

"이런 싸가지! 야!! 넌 정말 재수가 없어도 그렇게까지 없을 수가 있냐? 목말라 죽을 것 같단 말이야! 그나마 아껴 써야 할 돈인데 이천

원이나 투자해서 사 왔더니!! 이씨!!”

“시끄러워. 더운데 오래 기다렸단 말이야, 병신아.”

“뭐, 뭐??”

“몰라!! 그렇게 목마르면 다시 사다 먹든지.”

내 옆에 천 원을 툭 놔두곤 어디론가 가버리는 싹퉁 현. 저 자식이 돌았나? 뭐라는 거야? 더우면 혼자 애들을 찾아가든지 놀고 있으면 되지, 왜 날 기다려? 하여간 저 재수없는 자식은 어떻게 해서든 사람 미안하게 만들려고 생발악을 한다니까. 재수재수재수!! 재수!!

어쨌거나 녀석이 남긴 천 원으로 다시 음료수를 사다 목을 축이고 난 후 서재와 애들을 찾아나섰다. 놀이공원이 워낙 넓어 녀석들을 쉽게 찾을 수 없었다. 그렇다고 어린애들처럼 방송할 수도 없는 노릇이고 엎친 데 덮친 격이라고 휴대폰 배터리까지 다 달았으니. ㅠoㅠ 하늘도 무심하시지. 하늘을 원망해서 하느님이 노하셨는지 어느새 굵은 빗줄기가 내 볼에 닿아 흘러내린다. 빗줄기는 점점 거세어지고 있었다. 제길, 어떡하지? 나 때문에 녀석들도 못 나가고 있을 텐데. 비를 맞으면서도 서둘러 녀석들을 찾아야겠다는 생각에 놀이공원에서 사람들이 모두 나갈 때에도 녀석들을 찾아다니고 있었다. 온몸이 축축하고 찜찜했지만 그러면 그럴수록 녀석들을 더 빨리 찾아야 한다는 생각이 나를 자극했다.

두 시간 넘게 녀석들을 찾아봤지만 도무지 찾을 수가 없었다. 이제는 출구가 어딘지도 모르는 상황. 점점 지쳐 가고 있었다. 이럴 때일수록 침착해야 하는데 점점 불안하고 초조해진다. 자포자기 심정으로 조금 앉아서 쉬려고 현이 녀석과 다투었던 벤치를 찾아나섰다.

내가 이현 놈을 안 후 그놈과 마주쳤을 때 지금만큼 반가웠던 적은 없었다. 거만한 포즈로 휴대폰 안테나를 뽑아 입에 물고 앉아 있는 이현 놈의 모습이 보인다. 아무 생각 없이 그저 반가운 마음에 서둘러 녀석에게 달려갔다. 녀석 앞에 걸음을 멈추자 비에 젖은 블루 아이즈를 치켜뜨며 가만히 나를 보는 녀석. 순간 왈칵 눈물이 날 뻔했다. 왜 그렇게 안심이 된 걸까? 길도 모르고, 더군다나 돈도 없는데 혼자 남겨질까 봐 두려웠던 마음들이 순식간에 달아났다. 비에 젖어 고장나 버린 것 같은 휴대폰을 서둘러 주머니에 챙겨 넣고 나에게 나지막이 말하는 싹퉁 현이.

"야, 비가 오면 사람들 따라서 나가야지 미쳤다고 안에서 찾아다니냐?"

'그러는 넌 왜 안에 있었던 건데?' 하고 받아치고 싶었지만 녀석의 목소리가 너무 따뜻하게 느껴져서 아무 대꾸도 할 수가 없었다.

"너 없어졌다고 애들 난리났어. 혹시 집으로 먼저 돌아갔나 싶어서 녀석들은 먼저 서울로 올라갔어."

"그, 그랬어?"

겨우 입을 뗐다. 그리고 긴장이 풀리자 비에 젖은 온몸이 춥게 느껴졌다. 어깨가 살짝 떨리고 아랫입술이 덜덜 춤을 춘다.

"병신, 그렇게 비를 맞으니까 춥지. 가자."

녀석이 벌써 저만치 앞장서서 걸어간다. 그 뒷모습을 보면서 한 번쯤 묻고 싶었다. 너는 어째서 나가지 않았느냐고. 내가 아직도 여기 있을 거라는 걸 마치 예감했다는 듯이 어떻게 그 벤치에 그렇게 서 있었느냐고. 하지만 그런 말을 꺼낼 힘이, 아니, 물어볼 용기가 나에겐 없었다.

어색하게 녀석과 함께 탄 버스. 피곤하고 추웠던 탓에 금세 잠들어 버렸다. 제발 이번에 잘 땐 '다른 한 단어 찾기' 게임하는 꿈을 꾸지 않기를.

버스가 심하게 흔들리는 것 같아 눈을 살짝 떠보니 내가 이현 놈 어깨에 기대 잠을 자고 있었다. 너무나 뻘쭘한 나머지 화들짝 놀라 몸을 일으켜 녀석의 눈치를 살피는데 다행히 녀석 역시 꿈나라인 듯 했다. 그러면 그렇지. 내가 네놈의 어깨를 베개 삼아 자는데 곤히 놔뒀을 리가 없지. 눈앞을 살짝 가리는 녀석의 앞머리가 흔들리면서 그와 동시에 녀석의 고개도 조금씩 흔들린다. 버스가 경사진 곳을 오르는지 몸이 심하게 움직이고 녀석의 머리가 자연스레 내 어깨에 닿았다. 더 이상 고개가 왔다 갔다 거릴 일이 없어 편했는지 그 자세 그대로를 유지하고 평온하게 잠들어 버린 싹퉁 이현 놈. 보통 때 같았으면 녀석을 당장 밀쳐 내고, 소리치고, 난리 법석을 피웠을 텐데 오히려 녀석이 불편할까 봐 어깨를 살짝 높여주는 내 자신을 보며 스스로 당황하고 있었다. 비를 맞은 건 몸인데 심장에까지 비를 맞아 고장난 건지 미치도록 두근거리고 있었다. 무엇보다 녀석이 깨어났을 때 내 어깨를 베고 잤던 걸 알면 얼마나 당황할지 궁금해져 혼자 미소 짓기도 했다.

그렇게 버스는 목적지인 서울 터미널에 정차했다. 그제야 블루 아이즈를 드러내는 이현 놈. 살짝 윙크하듯 한쪽 눈부터 부스스 뜨는데 이놈이 귀엽다고 느낀 건 이번이 처음이다. 정신을 차리는가 싶더니 이내 내 어깨를 베고 잤다는 걸 알았는지 갑자기 눈을 확 치켜뜨는 녀석. 그 모습에 왠지 내가 더 당황스러워 소리를 질렀다.

"야!! 머리에 든 것도 없으면서 왜 이렇게 무겁냐! 어깨에 쥐나겠다!!"

불과 십 분 정도밖에 안 되는 거리였지만 괜스레 떨리는 마음이 들통날까 봐 그랬다. 곧 얼굴이 빨개진다든지 깜짝 놀란 시선으로 날 바라본다든지 뭐 그런 인간적인 반응이 나올 줄 알았는데 이놈은 인상을 확 구기더니 한다는 소리가,

"어쩐지 악몽을 꾸었나 했더니. 제길."

뭐라? 이 자식이 정말 말이면 다인 줄 아나? 이제가까지 힘들게 어깨를 빌려줬더니 악담을 하네? 녀석을 노려보며 쏘아붙일 준비를 하는데 녀석이 창가로 시선을 확 돌리더니 나지막이 한마디 한다.

"어깨 많이 아프냐?"

자식. 내 얼굴 보고는 그런 말 하기가 쑥스러웠나 보다. 흐흐. 하지만 녀석이 고개를 돌리고 말해 줘서 고마웠다. 안 그랬으면 저 녀석 말에 얼굴이 붉어진 내 모습을 들킬 뻔했으니.

"뭐, 조, 조금."

서휘리, 정신 차려!! 저딴 놈한테 뭘 긴장하고 있는 거야. 저놈은 악마야, 악마!

녀석과 뻘쭘하게 도착한 사라 저택. 내 모습을 보자마자 눈물을 휘

날리며 날 와락 끌어안는 요한 녀석. 너무 순식간이라 어떠한 방어 자세도 취하지 못한 채 요한 녀석의 가느다란 품에 폭 안기고 말았다. 그래도 이놈이 남자라고 내 심장이 뛰는 걸 보라. 정말 나 요새 왜 이러니. 요한 녀석이 나를 꼬옥 끌어안고 말하는데 밀어내지도 못하고 너무 당황해서 멍하게 서 있었다.

"둘리야, 내가 얼마나 걱정했는 줄 알아? 서울로 돌아오는 내내 혹시 아직도 놀이공원 안에 있지 않을까 해서 얼마나… 훌쩍! 얼마나 걱정했다구. 그래두 다행히 현이가 남아 있겠다고 해서… 그래서 안심했는데. 역시 현이가 무사히 데리고 왔구나. 다행이야. 우엥~"

결국 귀엽게 울어대는 녀석. 아까 나를 끌어안을 땐 놀라고 당황스러웠는데 이 녀석은 역시 남자가 아닌 것처럼 생각된다. 그저 아무 느낌 없이 어느새 녀석의 등을 토닥이고 있는 내 곱디고운 손. 사실 워낙 운동을 해서 투박한 손이라고 해야 맞는 말이지만 인정하기 싫다. 서재도 내 모습을 보고 안심했는지 옅은 미소를 띠어 보낸다. 자식들, 그러고 보니 내 걱정이 이만저만이 아니었나 보구만. 흐흐. 뭐~ 이제 나도 패밀리라 이거지? 흐.

오늘도 시끌벅적한 하루를 보낸 듯하다. 한참이나 떠들던 주접놈과 요한 녀석도 돌아갔다. 저택에는 수많은 경호원들과 싹퉁 이현놈, 소프트왕자 서재, 그리고 나, 그렇게만 남겨진 줄 알았는데 웬 곱상하게 생긴 아가씨가 저택의 끝에서 우리에게 걸어오는 게 보인다. 나름대로 최대한 우아하게 보이려고 애쓰는 폼이 무척이나 꼴사납다. 그래, 난 저렇게 걸으라고 해도 선천적으로 안 맞아서 못 걷는다!

쳇! 우아한 건 뭐 타고나야 하나? 마치 써클 렌즈를 낀 듯 동그랗고 커다란 검은 눈에 눈꼬리만 새침하게 살짝 치켜 올라간 모습이 상당히 매력적이다. 오뚝하고 반듯하게 선 콧날까지 미인의 조건을 분명히 갖추고 있는 듯 보였다. 새촘한 입술은 비싼 립글로즈를 발랐는지 하염없이 반짝반짝 빛나고, 새하얀 피부는 햇빛을 싫어한다는 증거를 대고 있었으며, 가느다란 몸매가 누가 봐도 절세미인형이다. 같은 여자가 봐도 질투날 정도로 예뻤다. 그런데 저 여인은 누구신고. 이름 모를 그 여자 옆에 같이 걸어오는 사람은 대장경호원인데. 이내 그 두 사람은 우리들 앞에 멈춰 서더니 조심스럽게 입을 연다. 우선 대장경호원이 싹퉁 현이를 보고 고개를 숙인다.

"도련님을 뵙습니다."

현이 녀석이 무표정하지만 깍듯이 인사하는 대장경호원에게 반응을 보인다.

"네."

대답한 게 어디야? 혹시나 저놈이 대장경호원의 인사를 씹을까 봐 내가 간을 졸여야 했다. 이번엔 서재가 대장경호원에게 인사를 한다. 얼떨결에 나도 같이 고개를 숙였다.

"안녕하십니까, 대장님."

"아, 안녕하세요?"

대장경호원은 피식 웃더니 고개를 가볍게 끄덕여 준다. 아까부터 나를 뚫어져라 응시하는 저 고운 여인네의 시선 좀 치웠으면 좋겠구만. 대장경호원이 나에게 말했다.

"소개하지. 이쪽은 이 저택의 이별아 아가씨, 도련님의 동생 분이시다. 별아 아가씨를 모시던 직속경호원이 한 달간 해외 출장을 떠난 관계로 휘 군이 그동안 보필을 좀 해줘야겠네."

날 휘 군이라고 부르는 걸로 보아 벌써 서재한테 이런저런 이야기를 들었나 보다. 탐탁지는 않았지만 이현을 보호하며 당직을 서는 것보다는 낫겠다 싶어서 가볍게 고개를 끄덕였다. 쑥스러운 듯 날 보며 얼굴을 살짝 붉히더니 손을 내밀며 입을 여는 별아인지 별난앤지. 사실 이쁘장한 게 상당히 맘에 안 든다.

"잘 부탁해요. 이별아라고 해요."

"아, 네. 서휘라고 합니다."

뻘쭘하게 그녀의 손을 잡고 가볍게 흔들어대며 기분을 맞춰주자 이 여자의 얼굴이 점점 빨개진다. 아아, 이 여자 언젠가 내가 자신과 같은 여자란 사실을 알게 되면 얼마나 놀랄까? 근데 굳이 이 집안 식구들한테까지 내가 여자란 사실을 숨길 이유가 있나? 나중에 서재한테 물어봐야겠다. 아차차, 그보다 내가 이 여자의 직속경호원을 잠시 맡게 된 거라고 하지만 일단 직속이니까 스물네 시간 대기해야 하는 거 아냐? 날 귀찮아해서 만날 붙어 있지 않아도 되는 이현 놈과는 달리 신경 쓰이게 생겼네, 이거. 마냥 좋아할 일이 아니잖아? 내가 학교에 가 있을 때는 어떡하지? 이리저리 머리를 굴리던 끝에 도무지 이해가 되지 않아 대장님께 여쭙기로 했다.

"저, 대장님."

"왜 그러나, 서휘 군?"

“아, 저기 아가씨 경호를 하게 되면 스물네 시간 대기해야 하는 게 기본인데 학교는…….”

“음. 그 부분은 나도 생각해 봤는데 어차피 아가씨는 여자 학교에 다니기 때문에 학교에서는 큰 문제가 생기지 않을 걸로 판단되네. 따라서 휘 군이 수업을 마치고 바로 아가씨를 모시러 지안여상으로 가면 될 게야. 자네 학교 바로 옆이니까 어려운 점은 없을 걸세.”

“지, 지안여상이요??”

순간적으로 가슴이 뛰었다. 지안여상이라면 내가 다녔던 학교. 그 말은 유란 씨와 희연이가 있는 곳이란 소리인데. 하지만 싹퉁이 이현의 동생이라는 걸로 보아 1학년인 것 같은데 우리 애들하고 마주칠 일은 없겠지? 마주쳐도 튀어야지 어쩌겠어. ‘이러고 다니려고 연락을 끊었냐, 이 지지배야!!’ 라고 난리칠 유란 씨의 얼굴이 머리에 그려졌다. 뭐, 학교 안으로 들어갈 일은 없겠지. 하지만 내 생각과는 달리 대장님은 너무 막중한 임무를 설명하고 계셨다.

“휘 군은 종례를 하지 않고 바로 지안여상으로 가서 아가씨의 교실 앞에서 대기해 주게. 그리고 아가씨를 모시고 오고 아가씨가 가는 곳 어디든 항상 곁에 있어야 하네.”

“네? 아, 네.”

점점 불길한 예감이 들긴 하지만 독립하기 위해선 돈이 필요하니 어쩔 수 없지. 그래, 이왕 하는 거 기분 좋게 하자는 마음으로 눈에 힘을 줬다. 그 모습이 웃겼나? 나를 보며 살짝 미소 짓는 별아인지 별난안지.

대장님은 다시 그 여자를 데리고 발길을 돌리며 마지막 당부를 잊지 않으셨다.

"휘 군의 임무는 내일부터야. 내일 수업을 마치고 아가씨를 데리러 가면서부터 시작되는 거야."

"아, 네, 알겠습니다."

피곤한 몸을 이끌고 겨우 방 안으로 돌아와 침대에 누웠는데 누군가가 노크를 한다. 노크에 상당히 품위가 느껴지는 걸로 보아 역시 서재임이 틀림없었다.

"서재니? 들어와~"

그러자 조심스럽게 문이 삐거덕 소리를 내며 열렸다. 천천히 방 안으로 발을 들여놓던 서재가 나를 부드럽게 바라보며 입을 열었다.

"별아 아가씨를 모시는 한 달 동안 현이는 내가 책임지고 있을 테니까 이쪽 일은 너무 신경 쓰지 마."

"호호. 서재야, 그건 걱정 하지 마. 나 신경 하나도 안 써. 오히려 좋은데? 그 녀석 얼굴 집 안에서라도 덜 보게 생겨서 마냥 행복해."

"그래? 이거 현이 알면 섭섭해하겠는걸?"

"섭섭은 무슨. 그 녀석 분명히 들으면 이럴걸? 눈 쭉~ 내리깔고 시건방지게 입을 살짝 열고는 '병신' 이라고 할 거야. 틀림없어."

현이 녀석을 그대로 흉내 내는 내가 웃겼는지 약간 소리 내어 웃는 서재를 보고 순간 민망해서 얼른 마음을 가다듬었다.

"풋! 휘야는 정말 금방 정들게 만드는 재주가 있나 봐."

"어? 아, 아니, 무슨."

"어쨌든 당분간 아가씨 잘 모시고 화이팅이야. 힘든 일 있으면 나한테 물어보고."

"응. 고마워, 서재야. 아차! 근데 서재야, 나 궁금한 게 있어."

궁금한 게 있다는 말에 약간 동공이 커지더니 살짝 미소 짓는 소프트왕자. 오오, 신이 내린 완벽한 미소로고.

"벌써 궁금한 게 있어? 뭔데?"

"아니, 아가씬지 아줌만지 내가 알 바 아니지만 이 집 식구라면 굳이 내가 여자란 걸 숨길 필요 있어?"

"아, 그건 모르는 소리야. 현이네 아버지가 특히나 엄하셔서 남자는 남자다워야 하고, 여자는 여자다워야 한다는 사고방식이 굉장히 강한 분이셔."

"뭐라? 여자는 뭐 어째야 한다고? 여자다운 게 어떤 건데?"

금세 흥분하며 발끈하는 나를 보고 진정시키려는 듯 어색하게 웃는 서재.

"사람마다 자기만의 관념이란 게 있는 거니까. 아무튼 현이네 아버지는 그런 게 심해서 아마 현이의 직속경호원이 나랑 여자 한 명이라고 하면 당장 NO를 선언하실 분이야. 그러니까 미리 예방해 두는 차원에서 네가 여자란 사실은 이미 알고 있는 사람 빼고는 더 이상 모르는 게 좋아."

"이유가 상당히 마음에 안 들긴 하지만 지금은 어쩔 수 없이 따라야겠군. 하지만 서재야, 너만이라도 이건 분명히 알아둬. 여자는 여자다워야 한다는 사상이 남자보다 발달되지 못한 신체 조건에 의한

차별이라면 난 절대 굴복하지 않는다는 걸. 만약 여자다워야 한다는 기준이 여성으로서의 아름답고 숭고한 매력이라면 모를까, 일종의 차별을 포함한 거라면 나 서휘리는 언젠가 그런 인간들 머리 위에 서서 본때를 보여줄 거야!"

주먹까지 불끈 쥐며 냅다 소리치자 서재가 빙긋 웃는다. 그런 서재 뒤로 언제 들어왔는지 이현 놈의 블루 아이즈가 내 시야에 포착됐다.

"－_－+ 뭐야, 서재와 나만의 달콤한 대화를 즐기는데 넌 언제 온 거냐?"

나도 참 날이 가면 갈수록 뻔뻔해지는 것 같다, 서재가 있는데도 대놓고 이런 말을 아무렇지 않게 하는 걸 보니. 어쨌거나 내 발언이 상당히 거슬렸는지 미간에 임금 왕 자를 새기며 입을 삐죽거리더니 낮은 음성을 터뜨리는 싹퉁 현.

"둘만의 달콤한 대화인지 뭔지 몰라도 시끄러워. 그리고 너 오늘 내 당직 아니냐? 가뜩이나 띨띨한 널 빗속에서 기다리느라 몸이 녹초가 됐어. 빨리 방 점검해. 나 잘 거야."

"야!! 너는 테러범들한테 한번 당해봐야 해! 우이씨~ 개미 한 마리 없이 깨끗한 방인데 하루 점검 안 한다고 날벼락 맞겠어! 그리고 뭐? 띨띨한 날 빗속에서 기다려서 녹초가 됐다고? 내가 기다려 달라고 부탁했냐? 제멋대로 기다려 놓고 뭘 잘했다고 큰소리야? 난 하나도 안 반가웠으니까 잘난 척하지 마! 서재라면 모를까, 너 같은 놈은 한 트럭 갖다 줘도 싫다구!"

너무 흥분해서 내가 뭐라고 중얼거렸는지도 잘 기억이 안 난다. 하지만 싸늘한 시선으로 날 내려다보던 이현 놈의 뒷모습이 지금 내 눈앞에 보일 뿐이다. 얼레? 웬일로 저 녀석이 대꾸도 없이 그냥 가버리지? 그러니까 더 불안하네. 그때까지만 해도 멍하게 우리 둘을 지켜보던 서재가 조심스럽게 입을 열었다.

“휘야, 너 혹시…….”

헉, 서재가 드디어 내 마음을 눈치 챘구나! 이그, 눈치없는 자식. 이제 알았니? 그래, 나 너 좋아해. 그러면 안 되니? 이제 내 마음을 알았으니 너 어쩔 거니? 서재야, 넌 너무 완벽해~ 퍼펙트 울트라 싸만코라니깐~ 싸늘한 표정으로 사라진 이현 놈이 상당히 거슬리긴 했지만 그래도 드디어 서재가 내 마음을 알게 된 마당에 저따위 놈을 신경 쓸 게 뭐람? 띨띨이는 누가 띨띨이라는 거야? 자기는 바보 주제에. 우씨, 흥분하지 말자. 지금은 서재의 중대 발표가 있는 타이밍이잖아? 후우. 여러 번 심호흡을 하면서 서재의 눈을 똑바로 응시하고 있었다.

잠시 말하기를 망설이던 서재가 이내 두근거리는 내 마음을 알았는지 천천히 입을 연다.

“좋아하니?”

헉! 아잉, 부끄럽게 뭘 물어보고 그래~ 다 눈치 챘으면서. 이제 서재를 잡아야 할 때가 온 것 같아서 천천히 고개를 끄덕이며 대답했다.

“응. 놀랐지?”

“응. 좀 많이 놀랐는데 예감은 했었어.”

“아~ 그, 그래? 서재는… 싫어?”

가만히 서재의 맘을 떠보려고 툭 내던진 말이었다. 이런 중요한 순간에 떨리는 마음과 긴장감이 조금 다른 느낌인 것은 왜일까? 원래 싸가지없던 놈이 너무 쉽게 뒷모습을 보인 탓에 신경이 쓰인 걸까? 괜스레 싹퉁 현이 놈의 블루 아이즈가 머리에 떠올랐다. 그때 날 놀래키는 서재의 한마디.

“휘야, 네가 현이를 좋아할 거라고 예감은 했었어. 역시 맞구나.”

“뭐, 뭐라??”

“휘야, 너 현이를 많이 좋아하는구나? 하긴 네 성격상 좋아하는 걸 표현 못해서 일부러 틱틱거릴 만도 해.”

“아니, 저기 서재야, 난…….”

“정말 잘됐다. 난 현이 저 녀석이 연애 한 번 못하고 죽는 게 아닐지 무지 걱정했거든~ 너라면 정말 현이를 행복하게 해줄 수 있을 것 같아.”

“무슨 소릴 하는 거야, 서재야! 그게 아니야!”

“흥흥 휘야, 너 쑥스러워하는구나?”

아, 미치고 환장하겠네. 그럼 뭐야? 내가 현이 놈을 좋아한다고 생각하는 거야? 으이그~ 이 둔탱이. 빨리 서재를 좋아한다고 말해야 해. 얼른!!

“저기 서재야, 내가 좋아하는 사람은 말이야.”

“휘야.”

“으응??”

"내가 정말 둘이 잘되도록 가운데서 열심히 다리 놔줄게."

"아, 아니라니까!!"

"괜찮아, 부담 갖지 않아도. 그럼 휘야도 내 부탁 들어줄래?"

"아니, 부담이 아니구(미치겠네, 진짜). 부탁이 뭔데?"

오해고 나발이고 일단 우리 소프트왕자 부탁이나 먼저 들어보자꾸나. ㅠ0ㅠ 제길.

"별아 말이야, 별아 아가씨."

"아, 싹퉁 현의 동생?"

"응."

항상 웃음이 묻어나 있던 서재의 얼굴에 살짝 그늘이 진다. 그 모습을 보는데 내가 왜 마음이 저린 건지 모르겠다.

"그 애가 왜?? 혹시 서재 너 그 아이 좋아해?"

순간 당황하며 살짝 볼이 빨개진 서재의 모습을 본 순간 가슴이 너무나 쓰라림을 느꼈다. 그렇구나. 서재는 그런 스타일을 좋아하는구나. 완벽한 레이디 스타일. 정말 여자답고, 순수하고, 착해 보이는 스타일. 그랬구나. 나 같은 건 안중에도 없었던 거구나. 마음이 아프지만 끝까지 서재의 이야기를 들어보기로 했다.

"처음엔 별 관심 없었어. 현이 녀석도 동생한테 무관심했고. 물론 현이 놈이야 집안의 모든 일에 무관심하지만 말이야. 아니, 무관심한 척한다는 게 맞는 말일지도 모르겠다. 어쨌건 별아를 처음 봤을 때 왠지 고귀하게 빛나는 보석처럼 느껴졌어. 화려한 것 같으면서도 깨끗하고 맑은 생수 같은 느낌을 받았다고 해야 하나? 그 모습이 돌아가신 우리 엄마를 너무 닮아서 빠져들었는지도 몰라."

"아, 그, 그래?"

항상 냉정함을 잃지 않았던 서재의 눈이 조금씩 흔들리고 있음을 느꼈다. 후. 어쩐지 온몸에 힘이 다 빠져나가는 느낌이다. 하지만 어쩌겠어? 내가 좋아하는 사람은 다른 사람을 사랑한다는데. 이미 내가 진 거잖아. 항상 이길 수만은 없으니 졌을 때 물러나는 법도 알아야지. 좋아, 친구로서 서재를 도와줘야지.

"가끔씩이지만 저택에서 우연이라도 마주칠 때면 그러면 안 된다는 걸 알면서도 내 심장은 이미 뛰고 있었어. 휘야, 이런 거 사랑 맞지? 아무래도 나보단 휘야가 경험이 많을 거 같으니까 조언 좀 해줘. 이런 감정 사랑이라고 하는 거 맞아?"

서재야, 나 바람둥이 아니야. 네가 날 어떻게 생각하는지 몰라도 난 남자들과 사랑을 노닥거린 적 없단다. 하지만 별아에 대한 서재의 마음이 사랑이라는 것은 경험없이도 알 것 같았다. 그래서 우선 만사를 젖혀두고 살포시 고개를 끄덕여 줬더니 서재가 어색하게 빙긋 웃어 보인다.

"그럼 이제 나 어쩌지? 좋아하지 않으려고 해도 심장이 먼저 뛰는데. 제어할 방법이 없을까?"

"서재야, 입으로는 내색하지 않으려고 꾸밀 수 있어. 거짓말이라든지 마음에 없는 말 같은 걸로. 하지만 심장은 그렇게 못해. 심장은 거짓말할 줄 모르거든. 그 사람 앞에서 쉴 새 없이 심장이 뛴다면 그건 분명 사랑이야. 제어할 수도 없어. 심장을 자기 마음대로 제어할 수 있다면 세상에 상사병 같은 게 왜 생기겠어? 안 그래?”

“휘야, 나 현이한테도 이런 말 한 적 없어. 네가 너무 편한가 봐.”

“그, 그래. 자식, 우린 친구니까.”

“응. 휘야, 넌 정말 나에게 멋진 친구가 될 거 같아.”

“그럼 물론이지. 호호.”

π0π 그래, 연인이 될 수 없다면 친구라도 되어줄게. 걱정 마, 서재야. 흑. 에이씨~ 그래, 천하의 서휘리가 무슨 사랑타령이야? 그딴 거 다 필요없어. 미련 같은 것도 갖지 않아. 그냥 조금 자존심이 상할 뿐이야. 그리고 생각했던 것보다 심한 상처가 생긴 것 같지는 않았다. 별아를 향한 서재의 마음이 내가 서재를 향하는 마음보다 훨씬 크다고 느껴졌기 때문인지도 모른다.

어찌 되었든 서재가 돌아가고 싹퉁 현이 놈의 당직을 서기 위해 뾰로통한 얼굴로 녀석의 방문 앞에 껄렁한 자세로 멈춰 선 사랑스런 나의 두 발. 그 뒤를 이어 곱디고운 나의 손이 녀석의 방문을 두드린다.

똑똑!

손과 문의 마찰음이 흐른 후, 이미 예감했지만 녀석의 무반응에 태연하게 방문을 열고 들어갔다. 소파 위에 앉아 거만하게 담배를 피우고 있는 녀석의 모습이 시야에 잡혔지만 이내 무시하곤 방 점검에 들어갔다. 있지도 않은 수상한 점을 발견하기 위해 피곤한 몸을 구석구석 이리저리 움직여 보았다. 역시나 아무 문제 없는 녀석의 방. 진짜 먼지 하나 앉아 있지 않은 깨끗한 방에서 녀석이 피워대는 담배의 하얀 연기만이 호흡하는 데 거부감을 주고 있었다.

"야, 방 점검 끝났어. 녹초가 됐는지 녹차가 됐는지 몰라도 네 몸 뚱어리 침대에 눕혀줘라!!"

신경질적으로 말을 내뱉은 나. 하지만 녀석은 별다른 반응 없이 여전히 담배만 물고 있을 뿐이다. 한마디로 내 말을 아주 잘 씹어드셨다는 소리지.

"피곤하다고 말한 주둥이가 그 주둥이 아닌가 싶네만은 멀쩡한 방에 퀴퀴한 담배 연기 그만 뿌리고 자라고!!"

한 번 더 소리를 질러보지만 역시나 묵묵부답. 저 자식이 네 말에 인간적으로 반응해 주리라 기대도 하지 않지만 매번 기분이 나쁘다.

"이보시오, 도련님~ 어서 침소에 드시지요! 소인 짜증이 나려 하옵니다만."

눈썹까지 꿈틀거리며 개그를 선보이자 그제야 반응을 보이는 싹퉁이현. 아주 날카롭고 예민하면서도 냉담하게 빛나는 시원한 블루 아이즈를 내 쪽으로 옮기더니 건방지게 입을 삐죽거린다.

"시끄러워."

"그럴 테지. 네놈한테 그 어떤 소리가 안 시끄럽게 들리겠냐. 야, 담배 좀 그만 피우고 자라고. 나 오늘 당직이야. 하루 종일 네놈 자는 거 옆에서 지켜보려면 맑은 공기를 마셔야 된다고! 네가 내 건강 보험 들어줬냐? 내가 간접 흡연으로 폐암이라도 걸리면 책임질 거야? 앙? 너 내가 사소한 호흡기 질환이라도 앓게 되면 다 네놈 탓인 줄 알아라!! 그때 가서 책임 못 진다고 발뺌하지 말고 담배 좀 꺼!"

녀석의 블루 아이즈를 똑바로 응시하며 마구 쏘아붙이자 역시나 별 반응 없이 성의없게 대꾸하는 녀석.

"시끄러워. 네가 호흡기 질환에 걸리면 밖에 나갔다가 안 씻고 더럽게 그냥 자니까 그런 것일 수도 있는 거지. 그게 왜 내 탓이야?"

"무어라? 내가 더러워서 그렇다고? 너 내가 무슨 동물로 보이냐, 나갔다 와서 씻지도 않게?"

"피곤하군."

내 말은 들은 척도 하지 않고 담배를 부비적 끄더니 화장실로 들어가 양치를 하고 나오는 녀석. 그래, 이놈아~ 너 청결하다! 힘껏 녀석을 노려보는데 녀석은 어느새 침대 위에 자리를 잡는다. 평소엔 말도 없던 놈이 조심스럽게 중얼거리는 소리가 귓가에 들려온다.

"요즘은 잠잠하군, 심심할 때 한 번씩 날뛰던 녀석들이."

누구한테 하는 말일까? 현재 상황으로는 아무리 생각해도 나한테 하는 말 같지는 않은데. 녀석의 알 수 없는 중얼거림에 의문을 제기하고 있는 나였다.

"야, 그게 무슨 소리야? 심심할 때 한 번씩 날뛰는 녀석들이라니?"

궁금증으로 가득한 내 눈동자를 보더니 약간 귀찮다는 듯 대답해주는 녀석.

"그런 게 있어. 가끔 이 집안 재산이 탐나서 나를 잡아다가 협박해서 돈 뜯고 싶어하는 멍청한 집단들."

"오호, 그래서 너한테 나와 서재 같은 훌륭한 경호원이 스물네 시간 필요했던 거군."

피식 웃어 보이며 녀석에게 말하자 그 웃음이 거슬렸는지 미간을 살짝 찌푸리는 예쁜 녀석. 너무 예쁜 나머지 누워 있는 배를 콱! 밟아 주고 싶다지?

"가끔 그런 놈들이 방에 들어와서 설치다가 서재한테 얻어터진 후 튀곤 했는데 요즘 들어 잘 보이지 않는군. 혹시라도 내가 자는 도중에 무슨 일이 생기거든 나 깨우지 말고 알아서 처리해라. 알았냐? 오늘은 이상한 예감이 들어."

"걱정 마셔! 네놈 도움 따위 없이도 그런 놈들은 충분히 해치우니까!"

"그게 아니라 시끄럽게 굴지 말고 처리하란 말이야. 퍽퍽 소리 내지 말고 얌전히 팔이나 다리 그런 데 꺾어서 날려 버려. 나 자는 도중에 깨우지 말고."

"예예~ 그럽죠! 알겠습니다요. 싸가지를 아주 한 트럭으로 상실한 도련님."

저 또라이. 팔이나 다리 같은 관절을 꺾는데 어떻게 아무 소리도 안 낼 수 있남?

이내 눈을 감는 녀석. 저 자식은 눈을 감고 있어도 완벽한 이목구비가 아름답게 빛난다. 잘생기면 무엇이든 용서된다는 이 시대에 저런 자식은 사라져야 한다. 저런 싸가지없는 놈이 좀, 아니, 많이 잘생겼다는 이유로 모든 사람들이 어여삐 여긴다면 나같이 저놈을 싫어라 하는 인간은 얼마나 짜증나겠어? 쳇!

혼자 툴툴대며 녀석이 잠든 방 안을 이리저리 걸어다녔다. 몇 분 지난 것 같지도 않은데 녀석의 규칙적인 숨소리만 퍼지는 조용한 방.

벌써부터 졸음이 쏟아진다. 오늘 놀이공원에서 너무 신나게 논 탓인가 보다. 그래도 오늘은 녀석의 당직을 서는 마지막 날이니까. 당분간이긴 하지만 별아인지 뭐시긴지 하는 아가씨를 모시는 일을 하게 되면 학교 밖에서는 녀석을 볼 일도 별로 없겠지? 흐흐. 당분간 기분은 좀 업되겠구만~ 저놈만 보면 기분이 더러워지는데 안 보게 되니까 업되는 건 당연지사 아닌가?

나름대로 이런저런 즐거운 생각도 하고 졸음을 쫓으려 눈꺼풀에 바짝 힘도 줘보지만 역시 졸음 앞에는 장사 없다. 소파에 걸터앉아 꾸벅꾸벅 졸다 어느새 깊게 잠들어 버렸나 보다.

잠시 후, 둔탁한 소리에 눈을 떠보니,

"뭐, 뭐야, 이 사람들은?!"

바닥에 검은 옷과 복면을 쓴 남자 여럿이 대자로 뻗어 쓰러져 있었다. 싹퉁 현이 놈이 다른 한 놈의 멱살을 잡아 올려 마지막 일격을 가하기 직전의 모습이 잠이 덜 깬 내 정신을 완전히 맑게 하고 있었다. 이내 현이 놈의 블루 아이즈가 평소보다 몇 배는 더 날카로워져 있음을 느끼고 온몸이 싸늘하게 변했다. 내가 잠든 사이 이런 일이 벌어지다니, 경호원으로서 수치다. 싸우는 것도 모르고 잘 정도면 대체 내가 얼마나 깊이 잠든 거야? 우씨.

녀석에게 미안한 감정보단 내 자신이 한심해서 심란한 마음을 추스르지 못하고 있는데, 녀석이 멱살잡은 놈을 그대로 질질 끌고 커다란 창문으로 성큼성큼 다가간다. 녀석의 긴 다리 덕에 몇 걸음 걷지 않아 창문에 도착해 창문을 열었다. 그리고 한 치의 망설임도 없이 창문으로 멱살 잡은 이를 내던져 버리는 싹퉁 이현.

"헉!! 야, 이현!! 너, 너 미쳤어?!"

그 순간 나를 살짝 돌아보는 녀석의 시선은 사람의 눈 같지 않아 보인다. 저 녀석도 혹시 싸울 때는 이성을 잃는… 뭐, 그런 스타일인가? 순간 섬뜩한 기분에 괜스레 등골이 오싹해져 왔다. 현이 녀석은 천천히 걸음을 옮겨 쓰러진 상대를 하나하나 들어 올려 창문으로 내던져 버렸다. 마지막 남은 사람까지 창밖으로 모습을 감춘 후에야 평소의 냉담한 눈으로 돌아온 싹퉁 현. 정말이지 아까의 눈은 말도 붙이지 못할 눈빛이었다. 그나마 안정을 찾은 녀석의 눈도 상당히 날카롭긴 하지만 원래 저 정도의 냉랭한 눈빛은 소유하고 있던 놈이니까. 조심스레 소파에서 몸을 일으키며 말을 건넸다.

"이봐, 이현, 너 혹시 네 방의 위치를 잊은 거 아냐?"

냉랭한 푸른 눈을 내게로 향하고 있는 현이 녀석. 내 질문에 대답은 안 하고 헛소리를 해댄다.

"제길, 마지막 놈이 발악하는 바람에 주먹을 날려 버렸군."

"그럼 주먹을 날려서 싸우지 눈빛으로 싸우냐? 하긴 네놈의 눈빛이 워낙 싸가지없어서 눈싸움해도 절대 질 리는 없겠지만. 여러 명 되는 녀석들하고 싸우면서 주먹도 안 쓰려고 했단 말이야? 하여간 있는 폼 없는 폼은 혼자 다 잰다니까~"

"시끄러워. 난 공격하지 않았어. 알아서 덤비는 녀석들의 주먹을 받아 꺾어줬을 뿐이야."

“미쳤냐? 너 그러다가 다치면 어쩌려고 그래!! 나쁜 놈들이 쳐들어 왔으면 마구잡이로 패야지, 덤빌 때까지 기다렸다가 관절꺾이를 해 버리는 건 뭔 플레이야!”

“패면 시끄럽잖아.”

“캑! 뭐, 뭐라?”

아, 정말 상식적으로 이해할 수 없는 놈 같으니라고. 그럼 싸우는 데 시끄러운 건 당연한 것을. 아니면 나를 깨우든지. 왜 혼자 조용히 일을 해결하려고 한 거야? 바보 아냐? 하긴 경호원이면서도 녀석을 안 지키고 잠에 빠진 내 잘못도 있지만 말이야. 그나저나 질문의 요 지는 이게 아니었는데!

“아, 맞아! 이현, 너 네 방의 위치를 잊은 거 아니냐고!”

“병신이냐? 내가 내 방 위치를 왜 까먹어?”

“그럼 알면서도 저 사람들을 창문 밖으로 던졌냐?”

대꾸없이 귀찮다는 듯 침대로 향하는 싹퉁 현이 놈.

“야, 인마!! 여기 오층이야!! 떨어지면 뒈진다고!”

흥분해서 소리치는 나와는 달리 역시나 지나치게 침착하게 한마디 툭 던지는 녀석.

“시끄러워. 알 게 뭐야.”

“그래, 그럴 테지. 네놈에게 이해력 같은 게 존재할 리 만무하구 나.”

이내 인상을 구겨가며 눈을 감는 현이 놈. 저놈의 심리 상태를 파 악할 수 있는 심리학 박사가 있다면 특별히 대통령께서 초청하여 귀빈 대접을 해주어야 할 것이다. 뭔 소리야! 우씨! 어쨌거나 녀석이 조용히 놈들을 처리해 준 덕에 약간의 단잠을 자긴 했는데… 자, 잠깐. 설마 날 깨우지 않으려고 일부러 소란 안 피우고 조용히 꺾기 반격만 하면서 싸운 건 아니겠지? 아닐 거야. 저놈이 날 배려할 이유가 없잖아? 잤다고 난리를 치면 쳤지 절대 날 배려해 줄 놈이 아니지~ 암, 그렇고말고. 저놈은 단지 시끄러운 게 싫었던 거야. 하긴 시끄러운 게 싫을 만도 하지. 자기가 저렇게 조용하고 지지리 말도 없는데 시끄러운 게 좋을 리가 있어?

혼자 녀석에 대해 이리저리 판단하며 슬그머니 창문가로 다가가 아직 열려진 창문으로 아래를 내려다보았다. 어두운 밤이라서 그런지 떨어진 사람들의 모습은 보이질 않는다. 천천히 창문을 닫고 돌아서는데 녀석이 침대에 누워 감은 눈을 치켜 뜨더니 천천히 몸을 일으킨다.

"이봐."

"그래, 보고 있다. 왜?"

"물 가져와."

"야, 경호원이 네 시다바리인 줄 알아? 경호원은 의뢰인을 지키라고 있는 거지 잔심부름하려고 있는 게 아니야. 네놈이 그런 상식을 이해할 리 없겠지만."

"시끄러워. 넌 지키지도 않았잖아."

"그, 그거야 실수지!! 그리고 네놈은 안 지켜도 잘만 해결하는구만."

"당연하지. 난 네가 아니야."

"말 다 했냐? 사람이 잠을 자고 싶은 욕구는 당연한 거야. 본능이라고!! 그리고 오늘은 하루 종일 놀이공원에서 뛰어놀다가 네놈들 찾느라고 더 뛰어서 힘들었단 말이야! 다리도 무지무지 아프고 비도 맞아서 몸이 안 좋았어. 그래서 좀 졸았다! 인간이 뭐 그렇게 완벽할 수 있는 줄 아냐?"

"시끄러. 넌 오늘뿐만이 아니라 다른 날도 졸았었잖아."

"그, 그야 엊그제는 술 마셔서 그랬고! 첫날은 적응이 안 되어서 졸았다 뭐!!"

"핑계가 예술이군."

"이건 핑계가 아니라 사실이야."

"나한텐 다 핑계로밖에 안 들려. 네가 잘났다고 떠들어대는 경호원이라면 기본적으로 확실히 지킬 건 지켜가면서 권리를 주장해야 하는 거 아닌가?"

윽! 저 자식이 웬일로 말발을 다 세운데? 오늘은 어쨌든 내가 불리하군. 녀석을 실컷 노려봐 주며 녀석의 방 안에 있는 냉장고 문을 휙 열어 물 한 잔을 따라 녀석에게 내밀었다. 컵을 받아 들고 마시는데 꿀걱 소리를 내며 녀석의 목 근육이 천천히 움직이는 그 모습이 섹시하게 느껴진다. 내가 미쳤나 보다. 심지어 녀석이 물을 다 마시고 난 후 입가에 묻은 물을 혀로 살짝 핥아내는데 그 모습을 보고 잠시 멍해진 내가 당혹스러웠다. 그런 나를 보더니 기어코 시비 거는 현이 놈.

"뭘 봐? 물 마시는 거 처음 보냐?"

"뭐라? 처음 볼 리가 있냐? 네놈은 어찌 그리 물 먹는 모습도 싸가지없는지 감탄하고 있었다! 왜?"

"먹는 게 무엇이 되든 먹고 있는데 사람 쳐다보는 거 엄청난 실례다."

"괜찮아. 넌 늘 싸가지없는 걸로 모든 사람들한테 실례를 범하고 있잖아."

"병신."

"이봐, 난 사지가 멀쩡해~ 아주 멀쩡하다구! 근데 대체 어디가 병신이라는 거야!"

"하는 짓이."

"그러냐? 그럼 넌 싸가지 해라. 왜냐고? 하는 짓이나 말하는 게 영판 싸가지가 없어."

"안 물어봤어."

제, 제길! 이 자식은 정말 몇 마디 하는 것 같지도 않은데 매번 내가 지는 기분이 드는 건 왜일까? 나쁜 놈. 녀석도 자다가 갑자기 깬 탓에 쉽게 잠이 오질 않는가 보다, 침대 옆 서랍을 열어 담배를 꺼내 무는 걸 보면.

"야, 담배 피우지 말랬잖아! 네가 나 책임질 거야? 앙? 폐암 걸리면 책임질 거냐고!!"

"폐암 걸려 아파서 누워 있으면 갖다 버리는 건 해줄 수 있어."

"아니, 뭐야? 야! 너 지금 누굴 버린다는 거야? 너 때문에 폐암 걸

렸으면 멀쩡해질 때까지 치료비며 간호며 요양이며 모든 걸 다 네가
책임져야지!"

"내가 왜?"

"왜? 너 방금 왜라고 그랬냐? 네놈이 하도 담배를 피우니까 내가
간접 흡연으로 몸이 아프게 된 것일 테니까!!"

"네 앞에서 담배 세 번밖에 안 피웠어."

"세 번밖에? 세 번이든 두 번이든 이제부터 피우지 마!!"

"그래, 알았어."

얼레? 이 자식이 웬일이지, 내 말에 순순히 알았다고 다 해주고?
하긴 순순히는 아니었다. 하지만 대답과는 달리 이미 담배에 불을 붙
이고 있는 현이 녀석.

"야, 알았다며!!"

"그래, 알았다고."

"알았는데 왜 담배를 피우는 거야!!"

"책임지면 되잖아."

"뭐?! 너 뭐라고 그랬냐, 지금?!"

"내가 너 책임진다고."

순간 동공이 커진 상태로 멍하게 녀석을 향해 시선을 굳혔다. 잠시
후 온몸이 확 달아오름을 느꼈고 녀석의 냉랭한 눈빛에 번쩍 정신을
차렸다.

"채, 책임을 진다고?!"

"그래, 폐암 걸리면."

　에라, 이 자식아!! 그러면 그렇지, 네놈이 무슨. 저 싸가지~ 아우!! 어디다 팔어먹을 수도 없고. 하긴 그럴 때 말고 책임을 진다고 말할 리가 없지. 헐. 그러고 보니 내가 왜 당황한 거야? 워이~ 잡귀야, 물럿거라~ 워이!

　혼자 고개를 휙휙 젓고 있는 내 모습이 한심했는지 다시 한 번 연기를 빨아들이더니 후~ 하고 내뱉으며 짜증스런 눈빛을 내게 보낸다.

주섭의 새로운 모습

제8장

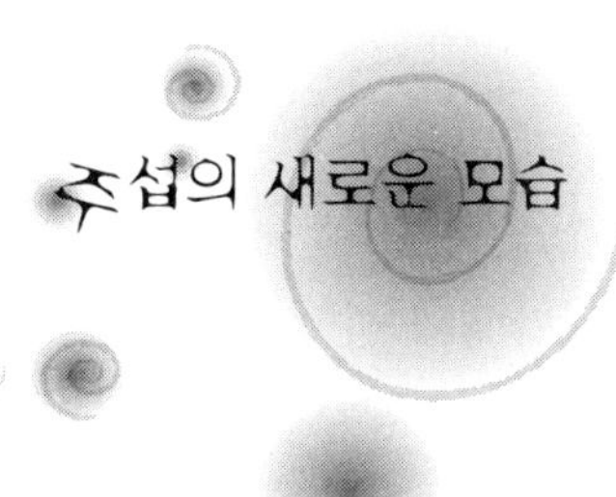

주섭의 새로운 모습

　어찌 되었든 오늘의 당직도 곱게 마무리하지 못하고 사고를 쳤지만 이현 놈은 언제나 그렇듯 내 실수를 가지고 붙잡고 늘어지는 스타일은 아니다.

　해가 뜨자 서둘러 학교 갈 준비를 하고 녀석들과 이젠 익숙해진 등굣길에 발을 디딘다. 주접 녀석이 느닷없이 내 교복을 살짝 잡아당기며 입을 연다.

　"휘야, 오늘 꼭 보러 올 거지?"

　"뭘 보러 와?"

　"헉! 휘야, 너 몰랐단 말이야?"

　이놈이 뜬금없이 뭔 소리래? 의아해서 다시 한 번 고개를 갸웃거렸다.

"잉? 뭘 말이야?"

"아니, 휘야, 네가 어떻게 그럴 수 있어? 오늘이 무슨 날인지도 몰랐단 말이야?"

"으잉? 무슨 날인데?"

"휘야, 너무한 거 아니냐? 진짜 너무한다."

"그러니까 대체 내가 뭘 모르냐고!"

"휘야, 미워!! 오늘이 무슨 날인지도 모르고!! 오늘이 바로 주섭이 공연이 있는 날이잖아!!"

"공.연??"

"나 우리 학교 밴드부 보컬이야."

도저히 믿을 수 없다는 표정으로 녀석을 훑어보자 자존심이 상했는지 미간을 좁히는 녀석. 서재가 그런 주섭이를 위해 나서준다.

"휘야, 주섭이 밴드부 보컬 맞아. 노래 엄청 잘해."

"오오~ 그래? 이거 새로운 사실인걸? 굼벵이도 구르는 재……."

내 말이 채 끝나기도 전에 자신이 아는 속담이었는지 주접놈이 힘차게 나선다.

"그래! 휘야, 굼벵이도 구르는 재미가 있어."

네가 그러면 그렇지. 모르면 차라리 나서질 말지. 그러면 중간이라도 가지. 으이그.

"주섭인 바보바보~ 주섭인 왕바보~"

어디선가 들려오는 요한 녀석의 하이 톤 목소리. 그새 버스 정류장에 도착했나 보다.

흥얼흥얼 노래를 부르며, 햇빛에 빛나는 초록 머리를 쓸어 넘기며 우리에게 다가오는 요한. 주접놈의 발언을 들었던 건지 바로 일깨워 주는 선생 최요한 군.

"주섭아, 굼벵이도 구르는 재미가 있다가 아니고, 굼벵이도 구르는 재주가 있다야. 역시 주섭인 바보야~"

"시, 시끄러!! 살다 보면 충분히 그럴 수도 있는 거지!!"

그래, 네놈의 인생은 항상 그런 식이구나. 으이그, 또 지겨운 요한 녀석과 주접놈의 실랑이가 벌어지고 그런 녀석들을 싣고 묵묵히 목적지로 달리는 등굣길 버스. 많은 학생들의 시선을 항상 한몸에 받는 이 녀석들 중 바보 주접놈이 보컬이란 사실은 색다른 매력을 느끼게 해주었다. 하지만 공연이고 나발이고 난 오늘부터 별아인지 뭔지 하는 그 여자를 데리러 간다. 제길. 이런 내 입장을 설명하자 주접 녀석과 요한 녀석이 길길이 날뛰기 시작했다.

"뭐? 휘야, 네가 별아를 경호한다고? 그래서 오늘 내가 하는 공연에 못 오는 거야?"

"그래. 뭐, 그렇게 됐어."

"싫어싫어~ 요한이는 휘야하고 같이 주섭이 공연 볼 거야. 우엥."

"누군 저 바보 노래하는 거 안 듣고 싶겠냐? 가사는 안 틀리고 잘 외우는지 한 번 보고 싶긴 한데 어쩌냐, 나도 먹고 살아야지."

라고 하는 내 말에 금세 마음이 상했는지 바로 말을 바꾸는 주접놈.

"야, 서휘. 너 안 와도 괜찮아."

"왜? 주접이 너 가사 틀릴까 봐 실은 떨리지?"

장난스럽게 웃으며 녀석의 어깨를 툭 치자 발끈하며 소리치는 주접놈.

"틀리긴 누가 틀려!! 휘야, 이 바보야!!"

"대체 누가 바보인지 모르겠네."

어느새 교실로 휙~ 하니 들어가 버린 녀석들. 남은 사람이라곤 오직 내 팔에 접착제 발라놓은 듯 착 달라붙어 있는 요한 녀석. 그 녀석의 유리 같은 눈망울이 부담스러울 정도로 반짝이며 나를 응시하고 있다.

"휘야, 우리도 들어가자. 웅?"

"그, 그래. 그러자꾸나."

역시 수업이 시작하자마자 책상을 베개 삼아 엎어져 자는 저 싹퉁 이현. 오늘따라 유난히 시끄러운 주접놈과 요한 녀석. 아무래도 주접놈은 오늘 있을 공연이 상당히 기대되는가 보다. 뭐, 상상이 안 되긴 하지만 겉모습만은 주접하고는 거리가 머니까. 노래하는 모습도 의외일지도 모르잖아? 웃긴 자식들. 역시 서재는 선생님을 응시하며 노트에 필기까지 꼬박꼬박 잘해 나가고 있다. 그 모습을 보니 한쪽 가슴이 갑자기 저려온다. 문득 어제 서재의 목소리가 다시 한 번 귓가에 울려 퍼지는 듯했다.

"휘야, 이런 게 사랑이니?"

민서재 이 바보. 별아랑 진심으로 잘되길 빌어줄게.

　학교 수업이 파하자마자 질질 매달리는 요한 녀석을 뿌리치고 지안여상으로 발걸음을 옮겼다. 나참~ 세상을 살다 살다 에이공고 교복 입고 지안여상에 들어가게 될 날이 올 줄이야.

　뻘쭘하게 교문 안으로 들어섰는데 지안여상도 벌써 하교 시간이 되었는지 여학생들이 하나둘 현관을 빠져나오고 있었다. 서둘러야겠다는 생각 하나로 얼른 지안여상 안으로 뛰쳐 들어갔다. 공포 영화를 보는 것도 아닌데 왜 다들 '꺅꺅' 거리는지, 원. 슬쩍 나를 향해 손가락질을 하며 소곤거리는 여학생들의 목소리가 귓가에 들려온다.

　“어머, 에이공고 애 아니야? 진짜 잘생겼다~ 웬일이니!”

　“어디서 한 번 본 것 같아~ 혹시 현’s 아니야?”

　“현’s가 뭐야??”

　“아유, 이 지지배! 그 유명한 현’s family도 몰라? 그냥 다들 줄여서 현’s 하잖아.”

　“아아, 그래, 맞아. 같이 다니는 거 얼핏 본 것 같다.”

　“우와, 가까이에서 정말 보니까 예술이다. 여자보다 더 예쁜 남자야~”

　“꺄!! 어떡해, 어떡해~ 너무 잘생겼어.”

　칭찬해 주셔서 상당히 고맙긴 하오만 저는 여자의 몸이외다. 소곤거리는 수많은 여학생들을 뒤로하고 별아가 있다는 1학년 3반 교실의 뒷문을 살짝 열었다. 막 종례가 끝나 반 아이들은 책가방을 챙겨 하나둘 나오고 있었다. 그때 한 여학생이 나를 보고는 냅다 소리부터 지른다.

"꺄~ 남자다!!"

"어머어머! 어디? 우와, 진짜 잘생겼다~ 누구야?"

"웬일이야! 백옥미남이다~ 꺄아~"

고막이 터져 나가라 소리를 질러대는 여학생들 때문에 정말 정신이없었지만 어찌 되었든 임무를 수행하기 위해 별아가 있는 곳으로 다가갔다. 그리고 조심스럽게 말을 건넸다.

"아가씨, 모시러 왔습니다. 가시죠."

그러자 역시 맑은 눈동자를 내 쪽으로 천천히 향하며 백지장 같은 새하얀 얼굴을 살짝 붉힌다.

"아, 왔군요."

주변 여자 아이들의 시선이 별아를 향해 곱게 쏟아지는 것 같아 보이지 않는다. 저것들은 모두 질투 어린 시선이리라. 그런 시선들로부터 별아를 보호하기 위해 서둘러 학교를 나오는데 역시나 어딜 가도 주목받고 있다. 교실을 막 나가려던 찰나 용기있는 한 여학생이 내 옷깃을 붙잡는다.

"저기요, 오빠, 명찰 보니까 에이공고 2학년 맞죠?"

옷깃까지 붙잡힌 마당에 내가 싹퉁 현이도 아니고 그냥 말을 씹어 삼킬 수 없었으므로 대꾸해 주기로 했다.

"그런데?"

“오빠 몇 번 봤어요~ 현’s 멤버 맞으시죠?”

날 그놈들과 똑같이 취급하지 말아줬으면 좋겠지만 소프트왕자 서재도 그 패밀리인 것을 위안 삼아 긍정의 대답을 하기로 결정한다.

“응.”

“우와~ 역시. 오늘 신주섭 오빠 공연있는 날 맞죠?”

“그럴걸?”

“꼭 갈게요~ 저 주섭 오빠 엄청 팬이거든요. 멋진 공연 보여주시길 기대한다고 꼭 좀 전해주세요.”

생각보다 주접놈의 공연이 유명한가 보다. 그런데 이 여학생 취향 한번 독특하지~ 어떻게 그런 바보를 좋아할 생각을 했지? 무슨 평강공주와 바보온달을 찍고 싶어서 그러나? 하긴 그 자식이 겉모습은 좀 번지르르 하긴 하지. 게다가 여학생들한테 틈만 나면 윙크를 날리는 놈이니 가식을 좀 떨었겠어? 당장이라도 주접놈의 실체를 폭로하고 싶지만 프라이버시를 존중해야 하므로 목까지 올라온 주접놈의 욕을 가까스로 눌러 앉혔다.

항상 친구들과 모여서 버스를 타고 가는 이현 놈과는 달리 어느새 교문 앞엔 고급스런 승용차 한 대가 별아를 위해 대기하고 있었다. 주저없이 차에 올라타는 별아를 따라 얼떨결에 차에 올라탔고 별아는 친구들의 눈을 피해서 그런지 조금은 편안해 보인다. 그제야 천천히 작은 입술을 여는 별아.

“저… 휘야 오빠라고 불러도 되죠?”

“아, 편한 대로 하세요, 아가씨.”

"오빠는 굉장히 연약해 보이는데 경호원이 되셨네요."

"연약하다구요? 제가? 하하. 글쎄요, 연약이란 단어를 모르고 살아서요. 놈들보다 항상 강한 사람이 되는 게 지금 저한테는 굉장히 추상적인 목적이거든요. 그러니까 연약하다고 생각하지 말아주십시오."

내 말뜻을 이해하지 못했는지 얼굴을 오른쪽으로 살짝 비스듬히 갸웃거리더니 다시 한 번 질문을 하는 별아였다.

"놈들보다 강한 사람이라뇨? 누구를 말하는 건지."

순간 내가 여자라는 사실을 아무렇지 않게 떠벌린 것 같아서 간을 조렸다. 하지만 별아가 정확히 말뜻을 이해하지 못한 것 같아 얼른 수습할 수 있었다.

"아니, 그러니까… 제가 워낙 호리호리하다 보니까 건장한 놈들보다 강해지는 게 목표다, 뭐 그런 뜻이죠."

"아아, 그렇군요. 휘 오빠는 몸은 약해 보이지만 눈빛은 굉장히 강해 보여요. 우리 현이 오빠만큼이나요."

"현이 그 자식, 헐. 도련님이야 워낙 강하신 분이지만."

"후후. 휘 오빠, 우리 현이 오빠랑 친구 사이죠? 그쵸?"

"뭐, 그렇다고 볼 수 있죠."

"우리 오빠 경호하기 힘들지 않나요? 현이 오빠나 저를 노리는 사람들이 많아서 일도 많을 텐데."

"괜찮아요. 도련님이 워낙 강한 의뢰인이라서 오히려 할 일이 없는걸요?"

"휘 오빠는 어떤 스타일의 여자가 좋아요?"

겨우 밝게 웃으며 얘기를 하는가 싶더니 목소리를 한 톤 낮춰 조심스럽게 내게 물어오는 별아. 볼이 빨갛게 붉어진 모습을 보니 이 처자도 나를 사모하는 듯싶소만 더 이상 깊은 상처가 되기 전에 확실히 해두어야 할 것 같아서 얼른 대답했다.

"전 강한 여성이 좋습니다. 여자라고 내숭 떨어가며 응석 부리는 건 성격상 안 맞아서요. 웬만한 남자들보다, 아니, 남자들보다 훨씬 강한 여성. 그런 여자가 제 이상형이에요."

내게 들리지 않을 정도의 얇은 한숨을 내쉬더니 고개를 푹 숙이는 별아. 잠시 침묵하는가 싶더니 여린 그녀의 목소리가 다시 차 안에 울려 퍼졌다.

"저, 그럼 휘 오빠, 어떻게 하면 강한 여자가 될 수 있나요?"

이 처자 보기보다 집요하오. '그냥 나를 포기하시오' 하고 말하고 싶지만 그렇게 대답할 수는 없는 노릇이고.

"글쎄요, 선천적으로 숙녀틱한 성격이나 허약한 몸을 지녔다면 조금은 힘들지 않을까 싶네요. 물론 노력해서 안 되는 건 없다고 하지만 역시 어느 정도 재능이나 조건이 갖춰져야 더 좋은 성과를 기대할 수 있으니까요."

"제가 약해 보이세요?"

"그야 아가씨는……."

"저도… 저도 강해지고 싶어요. 오빠, 어떻게 하면 강인한 여성이 될 수 있나요? 누군가에게 보호받지 않아도 스스로 나 자신을 지킬 수 있는 그런 멋진 여성이 어떻게 하면 될 수 있을까요?"

꽤 심각한 표정으로 나를 바라보는 그녀의 시선에 진심이 담겨 있는 걸 느낄 수 있었다. 내 입이 이성보다 먼저 반응하고 있었다.

"음, 크게 내면적인 면과 외면적인 것으로 나누어볼 수 있습니다. 우선 내면적인 걸 말씀드리자면 내 스스로가 약하다고 생각하면 안 됩니다. '난 강하다. 누구보다 강해', 혹은 '강해질 수 있어. 강해지고 말 거야. 그 누구에게도 고개 숙이지 않아' 뭐 이런 생각들을 항상 신조 삼아 자신의 마음을 누구보다 강하게 길들이는 거죠. 그 마음들이 항상 가슴에 새겨져 있으면 어떠한 어려운 상황에서도 주눅 들지 않습니다. 용기를 낼 수 있게 도와주는 역할을 하죠."

"와, 멋지군요. 나는 강하다라."

"그리고 외면적인 것으로는 역시 운동을 하는 것이 최선의 방책입니다. 그것도 꾸준히 하는 게 가장 중요하다고 볼 수 있죠. 아무것도 아닌 것 같아도 운동을 하루도 빠짐없이 꾸준히 하는 건 자신도 모르는 사이 실력이 몸에 쌓이게 된다는 거거든요. 대신 단 하루도 거르면 안 됩니다. 비가 오든 눈이 오든."

물론 그러다가 감기에 걸려서 유란 씨한테 미련하단 소릴 듣기도 했었지. 흠흠.

"아, 어떤 운동이 좋은가요? 역시 과격한 운동이 최고겠죠?"

"그렇지 않습니다. 아무리 강한 무술 실력을 가지고 있다 하더라도 체력이 뒷받침되지 않으면 많은 상대를 제압하지 못합니다. 우선 가장 중요한 건 체력이라고 볼 수 있죠. 체력이 뒷받침된다는 건 그만큼 맷집도 늘어난다는 거니까요."

"체력은 어떻게 기르나요?"

"어떻게 보면 무척이나 간단하고 어떻게 보면 무척이나 어렵죠. 가볍게 몸을 풀듯 조깅을 하거나 줄넘기를 하거나 그런 운동을 하면 체력은 점차 늘어나게 되어 있어요. 문제는 꾸준히 하는 게 어렵다는 겁니다. 그런 것들은 반복되기만 하고 힘들다 보니 금방 질리거든요."

"아, 그렇구나. 그러면 그 다음은요? 합기도나 태권도, 복싱, 뭐 그런 걸 배워야 하나요?"

"전문적인 도장에 가서 배우는 것도 굉장히 도움이 됩니다. 하지만 주의하셔야 할 점은 반드시 공인된 도장에서 배우셔야 한다는 거지요. 그렇지 않고 개인이 사업을 목적으로 단증 몇 개 가지고 개설한 도장은 사범의 무술 실력이 형편없을뿐더러 엉터리로 가르칠 확률이 높거든요. 무술은 이렇듯 돈을 목적으로 이용될 수도 있고, 자신을 보호하기 위해 익힐 수도 있는 불과 같은 존재입니다. 잘 이용하면 이롭고 또 잘못 이용하면 위험한 그런 불말입니다. 하지만 무얼 배우든 무술은 다 똑같습니다. 종목은 달라도 결국 목적은 하나거든요."

"목적이 하나라구요?"

"네, 상대방을 제압하기 위해 배우는 게 아니라 스스로를 지키기 위해 터득해 나가는 것이니까요."

빨아들일 것 같은 깊은 눈동자로 나를 응시하는 별아가 상당히 부담스럽다. 젠장, 이러면 안 되는데. 나도 모르게 강한 여자에 대한 이야기가 나와서 주절거려 버렸잖아!

"그런데 오빠 그런 걸 아주 잘 알고 계시네요. 무술을 사랑하시나 봐요?"

"그야 제가 남자치곤 워낙 호리호리하다 보니 자연스럽게 터득한 상식이라고 볼 수 있습니다. 그리고 무술을 사랑한다기보다 스스로를 사랑한다고 해야 맞는 말일 것 같군요. 결국은 나를 보호하고 내 자신이 강해지기 위해 배운 것들이니까요."

"정말로 멋진 사람 같아요, 오빠."

나를 멍하게 바라보는 그녀를 보고 더 이상 아무 말도 이을 수가 없었다. 이 이상 말을 했다간 내 눈 속에 풍당 빠져 버릴 듯한 기세였기 때문이다. 계속해서 나에게 시선을 떼지 못하는 별아가 상당히 신경 쓰여 애꿎은 창밖만 멍하니 바라보고 있을 뿐이다. 차의 속도에 따라 빠르게 스쳐 지나가는 바깥 배경이 급하고 거칠게 달리고 있는 지금의 내 인생을 연상시키고 있었다.

저택에 도착하자마자 서둘러 정장으로 갈아입고 다시 별아의 방으로 향하는데 이현 놈과 서재가 이제 들어왔는지 나를 반긴다. 물론 이현 놈은 날 반길 리 없지만.

"휘야, 일찍 왔네. 벌써 옷도 다 갈아입고. 별아한테 가는 거야?"

"응. 너희들은 버스 타서 늦었구나? 오늘 주접놈 공연인지 뭔지 보고 싶었는데 못 가서 미안하다고 전해줘."

"아마 별아도 그 공연 보러 가자고 할걸? 주섭이가 공연 잘하는 걸로 이 일대에선 굉장히 유명하거든."

"그래?"

"그럼 휘야, 공연장에서 보자. 별아한테 가봐."

"그래. 이따 볼 수 있으면 보게 되겠지."

녀석들을 지나쳐 별아의 방으로 향하는 발걸음은 약간의 부담이 섞여 있었다. 내가 여자라는 사실은 까맣게 모르고 있는 별아가 점점 나를 좋아하게 된다면 생각보다 문제가 심각해질 테니까 말이다. 빨리 서재랑 다리를 놔주든지 해야지. 그러고 보니 우리 희연이도 이현 놈이랑 다리를 놓아 줘야 하는데. 도대체 요즘은 정신이 하나도 없다니깐.

노크를 하고 들어선 별아의 방은 레이디답게 심플하고 고급스러운 현이 방과는 대조적으로 매우 화려하고 아름답게 꾸며져 있었다. 외출복 차림을 한 별아가 내게 다가와 활짝 웃는다. 윽!

"휘 오빠, 우리 주섭이 오빠 공연 가요. 친오빠이긴 하지만 저도 현's의 광팬이거든요. 반 친구들은 현이 오빠가 제 친오빠인지도 몰라요. 알면 시끄러워지거든요~"

"주섭이의 공연에 가겠다는 말씀이십니까?"

"네, 우리 가서 재밌게 놀다 와요. 주섭 오빠가 가끔씩 이렇게 공연하는데 정말 멋져요~ 오빠도 현's 되신 지 얼마 안 돼서 주섭 오빠의 그런 모습 잘 모르죠? 오늘 한번 보세요~"

뭐가 그렇게 즐거운지 얼굴 가득 미소를 짓고 있는 이 여자, 정말 서재와 어울릴 만한 여자라고 느껴진다.

별아와 함께 도착한 공연장에는 내가 상상을 훨씬 초월하는 크고 멋진 무대가 마련되어 있었다. 커다란 야외 운동장 가득 하얀 의자가 가지런히 정렬되어 있었고 이미 수많은 사람들이 그 의자를 채우고 있었다. 발 디딜 틈조차 없을 만큼 사람들로 붐비는 운동장에 정작 주접놈의 모습은 보이지 않았다. 꼴에 대기실에 있는 건가? 별아와 함께 이곳저곳을 둘러보며 주접놈을 찾아보지만 주접놈은커녕 나머지 녀석들조차 보이지 않는다. 답답한 마음에 맨 앞자리로 비집고 들어가자 보기 좋게 맨 앞 가운데 자리에 떡 버티고 있는 녀석들. 내 모습을 발견했는지 요한 녀석이 방방 뛰며 손을 흔들어댄다.

"어? 둘리 왔네? 별아도 왔구나?"

녀석들은 마치 우리가 올 거라는 걸 예감했다는 듯 두 자리를 비워 놨다. 대단하시구랴. 금세 내 팔에 앵겨 붙어 미소 짓는 요한 녀석의 태도가 조금 마음에 걸렸는지 별아가 요한에게 말을 건넨다.

"요한 오빠, 설마 오빠 트렌스젠더 할 생각 있는 건 아니지?"

별아의 말에 깜짝 놀란 요한 녀석이 그 커다란 눈을 깜빡이며 별아를 다그친다. 꼴에 오빠라고.

"별아, 너 무슨 말이야? 트렌스젠더라니! 오빠 남자라구!"

"그런데 왜 휘야 오빠한테 찰싹 달라붙어 있어? 남자끼리는 손도 잘 안 잡지 않나?"

순간 요한 녀석의 표정이 굳더니 이내 애처로운 눈빛으로 나를 바라보다 팔에서 떨어져 나간다. 잠시 입을 삐죽거리는가 싶더니 다시 말하는 요한 녀석.

"휘야는 내가 붙어 있는 걸 좋아해."

요한아, 그럴듯한 핑계를 대렴. 그게 말이 된다고 생각하니?

"어머! 휘야 오빠, 그게 사실이야?"

사실이냐고 묻는 별아. 너의 정신 상태도 조사해 볼 가치가 있어 보이는구나. 두 인간의 말을 무시한 채 무대로 시선을 옮겼다. 이리 저리 분주하게 악기를 셋팅하는 사람들이 보이고 그 사이로 드디어 주접놈의 모습이 눈에 들어왔다. 비명에 가까운 함성 소리가 시작 전 공연의 분위기를 한층 업시켜 주고 있었다. 오른팔엔 요한 녀석, 그리고 왼팔엔 별아가 떡하니 달라붙어 상당히 덥긴 하지만 공연이 기대되어서 들뜬 마음을 진정시키지 못하고 있었다. 현이 녀석도 팔짱을 끼고 건방진 포즈로 무대를 노려보지만 눈빛은 매우 기대에 차 있는 것 같아 보였다. 서재는 언제나 그렇듯 그 소프트한 미소로 일관하고 있었다. 셋팅이 다 됐는지 주접 녀석이 무대 중앙의 마이크를 잡고 조심스럽게 입을 열었다.

"안녕하세요, 신주섭입니다! 저희 노말밴드의 공연을 보러 와주셔서 너무 감사드리구요. 준비한 거 최대한 멋지게 보여드리도록 노력하겠습니다. 자, 그럼 시작할까요?"

평소의 주접스럽던 모습은 어디로 사라진 거지? 무대 위에서 미소 짓고 있는 의젓한 주접 녀석의 표정은 한마디로 무어라 단정 지을 수 없는 기분 좋은 향기 같았다. 운동장이 떠나갈 듯한 함성이 쩌렁쩌렁 울려 퍼지고 그 속에서 빛나는 주접놈의 모습은 익숙지 않았다. 잠시 주접놈의 다른 미소를 보고 있는 사이 드럼이 박자를 맞추며 천천히 소리를 내기 시작했다. 양끝으로 자리 잡은 베이스와 기타 담당도 점점 음을 타더니 찰랑거리는 머리를 흔들며 연주를 시작한다. 아주 빠른 템포로 시작된 연주에 걸맞게 시원하고 멋진 톤의 목소리가 보컬의 이미지를 높이고 있었다. 마치 다른 사람을 보는 것 같은 느낌. 주접아, 너 꽤 멋있구나.

熱くなった銀のメタリックハート
뜨겁게 타오르는 은의 메탈릭 하트
導火線に火をつけてあげる
도화선에 불을 지펴 올린다
不思議なほどハイな氣分さ
불가사의할 정도로 High한 기분이야

무식한 줄로만 알았던 주접놈이 일본어를 완벽히 구사하며 그 어렵다는 고난이도의 하이 톤을 무난하게 소화해 내고 있었다. rock을 한 탓에 부드러운 이미지는 없었지만 강렬하고 열정적인 녀석의 노래 솜씨와 음악에 대한 뜨거운 마음이 전달되어 금세 매료되었다. 가수 뺨친다는 표현 정도로는 주접 녀석의 음악적 열성을 다 표현하기 힘들었다. 비록 무슨 뜻인지는 알 수 없지만 자유롭게 노래하는 주접놈의 모습에서 젊음의 패기가 느껴졌다. 녀석의 노래에 사람들도 하나가 된 양 미친 듯 헤드뱅잉을 해대는데 내가 다 정신이 없다. 멍한 나의 시선을 느꼈는지 요한 녀석이 팔을 잡아당긴다.

"둘리야, 어때? 우리 주섭이 멋있지?"

"어? 어, 그, 그렇네. 색다른 면을 봐서 너무 놀랐어."

"주섭이 저럴 때 보면 꼭 다른 사람 같지?"

"그렇네. 근데 저 자식 가사는 맞게 부르는 거냐? 못 알아듣는다고 멋대로 지껄이는 건 아니겠지?"

"둘리야, 주섭이의 장래희망이 뭔 줄 알아?"

"글쎄, 뭐 가수 그런 거야?"

당연히 끄덕거릴 줄 알았던 요한 녀석의 고개가 가로저어진다.

"아니야. 주섭이의 꿈은 모든 사람이 평범하고 행복하게 살 수 있는 그날을 만드는 거야."

"뭐??"

"하여튼 둘리가 모르는 그런 게 있어."

요한 녀석이 꽤나 심각한 얘기를 하는가 싶더니 이내 말을 끝까지 이어주지 않는다. 괜스레 궁금해져 한마디 툭 내던져 보지만 요한 녀석은 끝내 대답을 해주지 않을 모양인가 보다.

"그럼 지가 대통령 돼서 그런 날을 만들든지. 쳇."

어쨌거나 화려한 주접 밴드 녀석들의 공연은 한 시간째 계속되고 있었다. 하지만 전혀 지루함을 느끼지 못하고 오히려 한 시간이 일 분처럼 느껴졌다. 짜릿한 느낌이 들 정도로 엄청난 공연을 선보인 주접놈. 스스로도 만족했는지 비 오듯 쏟아지는 땀을 닦아내며 겨우 숨을 고른 후 마이크를 잡는다.

"후~ 다들 재미있었어요?"

큰 소리로 관중들을 향해 외치고 대답이 듣고 싶다는 듯 손을 귓가에 가져다 대는 주접 녀석. 그러자 모두들 약속이나 한 듯 소리를 내지른다.

"네!!"

그 모습이 무척이나 만족스럽고 기분 좋았는지 땀에 젖은 머리를 쓸어 올리며 피식 웃어 보이는 주접놈. 저 자식, 저거 오늘따라 왜 저렇게 멋있냐? 미친 거 아니야? 혼자서 주접놈에 대해 가졌던 지금까지의 이미지가 산산조각나는 이 순간을 인정하고 싶지 않았다. 저놈은 그저 주접일 뿐이야. 그렇게 생각하는 게 만사 편하다. 하지만 뒤이은 주접놈의 말이 내 가슴속에 따뜻하게 번져 온다.

"여러분, 저희 밴드 이름이 어째서 노말밴드인지 아십니까? 노말이란 뜻은 바로 '보통' 이라는 뜻을 가지고 있죠. 그런데 어째서 저희 밴드부 이름이 노말이냐 하면 너무 잘해서 사람들에게 지나친 기대를 심어주지도, 그렇다고 너무 못해서 비난을 받지도 않게 그저 보통으로 평범하게 할 수 있는 음악을 해내자. 그런 의미로 노말이라고 지었어요. 하지만 제 짧은 생각으로 인생도 저희 밴드부가 추구하는 음악과 같은 것 같아요. 너무 잘살지도, 그렇다고 너무 못살지도 않으면서 그저 평범하게 자기가 생각하는 행복을 추구하며 살아갈 수 있다면, 그건 언젠가 누군가가 행복하냐는 질문을 했을 때 당당히 '네' 라고 대답할 수 있을 것입니다. 동의하십니까? '당신은 행복한가요?' 라는 질문에 당당히 '네' 라고 대답하는 사람들을 보면 결코 부자들이 아닙니다. 부자는 가진 게 많은 만큼 그 이상을 바랄 테니까요. 그렇다고 정말 가난하고 힘겹게 사는 사람에게 네~ 라는 대답을 듣는 건 동정받기를 거부한 안타까운 삶이죠. 제 생각은 그래요~ 모든 일이 보통처럼만 될 수 있었으면 좋겠다. 음악도, 인생도, 사랑도 보통만큼만 말이죠. 지금 사랑하는 사람에게 전화를 걸거나 바로 옆에 있다면 말해 보세요. '난 그저 보통만큼 널 사랑해' 라구요. 그 뜻은 '나는 너에게 많은 걸 바라지도 않고, 그렇다고 막연하게 바라보기만 하지도 않을 거다. 그저 함께하는 이 순간이 소중하고 아름다울 뿐이다' 라는 뜻이 될 테니까요. 감사합니다~ 오늘 준비한 공연은 여기까지입니다. 모두 보통만큼만 아름다운 밤을 보내세요."

커다랗게 손을 흔들며 무대에서 퇴장하는 주섭놈의 모습을 보고 온몸에 전율이 느껴졌다. 저놈한테도 저런 면이 있었구나. 역시 열 길 물속은 알아도 한 길 사람 속은 모른다더니. 오래 살고 볼 일이야. 암~ 그렇고말고.

잠시 녀석에 대해 감탄을 금치 못하며 아직까지 식지 않은 공연의 열기에 막 더워지려던 참에 마음까지 차가워지는 한 녀석의 미소를 보았다. 여전히 다리를 꼬고 거만하게 팔짱을 낀 싹퉁 현의 입가에 예쁜 미소가 번지는 것을 보고 하마터면 내 심장을 바닥에 떨어뜨릴 뻔했다. 나도 모르게 침이 꼴깍 삼켜진다. 역시 인간이란 연구 대상 1호인 것 같다. 저 자식이 웃는 게 저렇게 매력적이고 아름다울 줄 누가 알았겠는가? 역시 평소에 웃음이 귀한 사람답게 이현 놈이 살짝 웃는 그 미소에 시간이 완전히 멈춰 버린 듯한 느낌을 받고 있었다. 주접놈을 향해 흐뭇한 미소를 짓고 있는 현이 녀석. 아마도 자신의 친구를 자랑스러워하고 있음이 틀림없었다.

뭐, 별로 인정하고 싶진 않지만 현이 녀석, 친구들을 고르는 안목은 제대로 있어 보인다. 마냥 바보인 줄 알았는데 저런 멋진 면이 있는 주접 녀석, 서재야 말할 것도 없이 현실적이며 럭셔리하고, 요한 녀석은 징징대는 것만 빼면 나름대로 귀엽긴 하니. 아니지. 잠깐, 저 썩을 싹통 이현 놈이 귀엽다는 이유로 친구로 받아들이기엔 요한 녀석은 너무 부족한데? 이 녀석에게도 뭔가 다른 매력이 있을지도 모르겠다.

잠시 심각하게 요한 녀석을 뚫어져라 응시하는데 요한 녀석이 커다란 눈망울을 연신 깜빡이며 나를 바라본다.

"둘리야, 재미있었어? 헤헤. 요한이는 둘리랑 같이 있어서 재미있었어~ 둘리가 좋아~ 둘리가 좋아~ 삐야삐야 깐따삐야~"

또 다른 매력이 있을 것 같다는 말은 이 자리에서 바로 취소하겠다. 원숭이도 나무에서 떨어질 때가 있다고 이현 놈이 요한이를 친구로 삼은 건 최대 실수 같아 보인다. 쩝.

어찌 되었든 기대 이상의 멋진 공연이 끝나고 녀석들은 뒷풀이를 갈 모양인가 보다. 내일은 학교를 가야 하는 평일인데 생각이 있는 녀석들인지 없는 녀석들인지. 하나같이 입가에 가득 머금은 미소를 보니 내일에 대한 걱정은 생각조차 하려고 하질 않는다. 이런 녀석들에게 한마디 해주고 싶다. '이보게, 자네들, 학생이오'라고. 내 마음속의 외침을 알 리가 없는 녀석들은 슬슬 자리를 털고 일어나더니 무대에서 내려온 주접놈을 반긴다.

"어이, 친구들, 오늘 내 공연 어땠어?"

역시 무대에서 내려오자 출싹대는 주접놈. 요한 녀석이 그래도 친구라고 조금 추켜세워 줄 참인가 보다. 엄지손가락을 당당히 뻗으며 주접놈 면상에 들이대는 걸 보니.

"짱짱! 주섭이 너 짱이었어~ 헤헤."

빛나는 초록 머리를 쓰다듬으며 기뻐하는 주접 녀석.

"그래? 자자, 그럼 뒷풀이 가야지?"

서재가 말없이 빙긋 웃으며 앞장선다. 의외로 이현 놈이 나를 보며 챙기려 든다.

"이봐, 넌 어쩔 거냐?"

"나? 난 아가씨 모셔야지."

"어, 그래."

아무런 미련도 남기지 않고 걸어가는 저 나쁜 자식. 저놈은 분명 나와 같이 가고 싶어서 말 건 게 아니라 내가 못 가는 걸 뻔히 아니까 약 올리려고 말 시킨 게 틀림없다. 몸 안에서 무언가가 부글부글 끓어오르고 분통이 터지기 일보 직전까지 갔지만 아직 의리를 져버리지 않고 내 팔에 앵겨 붙어 있는 요한 녀석 덕에 약간은 열을 식힐 수 있었다.

“우잉~ 둘리도 가자, 응? 둘리 안 가면 재미없단 말이야.”

내심 그 말에 기뻤으면서도 나의 주특기인 반어법이 내 목소리를 전달하고 있다.

“시끄러워. 내가 너희들같이 한가한 줄 알아? 아가씨 모셔야 해. 게다가 내일은 평일이고, 우린 학생이야! 학생 신분에 어긋나는 짓을 해서 좋을 건 하나도 없다구.”

“이상하네. 휘야, 깡패 아니었어? 주먹 마구마구 휘두르는 거 보니까 모범생 같아 보이진 않았… 아야!!”

녀석이 말을 마치기도 전에 얼른 꿀밤을 선물로 내놓았다. 선물이 맘에 들지 않았는지 금세 맑은 눈물로 눈망울을 촉촉이 적시는 요한 녀석.

“둘리 미워잉!!”

눈물을 휘날리며 저만치 멀어져 가는 녀석의 초록 머리칼이 오버스럽게 흩날리고 있었다. 그리고 멀어져 가는 녀석들의 뒷모습. 그때까지 존재감을 잠시 잊고 있었던 별아가 내 옆으로 바짝 다가온다.

“휘 오빠, 우리도 오빠들 따라가면 안 돼요?”

“글쎄요, 도련님이 허락하지 않으실 텐데요.”

“사실 저… 친오빠라곤 하지만 오빠랑 안 친해요. 이런 기회를 많이 마련해서 조금 친해져 보는 것도 좋은 방법이 아닐까 싶은데. 강한 여성이 되려면 인간관계를 넓히는 것도 좋은 방법 아닌가요?”

나름대로 타당성있고 논리정연하게 말하는데 무턱대고 안 된다고 할 수는 없는 노릇이다. 사실 날 이렇게 내버려 두고 자기들끼리 뒷풀이하겠다고 날름 가버린 녀석들이 얄미웠다. 서재랑 별아를 다리 놓아주는 셈치고 오늘 네놈들과 자리를 함께 하마.

"예, 그럼 모시겠습니다. 가시죠."

별아는 나의 보호를 철저히 받으며 한 걸음 한 걸음 녀석들을 뒤쫓았다.

함부로 부를 수 없는 호칭

제9장

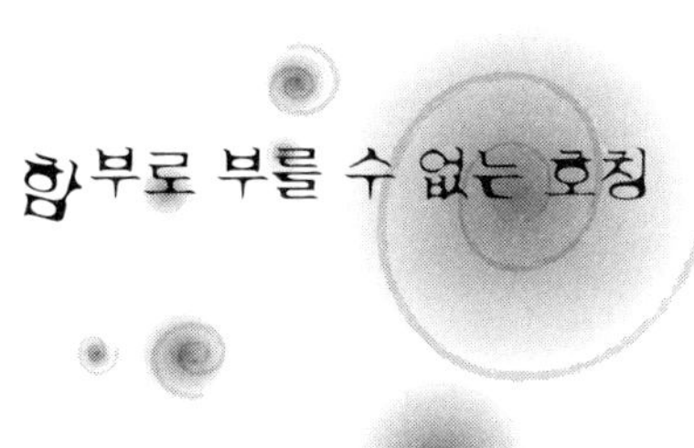

평소 자주 가던 '아웃사이드'라는 호프집이 공연장에서 다소 멀리
에 있었으므로 귀찮았는지 근처 술집으로 들어가는 녀석들. 그곳엔
벌써 테이블마다 많은 사람들이 자리하고 있었다. 어쨌거나 그런 그
들을 뒤따라 얼른 호프집으로 들어섰다. 별아와 내 등장이 반가웠는
지 아까 일은 까맣게 잊고 요한 녀석이 나를 향해 커다랗게 팔을 흔
들어댄다.

"둘리야, 왔구나! 빨리 와. 여기 앉아, 여기!"

자신의 옆 자리를 가리키곤 하얀 치아를 드러내며 환하게 웃는 녀
석이 무척 귀엽다. 그냥 가버린 녀석들에게 배신감이 들어 의기소침
해지기도 했지만 티 내면 속 좁은 사람이 될 것 같아서 애써 태연한

척 별아와 함께 자리에 앉았다. 서재가 약간 당황한 듯 쑥스러운 표정이 역력했다. 그 모습에 왠지 마음이 아프지만 어차피 둘이 잘되길 빌어주기로 한 마당에 미련 따윈 갖지 말자고 다짐하며 어설픈 미소를 지었다. 주접놈은 기분이 좋았던지 술을 잔뜩 주문하더니 나를 보며 부담스럽게 미소 짓는다.

"휘야, 나 오늘 되게 멋있었지? 그치?"

"뭐, 인정하긴 싫지만 조금 봐줄 만하더라."

"ㅎㅎㅎ 드디어 휘야 네가 나의 진가를 알아가는구나."

"으이그. 그저 칭찬만 하면 좋단다."

"다음번엔 더 멋진 공연 보여줄게~"

"그래. 근데 말이야, 너 공연 끝내면서 마지막으로 했던 말 있잖아."

"응? 무슨 말?"

"네가 했던 말도 모르냐? 너네 그룹 이름이 왜 그렇게 지어진 건지 설명하면서 보통처럼만 살면 행복하다고 그랬잖아."

"ㅎㅎ 내가 그랬나?"

쑥스러운 듯 괜스레 술을 한 잔 들이키는 녀석의 모습이 오늘따라 왠지 색다르게 느껴진다.

"그땐 진짜 좀 멋있었다."

그런 녀석 덕에 칭찬하는 나도 왠지 좀 멋쩍었다. 항상 장난스럽게 웃다가 입꼬리만 살짝 올라가며 멋스럽게 미소를 지어 보이는 주접 녀석. 저놈, 오늘 약 먹은 게 틀림없다. 긴장해서 청심환 같은 걸 너

무 많이 먹은 나머지 부작용이… 흠흠! 현이 놈은 늘 그렇지만 오늘
도 인상을 팍팍 구겨대고 있는가 싶더니 천천히 입을 열었다.

"이봐, 경호나 하지 여긴 왜 왔냐?"

"지금 아가씨 경호하는 중인 거 안 보여? 네놈 경호하러 온 거 아
니니까 걱정 붙들어 매셔!"

이내 나에겐 신경 끄겠다는 듯 별아에게로 시선을 옮겨 한마디 툭
내뱉는 건방진 싹퉁 현.

"이별아, 여긴 왜 온 거야? 오빠들 술 마시는 자리인 거 뻔히 알면
서."

현이 놈의 따끔한 한마디에 그래도 친오빠라고 무서운 맘이 들었
나 보다.

"어? 아니, 난… 주섭이 오빠 공연도 잘 마쳤고 해서 오빠들이랑
같이……."

가녀린 어깨를 잔뜩 움츠리며 안 그래도 백지장처럼 하얀 얼굴을
더욱 창백하게 만들며 조심스럽게 대답하는 별아였다.

"현아, 동생한테 왜 그래? 기왕 같이 온 거 다같이 재미나게 놀자.
자, 별아도 마음 상해하지 말고."

고맙다는 듯 따뜻하게 서재를 바라보는 별아의 눈빛. 서재가 싫지
는 않을 거다. 하긴 저런 남자를 싫어할 여자가 어디 있겠어? 나도 이
렇게 좋은데. 아니야, 이젠 아니야~ 둘이 진심으로 잘되길 빌어야
지!

속으로 그렇게 다짐을 하건만 술은 또 왜 이렇게 잘 들어가고 있는

건지. 괜스레 술로 미련을 쫓으려 애꿎은 위장에 고통만을 안겨주고 있는 나였다.

그때 갑자기 울리는 누군가의 휴대폰. 서재가 움직이는 걸 보니 서재의 휴대폰인가 보다. 어디론가 나가서 전화를 받는가 싶더니 잠시 후 돌아와 나를 보며 빙긋 웃는 서재. 헉! 서재야, 방금 날 보고 웃은 거니? 별아가 아니라 나한테 웃어준 거야? 별아를 좋아한다고 고백한 순간부터 서재의 소프트한 미소가 내 것이 아닌 것 같아 내내 마음이 아팠는데…… 눈을 똑바로 응시하며 살짝 웃어주는 서재의 모습에 잠시 멍해지고 말았다.

"휘야, 너 별아 경호원 안 해도 된대."

"뭐? 그게 무슨 소리야?"

멍한 표정도 잠시 서재의 말을 이해 못하겠다는 어리버리한 표정으로 서재를 똑바로 응시했다.

"방금 대장님한테 전화가 왔는데 출장 가신 분이 다른 분과 파트너 교체하면서 다시 돌아오셨대."

"그, 그래?"

이걸 기뻐해야 하나, 말아야 하나? 다시 현이 놈을 경호하게 생겼군. 그때까지 몰랐는데 술을 꽤 많이 마신 모양이다, 이 가녀린 처자 별아 양.

"안 돼! 휘 오빠, 내 경호원 하루 만에 그만두면 안 돼. 나 휘 오빠가 좋단 말이야. 휘 오빠가 좋아."

눈이 잔뜩 풀려서 빨개진 볼과 흐느적거리는 몸을 주체하지 못하고 급기야 주정을 해대는 별아였다. 녀석들 모두 벙찐 표정으로 황당함과 난처함이 가득한 눈길로 그녀를 어이없이 바라보지만 술주정은 계속되었다. 쭈욱.

"휘 오빠, 나 휘 오빠 좋아해. 너무 좋아하나 봐. 첫눈에 반해 버렸는걸? 그러니까 계속 내 경호원 해줘. 응?"

사람이 술을 먹으면 용감해진다고 하지 않던가? 검지손가락으로 내 턱을 살짝 들어 올리는 별아의 행동은 매우 도발적이었다. 슬슬 입술을 가까이 들이미는 별아의 행동에 너무나 당혹스러웠지만 서둘러 정신을 차리고 별아를 살짝 밀어냈다.

"아가씨, 많이 취하신 것 같군요."

슬픈 표정으로 나를 한참이나 바라보더니 내 목덜미를 꽉 끌어안아 버린다. '이보시오, 난 여자에 취미없소. 이것 좀 놓으시오~ 목이 매우 아프오!' 라고 얼마나 외치고 싶었는지 모른다. 그 광경을 지켜보던 요한 녀석이 드디어 난리를 치기 시작한다.

"야, 너 둘리한테서 떨어져~ 떨어지란 말이야~"

목뼈가 아플 정도로 꽉 감싸고 있는 별아의 팔을 떼어보려 안간힘을 쓰는 요한이 녀석. 하지만 쉽사리 떨어질 생각을 하지 않는 별아 때문에 무지하게 징징댄다. 연신 떨어지라는 말만 반복하는 요한 녀석과는 달리 별아는,

"휘 오빠, 좋아해. 난 휘 오빠가 너무 좋아. 무지 좋아해."

계속해서 날 좋아한다는 말만 반복하는 별아였다. 나도 떼어보려 노력해 봤지만 소용없다. 술을 먹으면 용기만 생기는 게 아니라 힘도

몇 배로 세지는 것 같다. 도저히 떨어질 생각을 하지 않고 점점 주변이 소란스러워지고 있었다. 주접놈은 혼자 기분이 좋아 마구마구 술을 들이키다 이미 테이블 위로 뻗은 지 오래고, 서재도 난감한 표정으로 바라보지만 딱히 어쩌지 못하고 있는 상황이었다. 그때까지도 혼자 말없이 술을 들이키더니 건방진 눈꼬리로 우리를 노려보는 이현 놈. 한숨을 짧게 내쉰 후, 녀석의 싸늘한 음성이 울려 퍼졌다.

"그놈한테서 떨어져."

그놈이라. 그래, 이 자식아! 난 너한테 그놈이란 존재다! 여자인 거 감춰주는 건 고마운데 꼭 그놈이라고 해야겠냐? 쳇! 요한 녀석이 별아를 나에게서 떼어내려고 발버둥 치는 덕에 나를 감싸 안고 있던 별아의 팔이 순간 약간 힘이 빠진 듯 느슨해졌다. 그 덕에 요한이 녀석도 징징대기를 멈추었고 길지 않은 침묵의 시간이 흘렀다. 마저 말을 잇는 현이 놈이었다.

"떨어지라고 했다."

현이 놈의 단 두 마디에 드디어 내 목덜미는 별아의 팔에서 자유를 얻어 떨어져 나왔다. 별아는 무언가를 말하려다 잠시 망설이더니 앞에 있던 술잔을 원샷하고는 주먹을 불끈 쥐고 앙칼지게 말했다.

"오빠가 날 싫어하는 거 아는데… 오빠가 날 정말 싫어하는 거 아는데, 그래도 사랑은 내 자유 아니야? 휘 오빠가 경호원이기 전에 오빠의 친구인 것처럼, 나 역시 휘야 오빠가 경호원이기 전에 멋진 한 남자야! 난 진심으로 휘 오빠를 좋아해!"

아마도 술을 원샷했던 건 용기를 얻기 위한 일종의 처방이었던 것

같다. 나름대로 씩씩거려가며 현이를 향해 쏘아붙였지만 현이 녀석
은 무관심한 듯 술잔을 약간 기울이더니 별아를 귀찮다는 듯한 시선
으로 내려다보며 역시 귀찮은 말투로 말한다.

"시끄러워."

그렇죠. 그럼요, 왜 그 말이 안 나오나 했다. 네놈의 트레이드 마크
인 시끄러워 쇼쇼쇼!! 상처받은 별아의 눈에선 드디어 눈물이 쏟아져
내렸다.

"오빠… 흑! 오빠 정말 너무해!"

대꾸없이 술만 마시는 현이 녀석. 남매 관계가 썩 좋아 보이진 않
는데 이것도 무언가 사정이 있는 거겠지? 괜스레 어색해진 분위기가
뻘줌해서 나 역시 술을 과하게 들이켰다. 지금까지도 많이 마셨는데
별아의 행동 덕에 잠시 술이 확 깼다가 다시 마시니까 아까 마셨던
술들과 함께 취기가 확 돌았다. 술만 먹으면 왜 이렇게 화장실에 자
주 가고 싶은 걸까? 슬쩍 자리에서 몸을 일으키자 요한 녀석이 또 내
팔을 붙잡고 늘어진다.

"둘리야, 어디 가? 웅? 요한이 두고 가지 마아~"

"너 두고 가는 건 문제가 아닌데 난 지금 화장실이 가고 싶거든?"

"아하~ 그렇구나. 둘리야, 빨리 갔다 와."

그런 요한 녀석을 뒤로하고 화장실로 막 걸음을 옮기려는데 현이
놈이 기어코 시비를 붙인다.

"갔다가 빨리 와라. 또 바닥하고 친구 삼지 말고."

아니, 저 자식이!

"시끄러워! 누가 바닥하고 친구 삼았는다는 거야! 나 안 취했어."

역시나 자기가 시비 걸고 대꾸조차 않는 놈. 더 이상 저놈에게 안겨줄 욕도, 그럴 가치도 못 느낀다.

화장실로 들어가 볼일을 시원하게 마친 후 손을 씻고 잠깐 거울 속 내 모습을 들여다보는데 취기가 돌아서일까, 괜스레 이런저런 서글픈 생각이 든다. 어쩌다가 내가 이 지경이 되었는지. 강해지기 위해 여기까지 왔는데 과연 강해졌는지……. 하지만 이내 난 강해질 수 있다 결심하며, 그렇게 내 스스로를 위로하며 잠시 화장실에서 시간을 보내고 있었다. 물론 현이 놈의 말대로 화장실 바닥과 친구가 된 건 아니다. 주저앉지 않았다구!!

어느새 거울에 비친 내 모습 뒤로 현이 놈의 블루 아이즈가 포착된다. 옷차림도 그렇고 별아가 혹시 눈치 챌까 싶어서 남자 화장실로 들어왔었는데 현이가 화장실에 온 것이다. 어차피 남자 화장실에 들어오는 것도 익숙해져 그리 민망하지도 않았지만 어쩐지 현이 놈의 눈과 마주치는 순간, 창피하단 생각이 확~ 드는 건 왜일까? 그런 내 맘을 훤히 들여다보는 것처럼 말을 내뱉는 싹퉁 현.

"남자 화장실 거울이 마음에 드냐?"

"뭐, 뭐라?"

"볼일 다 봤으면 나올 것이지, 왜 버티고 있어."

"버티긴 누가 버텼다고 그래! 그리고 내가 빨리 나가든 말든 그게 너하고 무슨 상관인데!"

"저번처럼 바닥에 고꾸라져 있으면 난감하니까 그렇지."

“걱정 마. 아직 서재도 안 갔고 나 챙겨줄 사람 많아!! 이거 왜 이래~”

“서재가 주섭이, 요한이, 별아 데리고 가서 없어. 그리고 누가 너 따위 걱정하고 싶은 줄 알아?”

“뭐? 너 따위? 야!! 그러는 난 너 같은 놈 걱정을 받고 싶은… 잠깐, 너 지금 걱정이라고 했냐?”

순간 현이 놈의 블루 아이즈가 내 시선을 외면했다. 이상하게 술집에만 오면 이 녀석과 꼬이는 느낌. 별아와 주섭, 요한 녀석까지 심하게 취하는 바람에 서재는 그 셋을 감당해 주기 위해 먼저 가버리고 결국 또 이 싹퉁 녀석과 단둘이 남게 되었다.

자리로 돌아와 말없이 술만 먹는 싹퉁 녀석. 어색한 분위기가 싫어서 나 역시 계속 술만 마셔댔다. 녀석이 분신술을 쓰는 것도 아닌데 여러 겹으로 흩어져 보일 때쯤 녀석이 조심스럽게 말을 한다.

“……아하나 봐.”

이 자식이 대체 뭐라는 거야? 자꾸만 감기는 눈과 혼미해지는 정신이 녀석의 음성을 이해하기 힘들게 만들었다. 그런데도 계속해서 이어지는 녀석의 음성.

“널 말이야.”

무슨 말인지 이해하기 힘들었지만 결국 술기운에 사고를 친 건 내 쪽이었다. 그렇게 호프집에서 나와 사라 저택까지 걸어가는데 머리가 어찌나 어지럽던지 그만 이현 놈에게 기댄다는 것이 전봇대에 머리를 박아버렸다.

깨어보니… 병원이었도다! 알 수 없는 두통과 삐걱대는 관절 때문에 잔뜩 인상을 찌푸리며 눈을 뜨자 녀석들이 병실을 지키듯 서 있었다. 현이 녀석은 내가 눈을 뜨는 모습을 보자마자,

"병신 깼군. 나 간다~"

지끈거리던 머리가 아예 우지끈거리기 시작했다. 서재는 부드러운 미소로 날 걱정했다는 것을 보여주고 있었다.

그렇게 황당하게 병실 생활을 시작하게 된 나. 저녁이 되자 녀석들이 모두 사라지고 난 혼자 남게 되어버렸다. 녀석들이 내일은 토요일이니 일찍 온단다. 토요일이면 다른 학교 일진들을 혼내주러 가느라 바쁜 녀석들이 일찍 오긴 뭘 일찍 와!! 흥이다~ 우씨.

심심함에 뒹굴거리다 일찍 잠이 들었음에도 불구하고 다음날 눈을 떴을 땐 벌써 점심때가 넘어가고 있었다. 캑! 녀석들, 오늘 토요일이니까 지금쯤이면 수업 끝났겠네. 녀석들, 왜 이렇게 안 오는 거야! 병실을 몇 번째 왔다 갔다 하며 시간을 보내고 머리를 긁적이는 사이 어느새 햇님은 나와의 이별을 선언하고 달님이 반갑다고 고개를 불쑥 내밀었다. 이 자식들, 저녁이 될 때까지 코빼기도 안 비친다 이거지!! 무슨 일이 있나? 때마침 휴대폰이 시끄럽게 울려대고 있었다. 폴더를 열어 수신자를 확인하는 천재미소녀 서휘리 양.

"여보세요?"

[둘리야, 나야.]

“어? 요한이?”

[응~ 오늘 할머니가 좀 편찮으셔서 병원 못 가볼 것 같아. 미안해. 우잉.]

“괜찮아~ 난 안 아프니까 신경 쓰지 말고 할머니 간호 잘해 드려.”

[미안해, 둘리야. ㅠㅇㅠ]

“괜찮데도. 그나저나 애들은 싸우러 간 거야?”

[응. 아직까지 소식이 없는 걸로 봐서는 진행 중인가 봐. 항상 싸움 끝나면 주섭이가 이긴 걸 자랑하듯 나한테 전화해 주곤 했거든. 헤헤.]

“그렇구나. 수업 마치자마자 싸우러 갔을 텐데 아직까지 싸우는 거면 그쪽 애들도 꽤 대단한가 보지?”

[잘은 몰라도 서재가 이번 싸움은 위험하댔어.]

“뭐? 싸우는데 안 위험한 게 어딨냐?”

애써 아무렇지 않은 듯 말을 내뱉었지만 요한 녀석의 말에 순간적으로 등골이 오싹하며 불길한 예감이 스쳐 갔다.

[이번에 신한상고로 갔잖아. 그 애들 알아주는 애들인데. 물론 우리 현이가 질 리는 없지만 말이야.]

“그야 뭐 싸가지없는 현이 녀석이 지고 돌아오겠냐만은.”

[그럼 둘리야, 푹 쉬고~ 내일 아침에 일찍 너한테 갈게. 헤헤. 혹시 밤에 잠이 안 오면 전화해. 둘리송 불러줄게.]

“네 전화번호를 삭제하고픈 충동이 생기는데?”

[우잉～ 둘리야, 그게 정말이야? 미워! 내 번호 1번에 저장해 놔～ 웅?]

"그래, 알았어. 너도 할머니 간호 잘해 드리고 푹 쉬어."

[웅～ 둘리도 몸조리 잘해～ 빠빠이.]

그렇게 녀석과 통화를 마치고 나니 마음 한구석이 텅 비는 느낌이다. 어쩐지 예감이 좋지 않다. 한참 알 수 없는 예감에 빠져 애꿎은 손톱만 아작아작 씹어대는데 병실 문이 조용히 열린다. 교복이 온통 피투성이로 물든 싹퉁 현이 놈의 모습이 드러냈다. 언제나 냉정하고 싸늘한 현이 녀석의 눈동자가 불안에 쫓기듯 심하게 흔들리고 있었다.

"뭐, 뭐야? 어째서 그런 꼴로 온 거야?"

"이제 대가리 안 아프냐?"

저 자식은 말을 해도 꼭.

"너 보니까 다시 아프려고 한다! 요한인 할머니가 아프셔서 오늘 병원에 못 온대. 대체 너 그 꼴이 뭐야? 얼마나 싸웠길래 교복이 그 지경이냐?"

아무런 대꾸도 하지 않고 천천히 내 쪽으로 다가오는 녀석. 무슨 일 있는 건가? 왠지 분위기가 평소보다 배는 더 어색한 것 같다.

"애, 애들은? 서재랑 주섭이."

"둘은 같이 있어."

"그래? 어쩐 일로 네가 혼자 내 병문안을 다 왔냐? 두 녀석한테 끌려와도 시원치 않을 놈이."

“너 아프지 마라.”

녀석의 낮은 음성에 순간 심장이 덜컹하고 내려앉아 버렸다.

“뭐……?”

애써 빨개진 얼굴을 감추려 노력했지만 그러면 그럴수록 내 체온은 극도로 상승하고 있었다.

“아프거나 다치지 말라고.”

“내, 내가 뭐 아프고 싶어서 아프냐? 멀쩡히 가는데 전봇대가 덤비는 걸 어떡해!”

평소 같으면 병신이니 등신이니 시끄럽다느니, 뭔가 내 말을 뚝 잘라 버릴 단어 하나가 불쑥 튀어나올 녀석인데 아무런 대꾸 없이 푸른 눈을 바닥에 고정시키고 있다.

“야, 이현, 너 왜 그래? 너야말로 어디 아프냐? 갑자기 왜 그래, 너답지 않게? 상대편 애들을 너무 많이 패서 죄책감 때문에 그래? 물론 네놈이 그럴 놈은 아니지만 어차피 싸움이란 게 다치는 애가 있으면 안 다치고 이기는 쪽도 있는 거잖아. 미리 각오하고 싸우는 건데 뭘 그런 죄책감에 시달…….”

“주섭이가…….”

“응??”

“주섭이가 다쳤어.”

“뭐?!”

놀란 토끼 눈처럼 눈이 동그래졌다. 그런 눈으로 녀석을 똑바로 응시해 보지만 밑으로 축 처진 녀석의 머리칼에 가려 푸른 눈을 볼 수가 없다.

"주섭이가 다치다니? 그게 무슨 소리야?"

"교복에 묻은 이 핏자국, 주섭이 거야."

"무슨… 말이야?"

현이 녀석은 괴로운 듯 고개를 살짝 흔들더니 짧은 한숨을 내쉰다. 비록 아주 짧은 한숨이었지만 이 세상이 다 꺼질 듯한 아픔이 섞인 한숨이었다.

"놈들을 너무 얕봤어. 제길!"

"어떻게 된 일인지 자세히 말해 봐! 그래서 니들 지고 온 거야?"

"그 딴 게 문제가 아니야. 다만…….”

녀석답지 않게 축 늘어진 어깨가 내 마음을 더욱 아프게 했다.

"다만? 다만 뭐?"

"빌어먹을!"

그렇게 말을 내뱉고는 병실을 나가 버린다.

"야!! 이현!"

내 부름은 듣지 못한 건지, 아니, 들을 수조차 없을 만큼 머리 속이 괴로움으로 가득 차 있었는지 힘없는 뒷모습을 보이며 사라지는 놈을 보자 마음이 덜컹 불안해진다. 주섭이 녀석, 대체 어디가 얼마나 다친 걸까? 혹시 다쳤다면 이 병원에 실려온 게 아닐까? 혹시나 하는 마음에 한 치의 망설임도 없이 링거를 뽑아버리고 응급실을 향해 뛰어갔다. 역시나 응급실 앞엔 서재가 기운없는 모습으로 지키듯 서 있었다.

“서재야.”

가까이 왔음에도 불구하고 자신의 이름을 부르기 전까지 내 존재를 알아차리지 못할 만큼 괴로움에 휩싸여 있는 서재. 주섭이가 많이 다친 걸까?

“어? 휘야, 어떻게 알고…….”

“현이 자식이 갑자기 와서는 자세히 말도 안 해주고 무심히 가버리잖아. 불안한 마음에 달려왔지.”

“녀석. 그 냉정한 놈이 미칠 듯 불안한 눈을 하고 간 곳이 휘야 네가 있는 곳이었구나.”

“뭐?”

“아니야, 아무것도. 주섭이는 괜찮을 거야.”

“대체 어디가 얼마나 다친 건데? 어떻게 된 거야?”

불안한 마음에 주먹을 꼭 쥐고 서재의 눈을 응시하자 서재는 조심스럽게 입을 열었다.

“후…… 현이가 많이 괴로울 거야.”

“그놈은 또 왜? 주접이가 다쳐서 괴로운 건 친구로서 다 마찬가지 아니야? 현이 녀석이 리더라서 그래? 자기가 싸움에 이끌었던 죄책감 때문에?”

“신한상고 애들하고는 싸워보지도 못했어.”

“뭐? 그게 무슨 말이야?”

“녀석들과 한판 붙으려고 신한상고로 가려던 길에 평소에 현이를 노리는 사람들에게 기습을 당했어. 난 필사적으로 현이를 보호했고 현이도 그 사람들에게 멋지게 대항했지. 그런데 주섭이가 잠시 한눈을 파는 사이 주섭이 목에 칼을 들이대고 놈들이 현이를 협박하기 시작한 거야."

"뭐라고?! 그, 그럴 수가…… 그, 그래서?!"

온몸에 식은땀이 축축하게 흘러내리고 심장은 긴장으로 미친 듯이 고동치고 있었다. 그토록이나 불안함을 느끼면서도 서재의 입술이 열리는 걸 뚫어져라 응시했다.

"현이야 워낙 냉정하니까 그런 놈들의 협박에도 굴하지 않고 놈들에게 다가섰지. 그 순간 놈들은 당황했고 순간적으로 잡고 있던 주섭이에게 칼질을 한 거야."

커다란 바위로 머리를 한 대 얻어맞은 기분이었다. 아니, 한 대가 아니라 바위가 계속해서 내 머리를 강타하고 있는 기분이었다.

"녀석들이 도망가는 걸 잡을 틈도 없이 현이는 쓰러진 주섭이를 업고 병원으로 뛰기에 급급했어. 나는 놈들을 붙잡으려 쫓아갔지만 차까지 대기시켜 놓은 놈들을 추적하기란 불가능했어. 어쨌든 급하게 병원으로 옮겼지만 아직까지 응급실로 들어간 주섭이의 상태를 알 길이 없어. 미칠 것 같은 눈으로 심하게 불안해하던 현이 녀석, 갑자기 일어나길래 어딜 가나 했더니… 너한테 갔던 거였구나."

"현이 녀석 몹시 불안하고 위태해 보였어."

"휘야."

"그대로 녀석들에게 복수하러 간 게 아닐까? 그 녀석이라면 충분히 그러고도 남잖아. 혹시 놈들이 서식하는 곳이 어딘지 알아?"

"죠스파 놈들인데 아마 구구나이트 클럽이 구역일 거야."

"그렇다면 현이 놈도 죠스파 놈들의 구역을 알고 있겠네."

"그야 그… 어? 휘야!! 기다려, 휘야!!"

서재의 비명에 가까운 부름을 뒤로하고 환자복을 입고 슬리퍼를 신은 채 숨이 턱까지 차 올라 목에서 피가 끓어오를 만큼 다리를 빠르게 굴리고 있다. 이현, 제발 혼자 위험한 곳에 가지 마!! 난 경호원으로서 널 지켜야 할 의무가 있다구!!

이미 온몸은 땀으로 샤워한 듯, 혹은 예기치 못한 소나기라도 흠뻑 맞은 듯 젖어 있었지만 슬리퍼에 병원복 차림으로 발을 빠르게 굴렸다. 지나가는 사람들의 시선 따위는 처음부터 신경 쓸 틈이 없었다. 숨이 턱까지 차 오르고 얼굴이 빨갛게 달아올라 목에선 피가 끓는 듯한 뜨거운 느낌을 받으면서도 왜 이렇게 불안한 건지 조금도 쉬어갈 수가 없었다.

그렇게 얼마나 달린 걸까? 후들거리는 내 두 다리가 멈춰 선 곳에는 반짝이는 조명이 화려한 나이트 클럽 간판 아래로 깍두기 머리에 검은 정장이 유난히 험악해 보이는 조폭 두 명이 지키듯 서 있다. 그 앞으로 일명 삐끼라 불리는 나이트 종업원들이 머리에 무스를 한껏 발라 세우고는 지나가는 사람들을 붙잡고 애원하는 광경이 펼쳐져 있다. 거칠게 숨을 몰아쉬며 잠시 휴식을 취했다. 좋아! 다 왔어! 분명 저 안에 싹퉁 이현 놈이 있을 거야. 나도 얼른 들어가서… 자, 잠깐! 나 병원복 차림인데 이 꼴로 저길 어떻게 들어가지. 정신 병자 취급밖에 더 받겠어? 어떡하지? 급하게 나오느라 돈도 안 가져와서 옷을 살 수도 없고.

　막막한 생각에 애꿎은 손톱만 물어뜯으며 좁은 골목 안에 서 있는 가로등 뒤에 숨어 대책을 강구하고 있었다. 그때 같은 여자가 봐도 민망할 정도의 짧은 미니스커트에 윗부분이 잘려 나간 듯한 티, 인상적인 하이힐, 빨간 립스틱이 도발적인 여자가 지나간다. 때마침 내 시선을 사로잡은 그녀는 내가 있는 골목 안으로 들어와서는 담배를 물고 라이터에 불을 붙인다. 어두운 골목 안으로 들어오느라 내 존재를 눈치 채지 못했는지 불이 잘 붙지 않는 라이터를 툭툭 털며 몇 번 시도한 끝에 라이터에 불을 밝힌 야한 그녀. 그와 동시에 주변이 조금이나마 환해지면서 환자복에 슬리퍼를 신고 허겁지겁 뛰어온 탓에 머리까지 산발이 된 나를 발견했나 보다.

　“어머, 깜짝이야! 뭐니? 너 정신 병자니?”

　물고 있던 담배를 깜짝 놀라 떨어뜨리는 그녀. 눈꼬리를 살짝 치켜올리며 내게 내뱉은 그녀의 말이었다. 이 여자 좀 보게. 초면인데 반말이네. 그래, 반말은 그렇다 치지만 정신 병자라니!! 용서할 수 없다!

　난 한 방에 그녀를 기절시켰고 난 그녀의 옷을 빼앗아 입었다. 하얀 속살이 거의 다 드러나는 옷을 입고 있으려니 스스로도 수치심을 감추지 못하고 있었다. 하지만 현이 놈이 저 안에 들어가서 당할 것을 생각하면 도저히 이대로 물러설 순 없는 노릇이다. 서둘러 그녀의 하이힐까지 벗겨서 신었다. 야한 여인의 커다랗고 반짝이는 핸드백을 여니 색색의 가발과 온갖 화장품들이 친절하게 담겨 있었다. 이

여자 무슨 변장수야? 뭔 가발을 이렇게 많이 들고 다녀? 나참. 혀를
끌끌 차면서도 나한테 어울릴 만한 가발을 뒤적이고 있는 중이다.

　얼마 후 내 머리에 착용된 건 허리까지 내려오는 긴 웨이브 가발이
었다. 반짝거리는 핀까지 완벽하게 끼워 섹시하게 풀어헤친 머리. 내
화장품은 아니지만 색색의 온갖 화장품을 즉석에서 이것저것 꺼내 발
랐다. 이런 화장은 익숙지 않으므로 서툴렀지만… 에라, 모르겠다~
하는 심정으로 최대한 눈은 커 보이게, 입술은 도발적이고 섹시하게
그려 나갔다.

　잠시 후 공주 손거울로 완성된 내 모습을 봤을 때 기절초풍하는 줄
알았다. 방금까지만 해도 사내놈으로 보이던 내 모습은 온데간데없
고 눈부시게 섹시한 나의 외모가 화려하게 빛나고 있었다. 이 정도면
완벽한 나이트 컨셉 아니겠어? 흠흠, 아무리 그래도 이건 좀. 아무도
나인 줄 못 알아보겠다! 투덜거릴 시간이 없다고 판단하고 환자복을
그녀에게 친절히 입혀주었다. 이제 마음을 가다듬고 저 안으로 들어
가기만 하면 되는데.

　"어, 어라? 저 자식은??"

　깜짝 놀랄 수밖에 없었던 이유는 다행인지 불행인지 현이 놈이 나
이트 입구의 조폭 두 명 곁으로 터벅터벅 걸어가는 게 보인다.

　'저 자식, 아직 안 들어갔네.'

　잠시 녀석의 행동을 관찰하는데 분위기가 아무래도 심상치 않다.
싸늘하고 냉랭한 푸른 눈으로 입구를 지키는 조폭 두 명을 뚫어져라
노려보는 현이 놈. 그리고 그런 현이 놈을 '이건 뭐냐?' 하는 시선으

로 바라보는 조폭들. 금방이라도 시비가 붙을 것 같아 서둘러 녀석의 곁으로 달려갔다. 하지만 익숙지 않은 하이힐이 다리를 휘청거리게 만들었고, 너무 급하게 달려온 탓에 다리에 힘이 풀려 중심 잡기가 힘들었다. 폼은 하이힐을 신고 금방이라도 쓰러질 듯했지만 그런대로 뒤뚱거리며 앞으로 전진하고 있었다. 새삼 힐을 신고 다니는 여성들이 존경스러워지는 순간이었다. 난 이현 놈처럼 앞뒤 안 가리는 무식한 인간이 아니라서 상황 판단 정도는 제대로 할 줄 알거든. 따라서 입구부터 부수고 들어가면 분명 안에서는 더 난리가 날 터이니 그것만은 막기 위해 서둘러 현이 녀석 옆에 섰다.

그리고 한 치의 망설임도 없이 현이 녀석의 팔짱을 쓰옥 끼고는 조폭들을 향해 웃어 보였다. 눈이 하트 모양으로 변해 금방이라도 튀어나올 것 같은 얼굴을 하고는 나를 쳐다보며 침을 한 트럭 흘려대는 조폭들. 그런 시선이 상당히 부담스러웠지만 그보다 더 부담스러웠던 건 당당하게 요상스런 차림을 하고 녀석의 팔짱을 낀 나를 내려다보는 현이 녀석의 냉랭한 시선이었다. 현이 녀석이 잔뜩 인상을 찌푸리는 걸 무시하고 애써 환하게 웃어 보이며 조폭들에게 말을 건네기로 마음먹었다.

"어머~ 오빠들, 여기가 입구 맞죠? 호호, 우리 자기랑 단둘이 왔는데 신나게 놀다 가야지~ 그럼 수고~"

꽃미소에 윙크까지 날리고 녀석의 팔짱을 낀 채로 끌어당겨 억지로 입구 안으로 들어섰다. 지하로 연결된 계단을 한참이나 내려가던 녀석이 내 팔을 거세게 뿌리치더니 건방진 시선으로 날 내려다보며 한마디 툭 내던진다. 어찌나 세게 뿌리치던지 하마터면 계단에서 구를 뻔했다.

"뭐야, 너."

"뭐긴, 너 도와주려고 그런 거지."

"누가 도와달랬어? 내 몸에 함부로 손대지 마. 계집애는 딱 질색이니까."

"너 또 계집애라고 했지!"

내가 바락 소리를 지르자 녀석의 푸른 동공이 살짝 커지며 나를 뚫어져라 응시한다. 어째 그 시선이 냉랭하기만 하던 그 시선과는 사뭇 거리가 먼데. 설마 이 녀석 나인 줄 몰랐던 건가?

"설마 너, 병신??"

"-_-+ 네가 생각하는 그 애가 맞긴 한데 내 이름은 병신이 아니거든?"

"뭐야 너. 왜 그 딴 차림으로 여기에 온 거냐?"

"시끄러워!! 난 네 경호원이잖아! 스물네 시간 경호 대기야. 몰라?"

"넌 지금 병원에 있어야 하잖아. 대체 여긴 왜 온 거야?"

"왜긴 왜야, 인마!! 너 때문이지!"

"나 때문?"

녀석이 잠시 내 눈을 멍하게 바라보는가 싶더니 고개를 휙 돌려 버린다. 저 자식은 내가 와준 게 그렇게도 재수없나? 아예 쳐다보기도 싫다, 이거야?

"우씨! 야!! 내가 오고 싶어서 온 줄 알아? 우리 착한 서재가 걱정하니까 온 거 아냐~ 주섭이 걱정 하는 것도 힘들 텐데 서재가 너 같은 놈까지 챙기고 있어야겠냐? 아무리 네놈 경호원이라지만 말이야! 그래서 대타로 내가 대신 와준 것뿐이니까 너무 그렇게 닦달하지 말라구!!"

이내 싸늘한 시선으로 날 다시 내려다보더니 입을 여는 이현.

"대타 따윈 필요 없어."

"아니, 뭐야? 이 자식이 진짜 사람 성의 무시하는 것도 정도가 있지! 기껏 여기까지 와줬더니 말을 그런 식으로밖에 못해?"

"와달란 말 한 적 없는 걸로 아는데."

"네가 와달라고 했으면 안 왔어! 웬 착각? 네놈 사고치면 나나 우리 서재가 걱정하니……."

"필요없으니까 당장 꺼져!!"

"아, 아니, 뭐야??"

"내 일에 참견하지 마."

"네 일엔 참견하고픈 마음 없거든? 근데 네놈을 지키는 게 내 임무라서 말이지. 엄연히 내 일도 되는 거라서 말이지 신경 끌 수가 없네."

녀석 평소보다 훨씬 싸늘한 시선으로 나를 쏘아보더니 나이트 안으로 저벅저벅 걸어 들어간다. 황급히 녀석을 따라 나이트 안으로 들어오자 예상했던 것보다 훨씬 화려하고 커다란 무대와 서로 다른 개성의 사람들로 가득 찬 테이블. 너나 할 것 없이 남녀가 한데 섞여 민망한 신을 연출하는 곳도 있었다. 하지만 그런 걸 구경할 틈도 없이 성큼성큼 걸어가는 싹퉁 이현 놈의 뒷모습을 죽어라 쫓고 있는 중이다.

무대를 지나 룸 쪽으로 향하는 듯한 녀석의 발걸음은 긴 다리를 이용한 만큼 매우 빨랐다. 녀석을 따라 중심 잡기조차 힘든 힐을 신고 무대를 비집고 들어가 보지만 녀석과의 거리는 점점 멀어지기만 한다. 우씨, 이러면 안 되는데 사람들이 왜 이렇게 많은 거야!

신나게 리듬에 몸을 맡기고 있는 사람들 틈으로 힘겹게 한 걸음 한 걸음 내딛고 있는 사이, 삐죽 머리가 아주 인상적이며 코에 한 피어싱이 상당히 아파 보이는 노란 머리의 남정네가 내 앞을 가로막는다. 커다란 음악 탓인지 내게 바짝 다가와 큰소리로 말하는 이 노랑 대갈.

"와우, 째끈한데? 나랑 같이 춤추자~"

째끈이란 단어를 들으니까 문득 주접놈의 얼굴이 뭉게뭉게 구름처럼 피어오른다. 어딜 가도 주접놈 같은 자식들은 있기 마련이야. 주접아, 너 하나 죽는다고 세상에 사는 주접들이 다 사라지는 건 아니겠구나~ 하지만 기왕이면 그래도 잘생기고 멍청한 네가 이 자식보단 낫구나. 이런 생각을 하며 노랑 대갈을 무시하고 벌써 저만치 멀어져 가는 이현 놈을 뒤쫓아가려는데 내 팔을 붙잡는 노랑 대갈.

"에이, 어차피 다 그렇고 그런 거 아냐? 튕기지 말고 나랑 한번 추자고~ 기분 좋으면 이 오빠가 2차도 쏠게~"

이 자식, 사람을 잘못 골랐네. 불쌍한 것. 쯧쯧.

"이봐, 나 지금 굉장히 바쁘거든? 그러니까 좀 놓거라, 아가야. 참고로 이건 처음으로 하는 경고이자 다시 하지 않는 마지막 경고니까 명심하고."

살벌한 내 눈빛과 말투에 잠시 움찔하는가 싶더니 노랑 대갈의 입가에 다시 느끼한 웃음이 지어진다.

"이야, 아가씨, 상당히 도발적인데? 난 강한 여성에게 더 매력을 느끼거든~ 딱 마음에 든다!!"

"후훗, 내가 맘에 들어? 그거 고맙군. 그럼 어디 이것도 마음에 들지 모르겠는데 선물로 주지."

퍽!

경쾌하고 시끄러운 음악 속에서 노랑 대갈의 복부를 강타한 내 주먹의 둔탁한 소리는 옅게 묻혀졌지만 벌써 내 앞으로 고개를 숙이고 고통스러운 듯 얼굴을 찌푸리는 노랑 대갈의 표정을 봐서는 이 음악이 썩 유쾌하지만은 않은 모양인가 보다. 비틀거리며 일어나 나를 똑바로 째려보던 노랑 대갈 녀석이 한마디 내던진다.

"이거 여자라고 우습게 봤다가 한 방 먹었군. 스피드가 상상을 초월했어."

"난 분명히 경고했어."

잠시 일그러진 얼굴을 주체하지 못하는가 싶더니 움켜쥐고 있던 배에서 손을 품과 동시에 얼굴에 미소 짓는 노랑 대갈.

"이봐, 아가씨, 확실히 네가 탐나기 시작했어. ㅋㅋ"

아까와 같은 느끼한 웃음과는 달리 뭔가 의미 심장한 웃음을 보이는 노랑 대갈. 그런 노랑 대갈의 강한 시선을 느꼈을 땐 이미 음악이 멈춰지고 내 주변으로 까맣게 몰려든 조폭 아저씨들이 시야에 함께 들어온다.

"네놈 조폭이냐?"

내 한마디에 우쭐한 듯 고개를 갸웃거리며 목뼈 쪽에서 우두둑 소리를 내더니 대답하는 노랑 대갈.

"딩동댕~ 내가 바로 이 나이트클럽의 부사장이자 죠스파의 부두목이다."

헉, 제기랄! 잘못 건드렸군~ 하지만 후회하기엔 내 주변으로 동그랗게 원을 그리며 죽일 듯 노려보는 조폭들의 시선이 늦었다고 일깨워 주는 듯했다. 하지만 여기서 주눅 들 수도 없는 노릇이고, 어차피 많은 인간들을 상대할 땐 대가리 놈 하나만 족치면 게임 아웃이야. 당황하지 말자, 서휘리. 진정해.

"부두목? 뭐, 별거 아니네~ 그래 봤자 두목놈 밑의 시다바리밖에 더 되나? 잘난 척하기는, 웃기지도 않네."

피식 웃어 젖히며 녀석을 쳐다보자 노랑 대갈놈의 자존심에 금이 갔나 보다.

"아가씨, 함부로 말을 놀리면 다치는 수가 있어."

"글쎄? 다치는 건 겁나지 않아. 왜냐하면 다치는 건 내가 아니라 네가 될 테니까."

싸울 준비를 갖추며 눈에 서서히 살기를 실었다. 멋진 한판 승부가 기대되는군. 피식. 마주 보고 있는 노랑 대갈과 내 사이에 알 수 없는 어떤 팽팽한 긴장감이 흐르고 있다. 그런 우리를 둘러싼 조폭들은 곧 달려들 기세로 움직이고 있었다. 이런 놈들에게 맞아 죽을 운명이었다면 서휘리, 이렇게 독하게 자라지도 않았다구!!

노랑 대갈과 난 눈빛을 마주하며 조금씩, 조금씩 경계하듯 원을 그리며 돌고 있다. 녀석의 약점을 찾기 위해 눈에 불을 켜고 있는데 노랑 대갈이 피식 웃으며 먼저 말을 건넨다.

"내가 이 바닥에서 칼질을 여러 번 해서 아는데 아가씨가 이렇게까지 독한 눈을 가진 건 처음 봐. 죽는 순간까지 눈 하나 깜짝 안 할 기세야. 대단해~"

혼자 박수까지 짝짝 쳐대며 잘난 듯 뻐기는 모습이 아주 우스꽝스러운 놈이었다.

"그래? 칭찬 고맙군. 어디 보자~ 넌."

자신을 이리저리 훑어보며 내가 입을 열자 먼저 선수치는 노랑 대갈.

"난 어때? 굉장히 세 보이지?"

"지랄하고 있네. 내가 보기에 너 같은 놈 한 트럭으로 와도 내 상대는 안 돼. 쯧쯧."

혀까지 끌끌 차며 검지손가락을 쭉 펴서 흔들거려 보이자 노랑 대갈 녀석의 미간이 심하게 꿈틀거린다.

"아가씨가 뭘 믿고 이렇게 설치나?"

냉정함을 되찾은 듯 거만하게 질문을 던지는 놈을 향해 한 치의 망설임도 없이 대답했다.

“나? 난 나를 믿지, 내 자신을.”

“좋아. 그럼 얼마나 잘난 자신을 두셨는지 실험해 볼까?”

서서히 원을 그리며 돌던 걸음을 멈추고 순식간에 달려드는 노랑 대갈 자식.

“이얍!!”

괴성을 지르며 주먹을 휘두르는 모습이 영낙없는 양아치다. 이런 주제에 조폭 부두목이라고?? 부두목은 무슨. 가볍게 녀석의 주먹을 잡아 비틀고, 무릎을 이용해서 녀석의 복부를 힘껏 차버렸다. 그 순간 인사하듯 허리가 굽혀진 녀석의 머리채를 끌어 올려 발로 가격하기 위해 발을 들어 올렸으나 짧은 치마 덕에 발이 내가 원하는 만큼 올라가질 않는다.

순간 움찔거리며 치마를 원망하는 사이 노랑 대갈 녀석이 이 기회를 놓치지 않고 내 손을 잡아 비트는 반격을 해버렸다. 그와 동시에 내 오른쪽 볼에 강한 충격이 가해졌다. 노랑 대갈 녀석 주먹에 한 방 먹은 셈이었다. 비실비실해 보이는 녀석의 겉모습과는 달리 주먹맛은 꽤나 짭짤하다. 입 안쪽이 찢어져 피비린내가 입 안 가득 퍼지고 있었다. 한 대 맞고 바닥에 나가떨어진 나를 보며 거만하게 웃어 젖히는 노랑 대갈.

“그러면 그렇지, 계집애가 무슨.”

순간 눈이 번뜩이고 온몸에 피가 거꾸로 솟는 느낌이 들었다. 내 의지와는 상관없이 이미 온몸에 힘이 쭈욱 들어간다.

“너 방금 뭐라고 그랬냐?”

앞머리에 살짝 가려진 내 눈빛의 살기에 깜짝 놀랐는지 비웃듯 실실거리던 노랑 대갈놈의 표정이 살짝 굳는다.

"계집애라고 한 거 맞지?"

앉은 채 노랑 대갈 녀석을 죽일 듯 노려보자 애써 덤덤한 척 말하는 노랑 대갈이 대꾸하려 입을 연다.

"계집애라 그랬다. 그게 왜!"

"그래, 분명히 나도 그렇게 들었어. 계집애라, 피식."

결코 환하게 웃고 있진 않지만 살짝 웃으며 조용히 머리에 쓰고 있던 가발을 벗었다. 그러자 놀란 시선을 감추지 못하고 입이 떡하니 벌어지는 놈들. 머리가 시원해지는 느낌이다. 치마 때문에 발차기가 되지 않았던 걸 떠올리며 손으로 치마 옆을 잡아 찢어냈다. 촤악 소리와 함께 녀석들 침 넘어가는 소리가 들린다. 응큼한 것들.

훨씬 자유스러워졌음을 느끼고 자리를 털고 일어서며 노랑 대갈을 향해 손가락을 뻗었다. 쭉 뻗은 검지손가락을 안쪽으로 까딱이며 입가에 싸늘한 미소를 지어 보이자 약간 당황한 듯한 노랑 대갈이 자극을 받았는지 다시 한 번 괴성을 지르며 달려온다.

"야압~!"

놈은 스스로 지쳐 버릴 만큼 힘차게 주먹과 발등을 휘둘러 대기 시작했다. 단 한 번도 공격이나 반격을 하지 않고 오직 팔로만 방어를 하고 있는 나였다. 힘은 체격에 비해 약간 강하고, 스피드 보통, 독기 보통, 체력 역시 보통. 이 정도 실력인 놈이 부두목이라면 네놈들 실력은 안 봐도 비디오야!!

드디어 내 반격이 시작되고 노랑 대갈 녀석 동공이 커질 틈조차 없이 충격을 가했다. 방어만 하던 나를 향해 헛주먹질을 오래해서 지쳐 있던 노랑 대갈은 얼마 가지 못해 피를 토하며 바닥에 나뒹굴었다.

"벌써 끝나면 섭하지~"

놈을 비웃어가며 다가가 쓰러져 있었음에도 불구하고 멱살을 잡아 올려 군데군데 주먹으로 마사지를 해주었다. 어느새 노랑 대갈의 얼굴은 형체를 알아보기 힘들 정도로 일그러져 있었다. 그제야 사태의 심각성을 깨달은 건지, 아니면 꼴에 자기 파 부두목에 대한 의리인 건지 주변을 둘러싸고 있던 놈들이 한꺼번에 덤벼들기 시작한다.

"제길. 비겁하게 한꺼번에."

혀를 내두르며 녀석들의 비겁함에 치를 떨었다. 하지만 녀석들이 정정당당과는 거리가 멀다고 느낀 지 오래다. 한 놈, 두 놈… 아무리 쓰러뜨려도 숫자는 좀처럼 줄어들지 않고 오히려 나만 지쳐 가고 있었다. 이 상태로 가다간 얼마 못 가 곧 쓰러질 것만 같다. 녀석들에게 맞은 상처가 욱신거리는 걸로 보아 체력도 이미 바닥났다는 소린데 여기서 주저앉을 순 없어. 질 수 없다구!! 하지만 숫자가 너무 많아. 제길!

어느새 나는 노랑 대갈의 얼굴과 다를 바 없이 피로 마사지하고 있었다. 이마에서부터 주르륵 흘러내린 피와 눈꺼풀이 찢어져 쏟아지는 피가 시야마저 가려 버렸기에 상대를 제대로 볼 수가 없다. 따끔거리는 눈을 가까스로 뜨며 버텨보려 했지만 점점 한계가 드러나고,

칠흑 같은 어둠과 고통만이 온몸을 휩싸는 듯했다. 이 기회를 놓치지 않고 놈들은 계속해서 내게 주먹과 발길질을 해댔다. 복부를 심하게 가격 당한 후 드디어 난 바닥과 마주해야 했다. 쓰러진 내 등 위로 수 많은 놈들의 발도장이 무자비하게 찍히고 입가에서 흐르는 피는 구토 수준에 이르렀다. 맞으면서 죽어가는 게 얼마나 고통스러운 일인지를 깨닫게 하는 순간이었다. 마지막 혼신의 힘을 다해서 나를 밟고 있는 녀석들을 쓰러뜨리기 위해, 이대로 맞아 죽을 서휘리가 아니었기에 비틀거리며 일어났다. 그렇게 맞고도 일어나는 나를 보며 놈들은 잠시 움찔거리는가 싶더니 곧 인정사정 볼 것 없이 내게로 달려드는 놈들.

"아니, 이 계집애가 아직도!!"

이미 내 하얀 얼굴엔 붉은 피로 가득 염색이 되어 있고, 땀과 피에 젖은 머리칼이 눈을 살짝 덮고 있었으며 눈꺼풀이 심하게 찢어져서 피가 쏟아지고 있기에 눈을 뜨는 것조차 힘들었지만 겨우겨우 반쯤 눈을 열며 나에게 계집애라고 소리친 놈을 힘껏 째려봤다.

계집애라고? 방금 계집애라고 했나? 경고하듯 놈에게 외치고 싶었지만 이미 피가 끌어 넘치는 목에서는 목소리 내는 것조차 허락하지 않았다. 그때 누군가가 나를 대신해 목소리를 내주었다.

"감히 누구더러 계집애라는 거야."

낮고 차가운 이 목소리. 순식간에 조폭들의 시선은 목소리 주인공 쪽으로 집중됐다.

"뭐야, 저놈은!"

"뭐 하는 새끼야!"

"저 녀석을 계집애라 부를 수 있는 건 나뿐이야."

푸른 눈에 살기를 가득 담고 조폭들을 째려보는 무서운 녀석의 시선이 피에 가려져 흐릿하게 보이지만 저놈은 분명, 분명히 이현이다! 어디 갔다가 이제 오는 거야, 저 나쁜 놈. 안심이 됐던 걸까? 다리에 힘이 풀리고 온몸에 고통이 밀려와 그 자리에 주저앉아 버리고 말았다. 여전히 차갑고 냉랭한 시선으로 날 내려다보더니 한마디 툭 던지는 싹퉁 현.

"병신, 잠깐 자라."

그렇게 말을 내뱉고는 성큼성큼 녀석들을 향해 다가가는 것이 아닌가? 내 눈에 흐르는 피 때문일까? 어째서 저 녀석도 피범벅이 되어 있는 걸로 보이지? 눈에 손을 가져다 대서 겨우 눈을 크게 뜨고 다시 놈을 바라보는데 저놈 어디서 저렇게 다쳐서 온 거야? 저 녀석도 곧 쓰러지기 직전이잖아!

놈을 말려야 한다는 생각에 가까스로 몸을 일으키려 했지만 눈 뜨는 것조차 힘겨운 마당에 녀석을 향해 손을 뻗을 힘은 남아 있지 않았다. 목소리를 내는 것도 허락되지 않은 판에 지켜보는 것조차 힘겨운 내 자신이 원망스러웠다.

잠시 후 믿을 수 없는 광경에 내 눈에서는 피와 함께 눈물이 흘러내렸다. 마치 사나운 맹수의 눈과 몸짓을 보는 것같이 자신을 향해 한꺼번에 달려드는 조폭놈들의 주먹을 요리조리 잘도 피해내고 반격하면서 순식간에 상대를 제압해 나가는 싹퉁 현.

강한 힘, 엄청난 스피드, 지치지 않는 체력, 온몸이 떨릴 정도로 사나운 독기, 무서운 집중력과 아무도 말릴 수 없는 근엄한 카리스마가 녀석의 피와 함께 온몸에서 흘러넘치는 듯했다.

하지만 이현이 한 놈을 상대하는 동안 비겁하게 뒤에서 의자를 이용해 현이 녀석의 머리에 충격을 가하는 놈이 있었으니. 퍽 하고 엄청나게 둔탁한 소리가 귓가에 파고든 순간 시간이 멈춰 버린 듯한 느낌을 받았다. 그때 막혀 있던 목소리가 거짓말처럼 나도 모르게 터져 나왔다.

"이현!"

'풀썩' 하고 바닥에 쓰러져 버린 현이 녀석이 잠시 후 꿈틀대며 일어섰다. 비틀거리는 다리를 겨우 진정시키고 머리에서 심하게 흐르는 피를 아무렇지 않은 듯 가만히 느끼더니 나를 내려다보며 입을 여는 싹퉁 현.

"병신, 자라니까 왜 보고 있어."

피보다 더 뜨거운 눈물이 볼을 타고 흘러내린다.

"이 바보야! 의뢰인이 다치는데 경호원이 어떻게 자냐? 씨잉. 이 바보야!"

"시끄러워. 누구더러 바보라는 거야. 그리고 그런 엉망이 된 얼굴로 쳐다보지 마. 토할 거 같으니까."

놈을 향해 흘린 눈물이 아까워지는 순간이었다. 돌머리인 건지, 아니면 별로 세게 맞은 게 아닌 건지. 처음처럼 기세등등하게 녀석들을 해치우고 있는 이현 놈이었다. 인정하기 싫지만 저 자식 정말 너무너무 엄청나게 강하다.

　잠시 후 마지막 한 놈마저 바닥에 나뒹굴게 만들고 이현 놈만이 비틀거리며 쓰러진 녀석들 사이에서 피를 뚝뚝 흘리고 서 있는데 그 모습이 어찌나 멋있던지 나도 모르게 침이 꼴깍하고 삼켜졌다. 순간 다친 상처의 고통이 밀려왔지만 세상 오래 살고 볼 일임다～ 저놈이 멋있어 보일 때가 다 있고.

　내 몸에 흐르던 피가 점점 굳어가고 심하게 부어 내 자신조차도 얼굴을 보기 부담스러울 정도로 흉하게 일그러진 나에게로 다가오는 현이 녀석. 저 녀석도 만만치 않게 피로 엉망이 되어버렸는데 어째서 이 자식은 망가진 얼굴까지 잘생긴 거야!! 손가락 하나 까딱할 힘조차 없었지만 속으로 녀석을 투덜투덜 씹고 있는 사이 어느새 녀석은 내곁으로 성큼 다가와 있었다.

　“병신, 괜찮냐?”

　“난 멀쩡해. 너야말로 괜찮냐?”

　“시끄러워. 괜찮으면 빨리 일어나.”

　“일어날 거야, 조금 쉬었다가.”

　“나 싸울 때 많이 쉬었잖아.”

　“시, 시끄러. 덜 쉬었어!! 그나저나 넌 어디 가서 그렇게 얻어터져 가지고 온 거야? 이쪽에 오기 전부터 상처가 심하던데?”

　녀석은 아무런 대꾸 없이 손을 내밀었다.

　“뭐, 뭐야?”

　“잡아.”

"뭐, 뭘?"

"잡으라고, 등신아."

녀석의 손을 민망할 정도로 뚫어지게 쳐다보며 겨우겨우 입을 뗐다.

"내가 왜 네 손을 잡아야 하는 건데!"

"일어날 힘 없는 거 다 아니까 인심 쓸 때 잡고 일어나. 버려두고 가기 전에."

저 말하는 싸가지를 보라. 저렇게 말하는데 잘도 잡고 싶겠다!! 하지만 그보다 녀석의 손을 잡을 수 없었던 건 이미 손가락 하나 까딱일 힘이 없다고 하지 않았던가? 내 코앞으로 내민 녀석의 손조차 잡을 힘이 남아 있질 않았다.

"네가 너무 늦게 와서 많이 맞는 바람에 손잡을 힘도 없어. 네가 일으켜 줘봐."

"의뢰인이 경호원을 구해줘야 맞는 거냐, 아니면 경호원이 의뢰인 옆에 딱 붙어서 지켜줘야 맞는 거냐."

녀석답지 않게 비꼬면서 정곡을 찌르는데 무지무지 민망하다. 하지만 이 녀석에게 꿀리기 싫었으므로 버럭 소리를 질렀다.

"난 여자잖아."

"이럴 때만 지가 여자라지. 으휴."

한숨까지 팍팍 내쉬는 저 나쁜 넘. 얼토당토않게 핑계를 대며 녀석에게 소리를 질렀지만 사실 지켜주지 못하고 매번 도움을 받은 내 자신이 부끄러면서 한편으로는 녀석에게 감사하고 있었다. 녀석은 어느새 날 조심스럽게 일으켜 주었다.

"일어설 힘이 없으면 걸을 힘도 없겠군. 업혀."

업히라며 내 앞에 자신의 등을 보이는 이 녀석. 오늘따라 왜 이렇게 남자다운 매력이 물씬 풍기는지. 정신 차려, 서휘리! 이따위 놈한테 마음을 뺏기면 안 된다구!! 아무리 서재가 별아를 좋아하는 것에 충격받아서 포기한다고 마음먹었지만 벌써부터 다른 놈한테, 그것도 이런 싸가지한테 마음을 줄 수는 없다구!!

혼자 고개를 절레절레 젓고 있는 사이 녀석은 한마디 툭 던지고 벌써 저만치 걸어가고 있다.

"싫음 말고."

"야! 같이 가! 나 내버려 두고 가면 어떡해!!"

귀찮다는 듯 나를 돌아보며 오만 인상을 다 구기더니 다시 발걸음을 돌려 내 쪽으로 향한다.

"곱게 집에 가고 싶으면 제발 입 다물고 가만있어라. 알았냐?"

녀석은 갑자기 나를 안아 올리더니 입구 쪽으로 향한다.

"꺄악! 야!!"

"시끄러워."

녀석에게 안겨 밑에서 살짝 녀석의 얼굴을 바라보니 턱 선 죽인다~ 앗! 이게 아니지. 녀석의 잘 뻗은 턱 선을 타고 아직 마르지 않은 피가 쉴 새 없이 흘러 안겨 있은 내게로 떨어지고 있었다.

"야, 잠깐만."

"시끄럽다고 했어."

“그, 그게 아니라……”

난 녀석에게 안긴 채로 윗옷을 살짝 찢어 녀석의 피를 닦아주었다. 생각해 보면 매우 민망한 짓이었지만 멈출 줄을 모르는 피가 계속 흐르게 지켜볼 수만은 없었다. 그 순간 가던 발걸음을 멈추고 아무 표정 없이 나를 내려다보는 이현 놈. 왜 그렇게 심장이 미칠 듯 고동치는지 행여나 녀석에게 들킬까 봐 마음을 졸여야 했다.

“야.”

“왜, 왜!”

으이그, 서휘리 병신! 말 더듬지 마. 진정해, 진정하라구.

“……지 마.”

“뭐, 뭘 지 마? 하지 말라고? 누군 하고 싶어서 한 줄 알아? 네놈 피가 나한테 떨어지니까 닦아준 거지! 누가 네놈이 예뻐서 닦은…….”

“이런 옷 입지 말라고.”

“뭐?”

“다 보이잖아.”

그렇게 말을 하고는 테이블 위에 깔려 있는 테이블 보를 쭈욱 뽑아 내 몸에 덮고 나이트클럽을 빠져나왔다. 거친 녀석의 말투와는 달리 날 조심스럽고 안전하게 택시에 앉혀주고 자신도 택시에 몸을 실었다. 아까 녀석이 한 말에 얼굴이 새빨개져서 아무 말 못한 게 더 민망했다. 무슨 말이라도 해야 하는데 쉽게 말이 떨어지질 않고 결국 아무 말도 하지 못한 채 저택에 도착했다.

"그 꼴로 병원 못 가잖아. 옷 갈아입고 가자."

현이 녀석 그렇게 말을 내던지곤 다시 나를 안아 올린다.

"이, 이제 걸을 수 있을……."

"시끄러워. 귀찮게 여러 번 말 시키지 마."

이놈이.

사실 아직까지 진정되지 않은 심장이 나조차 제어되질 않아 미칠 듯 긴장이 된다. 내 방 침대까지 조심스럽게 날 안고 올라온 현이 녀석. 민망해서 제대로 얼굴을 쳐다볼 수가 없었다. 하지만 고맙다는 말을 하고 싶었기에 조심스럽게 입을 열었다.

"저, 저기……."

조용한 내 음성에 녀석의 푸른 눈은 나를 똑바로 응시한다.

"고, 고마워."

"뭐가?"

"위험할 때 도와준 거하고, 여기까지 아, 아, 안아준 거."

"그 실력으로 내 경호원 하긴 틀렸어. 그리고 살 좀 빼."

"아니, 뭐야? 내가 뺄 살이 어딨다고!!"

"시끄러워. 어쨌든 상처 치료하고 옷 갈아입어. 병원 가야지."

"주섭이한테?"

"어."

녀석은 이내 등을 보이고 내 방에서 나간다. 온 삭신이 쑤시고 아파 죽겠는데 옷을 갈아입고 치료를 하라니. 잠시 침대에 누워서 나이트에서 있었던 일을 다시 한 번 떠올리고 있었다. 필름처럼 한 장면

한 장면 끊겨서 지나가는데 유독 현이 녀석이 멋있어 보이던 장면만 무의식 중에 생각나고 있다. 하지만 아무리 생각해도 이상한 건 어째서 나를 도와주러 오기 전부터 현이 녀석이 심한 상처를 가지고 있었냐는 거였다. 서휘리, 너 미쳤니? 왜 그 따위 놈 걱정을.

덜컥.

어느새 내 방문은 이현 놈에 의해 떡하니 열려졌다.

"뭐, 뭐야, 노크도 없이."

"아직도 안 씻었냐?"

얼마 누워 있던 것 같지 않은데 녀석은 벌써 샤워를 마치고 깔끔한 옷으로 갈아입은 상태였다. 하지만 군데군데 심한 상처가 잘생긴 얼굴을 먹칠하고 있었다.

"그, 금방 씻을 거야."

"빨리 씻고 나와. 거실에 있을 테니까."

"알았어."

녀석이 나간 걸 확인한 후 겨우겨우 벽을 짚어가며 화장실에 도착했다.

얼마나 따가운지 옷을 하나하나 벗을 때마다 유독 신경을 써가며 조심스럽게 벗었다. 상처 부위에 물이 닿자 두 배의 고통이 밀려온다. 윽, 제길! 진짜 아프네. 치사하게 한꺼번에 놈들이 덤비지만 않았어도 이렇게까지 다치진 않았을 텐데.

어쨌거나 오만 인상을 써가면서도 물줄기에 몸을 맡기고 비누칠도 깨끗이 마쳤다. 온몸의 상처를 치료하기 위해 가운을 걸치고 다시 방으로 나와 구급상자를 찾는데 아무래도 내 방엔 구급상자가 없는 것 같다. 문득 이현 놈 방에 있던 구급상자가 떠올랐다. 녀석 지금 거실에 있겠다고 했으니까 방엔 아무도 없겠지?

얼른 이현 놈 방에서 구급약품을 가져올 생각으로 까치발을 하고 복도 여기저기를 살피며 살금살금 이현 놈 방에 잠입했다. 가운 하나 달랑 걸친 알몸을 누가 보면 안 되잖아? 조심스럽게 놈의 방문을 열어젖혔다. 역시나 이현 놈의 방은 텅 비어 있다. 예전에 녀석이 구급상자를 꺼내던 서랍을 기억해 내며 그 서랍으로 다가간 순간! 덜컥하는 소리와 함께 녀석의 방문이 열린 채로 멍하게 나를 바라보는 푸른 눈과 마주쳤다. 순간 가슴 쪽이 파인 걸 인식하고 얼른 가운을 양손으로 움켜쥐며 녀석을 노려봤다.

"꺄~ 뭐야! 노, 노크도 없이!!"

"내 방이다, 병신아."

"아, 아무튼 나가!"

빨개질 대로 빨개진 내 얼굴을 보면서도 여전히 표정 하나 변하지 않는 저 무심한 놈.

"남의 방에 왜 함부로 숨어 들어온 거야. 그것도 그런 차림으로."

"구, 구급약 찾으러 온 것뿐이야!"

"구급약품은 서재 방에도 있을 텐데 굳이 내 방에 온 이유가 뭐지? 날 유혹하려고?"

저 자식이 오늘 좀 많이 맞더니 미쳤나 보다. 무표정한 얼굴로 저런 농담을 잘도 내뱉는다.

"미쳤냐? 네가 구급약품 꺼내던 모습이 생각나서 이리로 온 거야. 착한 서재의 방을 함부로 뒤지느니 네 방 물건 갖다 쓰는 게 낫잖아!"

"그러니까 서재 물건은 함부로 쓰면 안 되고 나 같은 놈 물건은 함부로 써도 된다?"

"아니, 뭐, 굳이 그런 뜻은 아니지만 어, 어쨌든 좀 나가줄래?"

녀석은 한참이나 나를 째려보더니 방에서 나간다. 저 자식에게 이런 반나체 차림을 보이다니. 하필이면 이때 들어와 가지고, 저놈 자식!!

이렇게 중얼거리는 사이 다시 녀석이 들어올까 봐 마음을 졸이며 서둘러 구급상자를 꺼내 들었다. 그리고 문을 열어 고개를 빼꼼이 내밀고 복도에 아무도 없음을 확인한 후, 후닥닥 내 방으로 뛰어들어 왔다.

소독약을 뿌려가며 너무 따가운 나머지 눈물까지 찔끔 짜낸 후에야 겨우겨우 치료를 마쳤다. 하지만 여전히 붓고 찢어진 눈꺼풀 때문에 얼굴은 매우 흉한 상태다. 거울을 보며 한숨을 푹푹 쉬는 사이 현이 녀석 얼굴에도 상처가 많이 난 게 생각났다. 구급상자 열 때 아주 깨끗하게 정리되어 있었던 걸로 보아 녀석은 치료를 아직 안 한 모양인데. 재수는 좀 없지만 구해주기도 했고 여기까지 안고 와준 것도 고맙고 하니 좀 도와줘야겠네.

조심스럽게 옷을 갈아입고, 녀석이 날 기다리고 있을 거실로 구급 상자를 들고 향했다. 날 보면서 미간에 인상부터 찌푸리는 녀석. 상당히 기분 나빴지만 하루 이틀 일도 아니고 슬쩍 녀석 옆으로 다가가 앉았다. 창피하게 '치료해 줄게~' 이런 말은 도저히 나오질 않았으므로 말없이 구급상자를 열었다. 솜을 적당히 떼어 핀셋에 고정시키고 그 솜에다 투명한 소독약을 뿌렸다. 녀석은 내 행동을 유심히 관찰하더니 입을 연다.

"뭐 하냐, 너."

"보면 몰라? 너 치료해 주려고 그러잖아."

"됐어."

"되긴 뭐가 돼, 그대로 놔두면 상처 남는단 말이야."

"남아도 내 몸에 남아."

"미친! 야~ 그 잘난 얼굴에 흠집나면 보기 싫잖아. 안 그래도 재수없는데 그나마 잘생긴 얼굴에 흠집까지 나면 진짜 꼴 보기 싫을 것 같단 말이야! 잔소리 말고 가만히 있어."

녀석은 잔뜩 인상을 찌푸리며 내 손길을 거부하며 발버둥 쳤지만 끝까지 녀석에게 솜을 들이민 결과 나의 승리로 끝났다.

소독약을 바르자 따가웠는지 안면 근육을 꿈틀대는 싹퉁 현이 녀석. 아무 생각 없이 연고를 검지손가락에 조금 짜냈다. 그리고 녀석 눈가에 발라주려고 가까이 다가섰는데 순간 두근거리는 내 심장 소릴 느끼고 말았다. 그 탓에 멈칫하며 녀석과 눈을 마주했을 땐 녀석과의 입술 거리가 불과 30㎝도 떨어져 있지 않은 상태였다. 문득 얼마 전 녀석과의 키스 느낌이 생생하게 떠올랐다.

한참이나 멍하게 녀석의 푸른 눈은 날 응시하고 있었다. 녀석의 부드럽고도 새치름한 입술이 조심스럽게 열렸다. 그 짧은 순간이 얼마나 두근거렸는지 식은땀까지 날 지경이다.

"야, 치료 안 하냐?"

녀석의 차가운 음성에 정신이 번쩍 들어 눈을 반짝였다.

"어? 아, 응, 치료할 거니까 움직이지 마."

으휴~ 서휘리, 정신 차려!! 지금 무슨 생각을 하는 거야!! 아무리 마음을 진정시키려 해도 떨리는 마음이 좀처럼 가시질 않았다. 손가락을 부들부들 떨어가며 녀석의 상처에 연고를 바르자 녀석이 한마디 툭 내던졌다.

"야, 덜덜 떨지 마. 복 나가."

"시끄러! 그건 다리를 떨 때만 해당하는 거야."

"병신아, 네가 온몸을 떨고 있으니까 그렇지."

그 순간 온몸이 경직되었다. 나 왜 이러지? 날 구해준 이놈이 그렇게도 멋있어 보였던 걸까? 평소엔 아무렇지도 않았는데 나 오늘 왜 이렇게 오버하는 거야. 이런 내 자신이 익숙하지 않아 너무나 당황스러웠다. 녀석의 얼굴 상처를 겨우 다 치료하고 안도의 한숨을 내쉬는데 녀석이 또 건방진 입술을 열었다.

"넌 다 치료했나?"

"뭐, 대충은."

녀석은 날 쭈욱 훑어보더니 살짝 얼굴을 붉히며 묻는다(약 먹었나?).

"등 밟힌 건?"

"어? 그, 그야 그건 손이 안 닿으니까."

“뒤돌아.”

“뭐??”

“뒤돌으라고.”

“설마 네가 치료해 주게?”

“싫으냐?”

“당연하지!! 너 같으면 응큼한 늑대한테 등을 맡기겠냐?”

녀석 어이가 없다는 듯 짧은 한숨을 내쉬더니 내 말에 반박했다.

“너 늑대란 동물이 얼마나 멋진 동물인 줄 아냐?”

“미쳤냐? 늑대같이 음탕한 동물이 뭐가 멋지냐?”

“늑대는 평생 자기 짝 하나만 좋아해. 그러다 그 암놈이 죽으면 자기도 따라죽는다고! 아냐? 그런 늑대보고 음탕하다고 하다니. 너야말로 무슨 생각 하는 거냐?”

헐, 늑대가 그런 동물이었나? 그럼 여자들이 왜 남자들을 늑대라고 하지? 에라, 모르겠다. 놈한테 질 수야 없지. 수습이다!

“그럼 이 변태!!”

녀석의 무표정한 얼굴에 살짝 어둠이 진다.

“내가 왜 변태야?”

“그, 그야 응큼한 생각 하니까 그렇지.”

“무슨 생각?”

“드, 등을 보이라며!!”

혼자 얼굴이 새빨갛게 달아올라 꽥 하고 소리를 지르자 놈은 황당하다는 듯 입을 열었다.

"누가 네 넓은 등짝 보고 싶다고 했냐? 등을 치료해 주겠다는 게 변태면 앞쪽 치료해 주겠다고 했으면 아예 신고했겠다?"

"너, 넓은 등짝? 야!! 내 등이 얼마나 가늘고 이쁜데~ 네가 봤어? 봤냐고!!"

"시끄러워."

이 자식, 자기가 불리하니까 시끄럽대!! 하지만 난 알고 있다, 이 녀석이 아무런 사심 없이 등을 치료해 준다고 했다는 걸. 조금 망설이다 녀석 쪽으로 등을 보이며 투덜거리듯 말했다.

"조, 조금만 올려서 치료해야 해. 응큼한 생각 하면 죽어!"

"계집애는 다 싫지만 너 같은 계집애를 상대로도 이상한 상상 하는 게 돌은 거 아니냐?"

"뭐? 계집애! 야!"

녀석 쪽으로 고개를 휙 돌리며 푸른 눈을 째려보자 녀석은 나를 바라보지 않고 다른 쪽을 바라보고 있었다. 내가 살짝 윗옷을 올린 덕에 등이 약간 보이고 있는 상태였기 때문이다. 혹시 쑥스러워하는 건가? 많이 맞아서 부은 눈 덕에 앞이 잘 안 보여서 그런가? 어째 저 녀석 볼이 빨갛게 홍조 띤 것처럼 보였다. 그런 녀석이 낮게 중얼거리는 소리를 나는 듣지 못했다.

"널 계집애라 부를 수 있는 건 나뿐이랬잖아."

투덜투덜거리는 사이 녀석은 조심스럽게 내 등을 치료하고 있었다. 무척이나 민망했지만 오늘 구해준 것부터 시작해서 이 자식이 무지 멋있어 보였으므로 조금은 기분이 짜릿했다. 서재야, 미안해. 벌

써부터 널 잊은 건 아닌데 그냥 이 자식이 오늘 쬐끔 멋있었거든. 하
긴 서재는 별아를 좋아하니까 내가 어떻게 하든 상관없겠지만. 이런
생각에도 오늘은 왠지 서글프지 않았다.

〈2권에 계속⋯〉

지선영

84. 10. 11

대전대학교 경호비서학과 재학 중

대표작:짱들의 연애방식

놈보다 강한 Girl

King Fan 미녀

http://cafe.daum.net/kingfan

『위험한 룸메이트』 1~3

자신을 지극히 평범하게 생각하여 매력을 인정하지 않는 소극적인 성격의 소아랑.
그런 그녀의 주변에 등장한 최고의 킹카와 퀸카들.
공교롭게도 그녀는 킹카들과 룸메이트가 되는데…
과연 그녀는 마냥 평범한 걸까?
"넌 니가 안 예쁘다고 생각하는 거야?"
"솔직히 예쁘지 않잖아요……."
"누가 그래, 니가 안 예쁘다고?"
"네?? 누가 그랬다기보다는 그냥 일상적으로 생각할 때……."
"사람은 누구나 다 자신의 모습에 완벽히 만족할 수는 없어.
니가 매력이 없다면 천하의 킹카 신보혁과 성천우가 너한테 빠졌겠어?
특히 어리버리한 그 눈망울은 굉장히 매력적이야.
네가 모르고 있었던 것뿐이야."

도서출판 **청어람**
부천시 원미구 심곡1동 350-1 남성빌딩 3층 우420-011   ☎ 032-656-4452   FAX 032-656-4453

E-mail : eoram99@chol.com

이정남

81. 12. 9

카톨릭대학교 재학 중

대표작: 배드 보이즈

꺼미의 네버엔딩스토리

http://cafe.daum.net/badbotsfan

『The Girl』 1~2

"아! 벼, 별똥별이다!!"
까만 하늘을 가로지르며 떨어지는 별똥별 하나.
하늘에서 별똥별이 떨어진다. 떨어지는 별똥별에 소원을 빌면
그 소원이 이루어진다던데 난 무슨 소원을 빌어야 할까?
"별똥별님, 모두 행복하게 해주세요. 우리 모두 웃으면서 행복할 수 있게 해주세요."
소원을 빌었다. 빠르게 떨어지는 별똥별을 놓쳐 버릴세라
빤히 쳐다보며 우리 모두 웃으면서 행복할 수 있게 해달라고 빌었다.
바보같이…
바보같이 그 별똥별이 그 아이인 줄도 모르고.
안녕… 내 사랑아, 안녕.

도서출판 **청어람**

부천시 원미구 심곡1동 350-1 남성빌딩 3층 우420-011

E-mail : eoram99@chol.com

☎ 032-656-4452　FAX 032-656-4453

한유머

81. 10. 2
경남대학교 재학 중
대표작 : 눈 부처

사랑느낌플러스

http://cafe.daum.net/humorfamily

『사랑 느낌』 1~2

"시현아, 이제 그만 울어, 나… 진아 누나를 그렇게 외면할 수가 없어.
우리 다음에…… 만나자."
"유민아……."
"다음에… 그러면 그때는 널 만나기 전까지 그 누구도 만나지 않을게.
내 영혼이 사라질 때까지 영원히 너만 그렇게 사랑할 테니…
그러니까 슬퍼하지 마. 절대로… 슬퍼하지 마."
어느새 유민의 눈에 눈물이 그렁거린다.
시현은 그의 눈가에 맺힌 눈물을 가만히 만져 주었고,
유민은 그 손길에 얼굴을 부비다 끝내 말을 이어가지 못한다.
"기다릴게. 평생, 아니, 죽어서도 너만 기다리고 있을게.
그러니 빨리 와야 해. 이제 다른 곳은 보지 말고
바로 내게 와야 해."
꼭… 꼭 우리 다시 만나. 응?"

도서출판 **청어람**
부천시 원미구 심곡1동 350-1 남성빌딩 3층 우420-011

E-mail : eoram99@chol.com
☎ 032-656-4452   FAX 032-656-4453

임은희

82. 05. 28(음력)

장안대학교 문예창작과 재학 중

대표작:나는 그놈의 전부였다

어린 엄마, 여왕의 기사,

그 애는 나를 친구라 부른다

러브리걸의 소설나라

http://cafe.daum.net/8096

『나는 그놈의 전부였다』 1부

있잖아, 나는 기억할게… 너는 잊어.
애교 아닌 애교로 네게 예쁘게 보이려고 애쓰던 내 모습들 전부 잊고,
네 옆에서 팔짱 끼며 바라보던 내 모습도 잊어.
노래를 부르며 그 노래 주인공이 너라고 하던 말도 잊고,
네 행동에 행복해하던 내 모습들도 잊어.
학교 앞에서 너를 기다리던 내 모습도 잊고,
네 기억 속에서 두 번 다신 살 수 없도록 나를 잊고 또 잊어줘.
그게 네가 나한테 할 수 있는 첫 번째 복수야.
그리고… 윤강연이랑 정말 행복한 모습 내 앞에서 보란 듯이 보여줘.
그게 두 번째 복수야.
잊어야 돼.
기억할게. 나는 잊지 않고 기억할 거야.
준성아… 안녕.

도서출판 **청어람**
부천시 원미구 심곡1동 350-1 남성빌딩 3층 우420-011

E-mail : eoram99@chol.com
☎ 032-656-4452 FAX 032-656-4453

임은희

82. 05. 28(음력)
장안대학교 문예창작과 재학 중
대표작:나는 그놈의 전부였다
어린 엄마, 여왕의 기사,
그 애는 나를 친구라 부른다

러브리걸의 소설나라
http://cafe.daum.net/8096

『나는 그놈의 전부였다』 2부

사회와 부딪치면 부딪칠수록 현실적인 회사원 준희와
그런 준희 앞에서 이상을 꿈꾸는 대학생 준성.
알 수 없는 불안과 오해의 조각들로 멀어지는 두 사람.
마음을 잡지 못하는 준희 앞에 나타난 능력맨 이 대리!!
아직도 준희뿐인 준성이 앞에 나타난 야심찬 십대 얼짱!!
이 대리vs고딩 얼짱. 그 기막힌 사연!

"니가 싫어졌으면 얼마나 좋을까?
어느 날 문득 니가 헤어지자고 해도 슬프지 않게……."

18+23=6 그놈과 나의 사랑은 6살입니다.

도서출판 청어람
부천시 원미구 심곡1동 350-1 남성빌딩 3층 우420-011

E-mail : eoram99@chol.com
☎ 032-656-4452 FAX 032-656-4453